青春度

李吉顺◎著

中国言实出版社

图书在版编目（CIP）数据

青春度 / 李吉顺著 . -- 北京 : 中国言实出版社，
2024. 7. -- ISBN 978-7-5171-4896-8

Ⅰ . I247.5

中国国家版本馆 CIP 数据核字第 20240T7L43 号

青春度

责任编辑：王建玲
责任校对：张天杨

出版发行：中国言实出版社
      地　　址：北京市朝阳区北苑路180号加利大厦5号楼105室
      邮　　编：100101
      编辑部：北京市海淀区花园北路35号院9号楼302室
      邮　　编：100083
      电　　话：010-64924853（总编室）　　010-64924716（发行部）
      网　　址：www.zgyscbs.cn　电子邮箱：zgyscbs@263.net

经　　销：新华书店
印　　刷：成都市兴雅致印务有限责任公司
版　　次：2024年9月第1版　　2024年9月第1次印刷
规　　格：880毫米×1230毫米　1/32　7.5印张
字　　数：181千字

定　　价：69.00元
书　　号：ISBN 978-7-5171-4896-8

目录

楔　子

她不知道自己为什么会投胎为女孩。

大人总是说女孩要少出门，不乱跑不乱窜，长大嫁汉好吃饭，男孩从小就得练本事，长大提刀扛枪打坏蛋。

她想成为男孩，更想跟父母到外面看稀奇世界。可是，父母好像在跟她躲猫猫，总是东奔西走忽隐忽现。

奶奶哄她睡觉时，总会小声哼那首歌谣："雁雁雁，摆溜溜。红袄袄，绿绸绸。小米捞饭，勾肉肉。你一碗，我一口。毛娃碗碗没瓜瓜，拿起勺勺没把把。哭着喊妈妈，到处找爸爸。娃娃快快睡，梦里有爸爸有妈妈……"她每次听着听着就睡着了，而梦里却很少与爸爸妈妈相见。

想父母的时候，她就坐在窑洞门槛上望着天空发呆，反映在她体内的除了浓浓的想念，还有肚子里发出的"咕噜咕噜"的抗议声。

只有下雪的时候，望着空中那只熟悉又陌生、向她鸣叫的飞雁，她才觉得自己真的跟雁有联系，她名雪雁，是母亲让父亲取的。不过，大人们平时都习惯叫她"雁儿"，叫的人多了，时间长了，"雁儿"就成了她的乳名。

有时，望长空飞雁，不但能听见雁叫，还能听到枪炮声。那是她最想父母的时候，心酸，想哭，但她忍着，不哭。

她想自己是男孩，是男孩至少可以到处跑。哥哥就是这样跑出去一直没回来。

爷爷在的时候笑她，女孩好，叫你雁儿，就是希望你能飞出这窑洞，想去哪儿就去哪儿。

奶奶在的时候说，叫你雁儿，就是想让你翅膀长硬了，去找你父母，去找你哥哥，跟他们一起自由地飞。

爷爷奶奶话虽这样说，却总是一直守护着她。爷爷奶奶说的话，让她生发出一个梦想，那就是早日拥有翱翔长空的坚实翅膀，带着她飞翔。

记着爷爷奶奶的话，她从西北到了华北，从华北到了西南。可惜，爷爷奶奶没有等到她真正出发的那一天。她每一次出发，收拾的都是梦想的行装，忘不了的是黄土塬上的坟茔。她不敢回头，因为她觉得爷爷奶奶始终还在那里看着她。

在她的世界里，北方和南方都差不多——冬天冷，夏天热，都有风，都有雨。那窑洞边上的枣树、黄土塬上的雪松、北京铁狮子坟校园的古柏、渡口边上高大的攀枝花树都萦绕着她伴随父母左右的梦想……

那梦想里的温暖，永远是家乡的方向，永远是父母的方向，父母在哪儿，家就在哪儿。再远，她也要飞到。

盼望着、思念着，她的梦想终于在一个神秘的地方实现了。可是，她不知道，她的一切又重新开始了。过往的梦想，正悄然定格为记忆里最难忘的景象。

正如一首诗：人言落日是天涯，望极天涯不见家。已恨碧山相阻隔，碧山还被暮云遮。

第一章　清风坡

已近黄昏，晚霞绯红通透。

雨后的大峡谷空阔而清朗，金沙江在大峡谷中静静地流淌。

水色山光，竞相映衬，半江含翠半江红。

金沙江南岸的大渡口半山上是攀枝花特区第一指挥部驻地。那一排排自下而上、梯级排列、依山而建的两层简陋的土墙青瓦房，就像在大山怀抱里徐徐拉开的手风琴，鳞次栉比。

《火线报》编辑部的办公室在一棵高大、枝繁叶茂、树冠如盖的攀枝花树下。

一位着白色长袖小翻领衬衣、蓝色长裤，脚上穿一双拱襻黑胶底布鞋的女子，正焦急地在办公室门口的土坝上来回地走着。

女子身材苗条、面容清雅、柳眉凤眼，抿着嘴儿，拨弄着两条黢黑的发辫，时不时朝旁边的大路上张望。

她是《火线报》的记者兼编辑李雪雁。她在等母亲花含笑。可是她做梦也没有想到，她的母亲已经回不来了。

早上，母亲来找过她："雁儿，你到攀枝花特区这么久了，妈妈也没有给你包过饺子吃，昨天，我终于买到一点面粉和一小把韭菜，晚上带过来包了，打打牙祭，你就不要去食堂吃了。"

"太好了！"李雪雁高兴地拍手，脸上漾起两个小酒窝，食堂难得有一次新鲜蔬菜，能吃上韭菜饺子，那简直就是过年，"那我等您回来，您早点回来啊。"

因为夜里下了大雨，山路湿滑，母亲的军用胶鞋上粘了很多黄泥巴。李雪雁又说："妈妈，等一下，您鞋上这么多泥，我帮您刮了，走路轻松一些。"

"不用了，走走它自然就掉了，"母亲齐耳短发，着一身65式解放军军装，英姿飒爽，微笑着向李雪雁挥手，"我走了，记住，不要忘了。"

"嗯，您注意安全啊，早点回来……"李雪雁向母亲挥手，看着母亲消失在大路尽头，她还站着。她很喜欢母亲那一身橄榄绿。

李雪雁从小跟父母在一起的时间很少。但是，在李雪雁所有的印象中母亲都很漂亮。

母亲很忙，因为在保密单位工作，上下班没有规律，在特区的三个月，李雪雁还从来没有和母亲一起住过。

母亲刚进特区时，工作、吃住都在仁和大田山沟沟里的一间破旧的土茅屋里。

李雪雁到特区不久，母亲也搬到了大渡口半山上的第一指挥部电讯处（1号附1号信箱）工作，与李雪雁的《火线报》编辑部（1号附6号信箱）位于同一个片区，彼此相隔三百来米。

虽然近，但是由于母亲的工作性质，她们却难得见面。

在她的记忆里，母亲一直都是跟着父亲走的，从红军、八路军到解放军，从西北到西南。父母总是漂泊不定，她们一家也是聚少离多。她读书也换了很多地方，辗转迁移，直到考进了北师大才稳定下来。

现在，李雪雁虽然没能跟母亲住在一起，但是能近距离地跟母亲工作生活，她已经很满足了。

午后，李雪雁就抓紧整理修改第二天《火线报》要付印的稿件、图片，准备忙完手中的事情，提前备好锅碗瓢盆，等母亲过来包饺子。母亲擀面皮快，饺子包得又快又好看，味道也好……

李雪雁盼着母亲能早点过来，可是那西边的太阳总是赖着不落山。

李雪雁已经等了很久了，编辑部的同事都去第一指挥部食堂打饭了，母亲还没回来。

李雪雁越等心里越觉得不踏实，越等越心慌意乱，心还莫名其妙的"咚咚咚"地跳起来。她感觉无名的热，额上直冒汗，就用手背揩了揩，手搭凉棚往远处望，山路蜿蜒，大山静立，云霞浮动，还是没有母亲的身影。

"李记者、李记者……"忽然听见有人在喊她，李雪雁定睛一看，认出是第一指挥部电讯处的张西林。张西林一边跑一边向李雪雁挥手，转眼之间就跑到李雪雁面前，上气不接下气地说："李记者——李记者——你母亲出事了，快跟我走……"

"啊……什么？"李雪雁一听，脑袋顿时"嗡"地一下，"什么？我母亲怎么了？"

"出事了，摔下山沟了，具体情况我也不清楚……你快跟我走，在清风坡那边的山沟里，指挥部的领导都过去了……"张西林一身绿色军装，满脸是汗，用衣襟揩了一把汗，喘着气催促李雪雁，"快走！"

"我妈妈摔下山沟了？……"李雪雁突然感到大脑一片空白，一股寒流袭遍全身，昏昏然，深一脚浅一脚地跟在张西林后面跑，跑过几道山梁和山沟才赶到清风坡，只见一大群人在山沟里围成一个大圈，面对着中间地上一副已经搭上白布的担架肃立着。

张西林喘着粗气指着山沟里说："下面，下面担架上的应该就是你母亲……"

李雪雁一听，顿觉晴天霹雳，浑身颤抖了一下，慌不择路，抓着茅草、灌木丛枝条、连跑带滑、跌跌撞撞地跑下山沟。

人们自动给李雪雁让开一条路，她跑到那用简易木棒制成的担架面前，两腿一软跪下，双手颤抖着揭开白布，只见母亲双目紧闭，军帽端正，领章和五角星很红、很艳。母亲额头上的血迹已经凝结，夕阳柔和地照在母亲的脸上、头发上……

李雪雁觉得母亲出奇的平静、漂亮。

"妈——妈……"李雪雁撕心裂肺地哭喊一声，眼前一黑，昏倒在母亲的遗体上……

李雪雁的母亲花含笑就近安葬在了清风坡。

这也是李雪雁父亲李苍山的意思。

李苍山是解放军铁道兵5师6团团长，当时正驻扎在云南宣威修成昆铁路，一接到爱人花含笑牺牲的电话就自己开着吉普车跑了两天两夜，翻山越岭赶到攀枝花特区。

站在爱人花含笑的新坟前，看着悲伤的女儿李雪雁，想着爱人的音容笑貌，李苍山悲痛万分，泪水长流。

李雪雁挽着父亲李苍山的左胳膊，看着父亲悲痛的样子，她泪眼迷离，泣不成声。

李雪雁感觉父亲一夜间苍老了许多，人也瘦了，胡子也长了，两鬓也冒出了白发。

从小到大，李雪雁一直都觉得父亲是一个坚毅的人，她从来没有看到父亲流泪。可是，母亲的突然牺牲，让李雪雁看到了父亲的眼泪，看到了一个脆弱的父亲，她的心好痛，好痛……

李雪雁的母亲花含笑本是铁5师6团通讯班的话务员，因为攀枝花特区缺电讯人才，1964年临时将其调入特区支援通讯建设，后在第一指挥部电讯处（1附1号信箱）当机要话务员，关系还在部队。

花含笑是在检修通讯外线时牺牲的。

那天早上，花含笑接班后就发现所有的电话都接不通，凭经验，她知道不是室内机器设备的原因，而是外线出了问题。当时唯一的线路检修员已经派了出去，而且要一两天后才回来。

花含笑马上通知已经交班的同事回来值班，而她则主动向领导请缨去检查外线排除故障。

第一指挥部的电话线主要连接金沙江两岸的煤矿、铁矿、工厂、建设工地，电话线大多拉在木杆上，翻山越岭，跨江过河，检查检修难度又大又危险。

花含笑一路沿着电话线细心检查，没检查多远，她的双手和脸上就被茅草、荆棘划了一些口子，汗水和血融在一起，疼痛不已。她忍痛一直往前走排查故障。在艰难前行了两三公里后，花含笑终于在清风坡的山沟边发现木杆上的电话线有一头断了掉在茅草中。

花含笑从军用挎包里拿出工具先把电话线断头弄好，然后把电话线系在皮带上爬上木杆去接线。没想到，因为夜里大雨，木杆的底部泥土已疏松塌陷，花含笑才爬到木杆中部就连人带杆栽下了山沟，再也没有站起来……

想着爱人的离去，李苍山泪眼婆娑，心如刀绞。

山下，金沙江无言地流，远处，云山雾海亦真亦幻。

"唉——"李苍山叹了一口气，问李雪雁，"你妈妈走之前说了什么吗？"

"没说什么，"李雪雁摇摇头，"我们早上见了一面，她只说晚上过来给我包饺子，其他，没说……"李雪雁说着泪珠悄然滚下。

李苍山泪眼望天，忍着悲痛转移话题，问李雪雁："雁儿，你到这里三个来月了吧？习惯了吧？有什么难处吗？"

李雪雁听了鼻子一酸，眼泪又忍不住流下来，其实很多话她已经对母亲说过了。

她在《火线报》的工作虽然不是体力活，但工作环境不好，住宿条件太差，她不习惯，不适应，一直想换工作。《火线报》

的牌子虽然挂在第一指挥部驻地,但采写、编辑、刻印都是流动作业。编辑部只有4个人,人手也不够,经常在金沙江两岸的矿山、建设工地跑,交通不便,全靠一双脚跨沟过江、翻山越岭,太累,太苦。没有电台,靠收音机收听抄写外面的新闻消息;没有电灯,用蜡烛、煤油灯、马灯照明;印刷设备也仅有一台旧四开平台机、两台旧圆盘机、一台手摇铸字机、一部油印机和一块刻字钢板。要出一张报纸很不容易。

更让李雪雁受不了的是,她害怕的东西——蟑螂、蚊虫、老鼠、蛇、蜈蚣、壁虎、狼等,特区都有。她真的怕,真的受不了。她也多次向母亲提出想离开特区,到大城市去工作。母亲总是说,不要怕,胆量是练出来的,现在条件差,以后就好了。

在此之前,她虽然怕,想离开,但不管怎样都有母亲在,现在母亲没了,她一个人,心里空落落的,真的不知道怎么办了。她有很多很多的话想对父亲说,但想到此时此刻不宜给父亲再添忧愁,话到嘴边又忍住了。

为了不让父亲担心,李雪雁极力压住心中的不安和恐惧,说:"爸爸,其实在《火线报》工作不重,人少,我们都是编辑兼记者,第一个月还不适应,现在都习惯了,只是这里有些不方便,特别是外出采访,全靠两条腿,而且路还不好走。"

李苍山说:"雁儿,这世上有大路,有小路,有险路,有弯路……每个人的路也不一样,也都不好走,就看我们怎么走,只要我们一直走,只要方向对,哪怕慢一点,也会走出自己的路来。今后,你如果有什么想法和难事要告诉爸爸,只要是你喜欢的、是对的,爸爸都支持你。"

"嗯,"李雪雁点点头,"爸爸,我现在只想妈妈。我不想她一人孤独地在这里……"说着又潸然泪下。

在母亲牺牲前，李雪雁总觉得特区条件太差、工作太苦，总想离开特区，现在母亲长眠在这里了，她就不想走了。对，不走了，她要留在这里陪母亲。

李苍山听着李雪雁的话，看着爱人花含笑的新坟，心中悲凉，幽幽地说："你妈妈当年跟我到了部队，经常东奔西跑的，开始也不习惯，吃不消，后来时间长了就好了。我相信，你一定会比你妈妈坚强。这里的一切也一定会更好的。"

"嗯，"李雪雁含泪点点头，"我要像妈妈一样勇敢，不给她丢脸。"

李苍山说："我听你妈妈说，这里还有狼，真的吗？"

"现在好像没有了，反正我没遇上，"李雪雁说，"现在各个建设工地的开山炮把狼都吓跑了。"其实在金沙江两岸的一些山上还是有狼的，前不久还听说有人被狼咬成重伤，李雪雁不想让父亲担心所以就没有说实话。

"那就好，不过，你也要注意，特别是晚上出门要结伴同行，"李苍山说，"安全第一。现在是艰苦，那是因为特区建设是从零开始，白手起家，一切的一切都要靠我们的双手来创造。要相信，只要有人就会有一切。在这里搞建设也是保家卫国，也是建设社会主义，也是为新中国的强大做贡献。我想，要不了多久，这里就会是一个重要的工业基地、一个令人向往的地方。"

"嗯，爸爸，我知道了，"李雪雁点点头，"我会记住您的话，我想，今后这里也一定是一个美丽的城市。"

"雁儿，"李苍山轻拍了一下李雪雁的手背，怅然说，"如果有一天爸爸牺牲了，你也把爸爸埋在这里，我好跟你妈妈说说话。"

"爸……"李雪雁忍不住哭了，"爸爸，你这是说什么呢？"

"你别急，别急，我说的是假如，假如有一天爸爸牺牲了……你妈妈今年才45，不就是说走就走了……"李苍山叹了一口气，"但她是好样的，从我们穿上军装的那一刻起，就把生死抛在脑后了，现在国家调集四面八方的力量搞三线建设，把攀枝花作为特区，建钢铁基地，就是要让我们的国家逐步强盛起来，不再受欺负……雁儿，我马上就要赶回云南，不过，再过几个月，爸爸也要来攀枝花特区了。"

"真的？"李雪雁泪眼一亮，"真的？那太好了！"

"师部已经命令我们准备进驻攀枝花特区修成昆线和连接特区的铁路支线，"李苍山说，"云南段的铁路也要修完了，四川段即将开工。你妈妈不在了，爸爸也舍不得你一人在这里……正好，过来与你搭伴，也好陪着你妈妈……"李苍山哽咽着说不出话来。

"爸爸……"李雪雁轻轻靠在李苍山胸前，泪如雨下，"爸爸，我等您过来，您早点过来……"

"嗯，"李苍山点点头，心疼地看着李雪雁，"爸爸会尽快过来……"

李雪雁母亲牺牲那天是1965年7月19日，那是李雪雁到攀枝花特区后的第一个让她肝肠寸断的日子。

第二章　初入队

立秋那日，李雪雁接到了攀枝花特区第一指挥部抽调她到医疗应急救援机动队的调令，她移交了《火线报》编辑部的工作，一大早背上军用被子，用红白相间的尼龙网兜提上洗漱用品到第一指挥部一楼综合处办公室报到。

报到后，李雪雁就跟其他报到人员在指挥部门前的土坝子等候安排工作。

在等候中，李雪雁才知道，一起报到调入医疗应急救援机动队的只有12人，而更令李雪雁惊讶的是抽调的12人全是清一色的女子。大家的穿着都差不多，或白色小翻领长袖衬衣，或浅蓝色小翻领长袖衣服，或灰色、黑色长裤，或胶鞋或拱襟黑胶底布鞋。

"这医疗应急救援机动队怎么全是女的？全是女的怎么救援？我的天！"李雪雁心中打鼓，甚至后悔不该脑袋发热就冒冒失失来这什么医疗应急救援机动队。

半个月前，特区第一指挥部发文件计划筹备成立医疗应急救援机动队，采取单位推荐和个人自愿报名的方式从各个单位抽调人员。李雪雁正想换一下工作，看到通知就主动报了名。《火线报》总编一开始不同意，主要是考虑到李雪雁编辑、采写能力强，舍不得李雪雁走，同时也觉得医疗应急救援机动队比《火线报》更累、更危险，不想让李雪雁去犯险，要李雪雁慎重考虑。李雪雁明白总编的好意，但她的心已经不在报社了，觉得没有什么好考虑的，就多次找总编说。总编见李雪雁态度坚决，最终同意推荐上报。

"当初要是听总编的建议就好了，"李雪雁越想心里越不是滋味，又极力自我安慰，"唉，来都来了，看看再说吧。不行，还是回《火线报》吧。反正父亲也不知道……"

"喂——同志们——喂——大家都过来，大领导要来了……快——集合——站好……"正在李雪雁东想西想、心中七上八下的时候，有人在提醒集合。李雪雁不由自主地跟着别人移动站队。

不一会儿，只见一位四十来岁，浓眉大眼，浅浅的胡子，着一身浅蓝干部服，脚踩军用胶鞋的中年人从第一指挥部出来了。刚才负责给李雪雁她们报名的王科长紧跟其后。

中年人一挥手高声说："请同志们面向我，成横队站好。"

李雪雁马上和其他人员按要求站队。

中年人看大家站好后，接着说："我叫赵奇骏，是第一指挥部综合处副处长，从现在起负责医疗应急救援机动队的工作。我家在河北承德，我是1965年初调入攀枝花特区的，跟大家一样都是新来的。今后，大家有什么问题都可以直接找我，我会尽力为大家排忧解难，做好服务工作。"

赵奇骏说着拿出名单："现在，开始点名，请点到的答'到'。"

所有女的一起回答："是。"

赵奇骏开始逐一点名，点到者都大声答了一声"到"。

点完名，赵奇骏说："刘彩凤出列，面向大家。"

"是。"话音刚落，一位中等个子、苹果脸、双眼皮、大眼睛、齐耳短发的女人快步上前，一个后转，动作麻利、干练，面向李雪雁她们立正。

赵奇骏说："我给大家简单介绍一下，这位是刘彩凤，来自特区中心医院（属于第13指挥部，即基地综合小组，13号附6号信箱），急诊科主任。她是上海长宁人，29岁，1965年6月从上海红十字医院调入。现在是我们第一指挥部医疗应急救援机动队队长。外号'火凤凰'，至于是否名副其实，大家慢慢就知道了。"

刘彩凤微笑着向大家说了一句："请多支持。"

赵奇骏接着说："王宝君出列，面向大家。"

一个身材高挑，面容清秀，短发的女子应声而出，出列、踏步、转身、立正、稍息，一气呵成。

王宝君虽然是标准的军人动作，却引得大家笑起来。

赵奇骏介绍说："大家不要笑……王宝君是湖南常德人，24岁，也来自第13指挥部，过来之前是保卫科副科长，现在是我们第一指挥部医疗应急救援机动队副队长。外号'冷君君'。"

王宝君面无表情地向大家敬了一个军礼。

"处长真奇怪，居然还介绍人家的外号？"李雪雁看着王宝君心想，"不过，这么年轻就是副科长，看来有点本事。"

赵奇骏停了停，扫视一下大家说："现在言归正传，攀枝花特区的目标就是建成一个大型钢铁工业基地，中央要求，1968年成昆铁路通车，1970年出铁，1971年出钢。任务艰巨，可谓任重道远。全国各路建设大军将有几十万人陆续进来开展大规模的建设，建设项目多、人员多，疾病伤残等情况就会随时发生，医疗应急救援既是急需解决的大问题，也是维护广大建设者生命安全的重要工作，所以，经特区第一指挥部党委研究，决定成立第一指挥部医疗应急救援机动队。今天，人员已经到位了，标志着我们机动队的筹备工作正式开始了。其他队员我就不再一一介绍情况了，你们都是在众多人员中千挑万选出来的，每个人都有自己的优势和特长，我相信大家一定能胜任此项工作，也将会为建设特区作出贡献。现在，我说一下工作纪律，虽然大家之前在各自单位都听过，也都明白，但我还是要在这里重申一下。

"大家都知道，攀枝花特区实行军事化封闭管理，严格保密，以防止境内外敌特分子搞破坏，对外没有什么攀枝花特区，只有渡口（就是渡口市）。这是工作纪律，也是政治纪律。对内我们是攀枝花特区第一指挥部医疗应急救援机动队，对外，特别是通信和跟家人亲戚朋友联系，我们一律用渡口1号附6号信箱。大家记住了吗？"

大家齐声回答："记住了。"

赵奇骏接着说："那我们第一指挥部为什么要成立医疗应急救援机动队呢？就是因为我们特区建设才起步，医护人员、医疗设施严重不足，从去年到今年国家有关部委和第一指挥部统筹在全国相关地区调配的建设大军已部分进驻，负责地质勘测、通信、水电、土建、建材、物资、航道、交通、煤矿、铁矿、基地设计等方面的人员已经部分到位；冶金方面的一冶机动公司、五公司、特种公司现在又进驻了一批；宝鼎煤矿，在去年云南煤炭工业局先遣队的基础上又调了一批来；加上交通部第二公路局第四工程处的修路大军，已经有五六万人，以后随着建设的规模和进度，建设大军会源源不断地进来……现在正在全力进行的通路、通电、通水和修建住房的'三通一住'大会战，随时都会有建设者病残或伤亡，需要急救处置，而我们目前的医疗条件和应急救援能力又严重不足和滞后。所以，我们要成立第一指挥部医疗应急救援机动队。我们的主要任务就是弥补各单位、各建设工地、各区域的医疗资源不足，配合医院、医疗站所、巡回医疗队等机动灵活地展开医疗应急救护救援。机动队，在特区没有固定的工作范围，没有固定的工作时间，我们的任务就是随时待命，哪里需要就到哪里，我们的宗旨是——有急必出，有急必救，清楚了吗？"

大家齐声回答："清楚了。"

"好。"赵奇骏说，"你们现在的首要任务就是自力更生，先解决自己的办公房、住房和进行综合能力集训，计划一个半月完成。工欲善其事，必先利其器，待这些任务完成后机动队才正式挂牌成立，投入整个特区的医疗应急救援工作。现在是大家正式投入应急救援之前的学习期、蓄能期和提能期，希望大家好好把握、好好珍惜。在此期间如有干不了，不愿意干，想退出的，都可以提出来，我们放人。有没有困难？"

大家齐声回答："没有！"

"大声点，"赵奇骏问，"有没有信心？"

大家齐声回答："有！"

其实，李雪雁听了赵奇骏说了现在的首要任务后，心都凉了半截，她真的想打退堂鼓了，但看到其他人都信心满满，她不好说，不敢说，也不敢当逃兵。在赵奇骏问话的时候，李雪雁只是跟着大家动动嘴，做做回答的样子。

"好。"赵奇骏手一挥，"我知道你们都是好样的，一定不会让指挥部的领导和特区的建设者失望的。请大家在刘彩凤队长的带领下开始吧。"

"火凤凰"刘彩凤随即带着大家到土坝西边的房间里每人领了一把镰刀、砍刀、锄头，然后就马不停蹄地沿着一条便道到了炳草岗大弯子中部的一个山坡台地上开始搭棚建房。

在大弯子环顾一周，可以看到在大峡谷中时隐时现的金沙江以及江南江北的南山、宝鼎山、大黑山、圆堡山、兰家火山、尖山、拾景山……群山重重、莽莽苍苍，纵横交错，蓝天白云，气象万千。

李雪雁不觉心旷神怡，紧张和畏缩的心理似乎一下子缓了许多。

江对面，弄弄坪工地上的高音喇叭正放着催人奋进的革命歌曲。

山上有几处非常醒目的固定大标语："自力更生，艰苦奋斗""鼓足干劲，力争上游，多快好省地建设社会主义"。

大标语下边的一大片山坡已经形成了梯田似的平台，彩旗飘扬，"东方红"小推土机在来来回回地移动，隐约可见很多人在穿梭忙碌……

李雪雁知道，那是第一冶金建设公司（一冶）机动公司、特种公司的先遣队在弄弄坪奋战"三通一住"，为建钢铁厂做准备。5月初，她还去采访过他们。

远处不时传来"隆隆"的开山炮声，在大峡谷中回响。此起彼伏，倒有些像迎接她们入驻大弯子的礼炮。

李雪雁放下行装和工具，一想到要搭棚建房又感到紧张不安和害怕，一种无形的压力劈头而来，几乎压得她喘不过气来。

大弯子下面不远处有很多台阶式的场地，零星散布着人字形茅草棚和长方形的工棚，却不见人影。

李雪雁好奇地问刘彩凤："刘队长，这里为什么有这么多平整出来的场地呀？人也没有，要干什么呀？"

刘彩凤说："听说是土建队伍开垦整理出来的，第一指挥部准备在这里办农场逐步解决建设队伍吃蔬菜难的问题，好像已经有人进来了；另外一小部分好像是规划新建特区中心医院的，但又听说要调址到弄弄坪、烂泥田还是什么华山，反正还没有定下来，特区中心医院现在还在仁和街没有搬迁。"

"那我们医疗应急救援机动队为什么不跟中心医院一起办公，这样我们就不用修房子了，工作起来也方便。"

"是啊，医疗应急救援就应该跟医院在一起，"队员罗锦绣、江晓月听李雪雁这么一说都问，"为什么还要我们自己修房子？这是男人干的活，我们都是女的，怎么修啊？"

"你们说得没错，按常规配备，医疗应急救援都是与医院一起的，什么都方便，"刘彩凤说，"不过，指挥部把我们医疗应急救援机动队安排在这边，也许就跟新建医院有关吧？既然已经到这儿了，就不要议论了，议论也不起作用。"

李雪雁说："那为什么我们机动队全是女的，怎么不调些男同志来，修房子都是重活、体力活，需要的是劳力……"

刘彩凤白了李雪雁一眼："就你问题多，你也嫌弃女的？"

李雪雁缩了一下脖子，不好再说什么。

刘彩凤转身站在一块大石头上，双手击掌，高声说："大家不要说了，有些事不该问的就不要问，指挥部这样安排有指挥部的考虑。大家看，我们驻地的便道已经通了，就在面前，指挥部是把一个好地方给了我们啊。让我们这些人组成医疗应急救援机动队，也是信任我们，看重我们，是相信我们能挑起第一指挥部医疗应急救援机动队这副重担。刚才有同志说，女人怎么修建房屋？女人怎么了？女人也是人，男人办得到的事我们能办，男人办不到的事我们照样能办。没有男人，我们一样修建房屋。"

大家想笑，又不敢笑。

刘彩凤看了一下左手腕上的上海手表，说："我们的家今天就要安在这里。现在我们首要的事情就是两人搭一个人字棚，用茅草盖，先解决临时住的，天黑前必须完成。看样子今晚可能有雨，棚搭不好，我们晚上都要成落汤鸡。明天还要着手修办公房和住房，现在我简单分工——"

刘彩凤又一拍手："大家都过来点，郑晓阳，你负责协调煮饭、搭棚等后勤需要的东西，提前想好，准备好。今天的午饭、晚饭都归你负责。"

郑晓阳回答："是。"

刘彩凤又说："罗锦绣、江晓月、邹珂萍、吴春红负责搭人字棚的技术指导。"

罗锦绣、江晓月、邹珂萍、吴春红齐声回答："是。"

刘彩凤说："所有人听着，现在除郑晓阳在这里外，其他人全部带上工具上山，割草、砍树、搭棚。行动。"

大家齐声回答："是。"

第三章　惊弓雁

刘彩凤带着医疗应急救援机动队队员上山割草、割藤条、砍树，然后肩挑背扛弄回来。大家上上下下跑了几趟，总算把搭工棚的材料攒够了。

李雪雁的衣裳被汗水浸透了，双手也被草划了许多口子，冒着血珠，她双脚酸软，一停下来就倒在草上，累得起不来了。

"起来，"刘彩凤走过来用脚轻轻踢了踢李雪雁的脚，"不要躺着，这样对心脏不好。"

"队长——没事，我就歇一会儿，"李雪雁愁眉苦脸地揩了一把汗，好像要虚脱了似的，说，"我起不来了，要死了……"

"死了也要起来，"刘彩凤一把提起李雪雁，"坐着都行，就是不要躺着，你看看她们，哪个不累？"

李雪雁看大家或站或坐，脸发红，大汗淋漓，都气喘吁吁的……罗锦绣、江晓月、邹珂萍、吴春红、王宝君显得轻松一些，刘腊梅、赵春燕、王西丹的情况跟她差不多，累得脸色难看，嘴唇发青。

李雪雁有些不好意思了，就吃力地坐起来："哎呀，我的腰都要断了。"

刘彩凤笑了笑："我看大家今天都不错，值得表扬，只不过我们的任务才完成了一半。罗锦绣、江晓月、邹珂萍、吴春红进特区比我们有些同志早一些，她们搭过草棚，住过草棚，有她们在，我们一定会搭好草棚的。罗锦绣你说说，搭草棚难不难？住着如何？"

罗锦绣摸摸右耳呵呵一笑："不难，我们去年进来时正是草枯的时候，那茅草全是炸开的毛锥子，尖利、扎人，我们今天遇到的草全是青草，还没有黄，都很柔软、舒服，不过，用来垫的草，我们还得晒干了再用，以免睡了得风湿。不过今晚也只能用青草了，可大家能闻到草的清香味，多好呀。"

大家都笑起来。李雪雁也感到一丝轻松，觉得罗锦绣很不一般。

刘彩凤指着山下的金沙江说："这里的位置多好啊，面向大江，我们在这里修房，是什么？是江景房啊，对，江景房！"

"对，江景房，"大家一下子来了精神，"面向金沙江，风景确实好。"

赵春燕："滚滚长江东逝水；我住长江头，君住长江尾……"

"哈哈，这不是长江，这是金沙江。"刘腊梅说，"毛主席当年带红军过的金沙江，他还写过诗呢。"

"月下的金沙江一定很美，"王西丹高兴地站起来说，"头枕金沙水，多惬意啊。王队长，你觉得呢？"

"肯定美，"刘腊梅也说，"我们哪天试试？"

王宝君看了王西丹、刘腊梅一眼，不置可否，面无表情。

赵春燕说："就是就是，我一定要好好体验体验。"

郑晓阳高声喊："开饭了，开饭了，如果我在北京有一套江景房，我做梦都要笑醒哦。"

"长江从你们北京过吗？"赵春燕笑了起来，"你实现不了了。"

郑晓阳高声说："北京有海，前海后海，有海就有水，水边的房，也是水景房，水景房不就是江景房啊？"

赵春燕双手张开，对着远处的金沙江，微闭着眼睛，大声说："大江东去，浪淘尽，千古风流人物……"看着赵春燕假装陶醉的样子，大家都笑了起来。

"数风流人物，"王西丹接过赵春燕的话，"还看今朝，还看我们啦……"

"哈哈哈——"大家哄笑起来，"对，数风流人物，还看今朝。"

"不要疯了……呵呵，快来打饭吃饭哦，又香又好吃哦。"郑晓阳用三块石头架口锅，找了干柴草，从金沙江边背了水回来，已经煮好了午饭——白米饭、海带汤。大家拿出饭盒逐一打饭吃，没有筷子的，就顺手折下小树枝剥了皮当筷子用。

大家说说笑笑吃饭，满身的疲劳似乎也消除了很多。

李雪雁不时看看郑晓阳，觉得她太能干了，在这山岗上，居然这么快就为大家煮好了饭。能人！机动队里有人才啊。再想想自己刚才倒在地上的狼狈相，突然觉得有些惭愧，甚至有些丢人。

吃完午饭，烈日当空，酷热难当。

大家在罗锦绣、江晓月、邹珂萍、吴春红的指点下，忙着扎草、绑杆搭工棚，个个挥汗如雨，忙到黄昏时，7个人字形草棚终于搭成了。

罗锦绣、江晓月、邹珂萍、吴春红又逐一教大家在草棚内外开挖排水沟，防雨水浸湿。挖好排水沟又教大家在棚内铺上厚厚的青草，草棚工程才算彻底完成。

罗锦绣问刘彩凤："队长，你看地上铺上草多柔软，多舒服啊，跟你大上海的床比如何？"

"这舒服，来自大自然，新鲜，"刘彩凤一笑，一拍掌，"同志们，大家好样的，太阳还没有落山就搭好了我们自己的窝，我们自己的江景房，现在我来分房。"

"分房喽，"大家都围过来，"几人一间啊？"

"单间！"

"还单间呢？"

"双人间还是三人间？"

大家嘻嘻哈哈、七嘴八舌地开玩笑。

刘彩凤一拍掌，指着草棚说："我们从右到左按顺序分房，王宝君与赵春燕，住第一间；郑晓阳与王西丹住第二间；邹珂萍、江晓月住第三间；张元香与刘腊梅住第四间；罗锦绣、李雪雁住第五间；吴春红和我住第六间；第七间放置煮饭的用具和物品，郑晓阳同志负责保管，大家都清楚了吗？"

众人齐声回答："清楚了。"

"好，"刘彩凤一拍掌说，"那好，大家各自收拾，每个工棚一盏煤油灯，自行在郑晓阳处领取，注意防火。洗漱的水，大家自行到金沙江边去背，桶也在郑晓阳处领取。背完水，今晚就没有其他工作了，大家的任务就是睡觉，休息好，从明天起开始修建我们的办公房和住房。"

"好。"

"哦，等一下——"刘彩凤又拍了一下掌，"差点忘了，宣布一下重要纪律，第一指挥部规定：所有人不准下金沙江洗澡、游泳，违者严肃处理。"

"为什么？"

"山上没有水，去江里洗洗怎么了？"

"哦，江水那么混浊，我才不去洗呢。"

"是不是江里有金沙，才不准我们去呀？"

"金沙多得很，舀一瓢水都是金子，洗一次澡，身上都是黄金。你去洗洗看，一洗成富翁……嘻嘻……"

"哈哈……要是真有金沙、有黄金，我们还在这里搭草棚受罪？早就去淘金沙，回去享受喽。"

"你去洗呀，带一身金沙回来，晚上做黄金梦，多好。"

大家互相取乐，开着玩笑。

"因为做黄金梦的人已经淹死在江里了。"刘彩凤高声说，"不是开玩笑，谁不听，谁走人。都去干自己该干的事。"

大家见刘彩凤态度强硬，一下子都不吱声了，各自散开，去整理自己的行装，到草棚里铺垫单放被子。

李雪雁怎么也没有想到，她第一夜会在惊恐中度过。

天还没有黑，李雪雁和大家都背上桶到金沙江边背水，因为在山上劳累了一天，每个人灰头土脸的，不洗也不行。

从她们的草棚到山下的金沙江约有一二公里的路程，全是崎岖山路，很难走，不好挑，只能用有盖子的蓝色旧塑料桶背，每桶装满水约50斤。

下山，大家还一起说说笑笑的；上山，背着水就不一样了，喘粗气的多，说话的一下子少了。12人的队伍，不到5分钟就拉开了距离。

罗锦绣、江晓月、邹珂萍、吴春红、张元香走在最前面，刘彩凤、王宝君、郑晓阳走在中间，赵春燕、王西丹、刘腊梅、李雪雁落在后面。

李雪雁走了一段山路，就觉得肩膀上的绳子好像要勒进肉里似的，水桶越来越重，"哎哟"一声靠在土坎上，不动了。

"我的妈哟，背不动了，"前面的王西丹也靠在了路边，"怎么越背越重呀。"

赵春燕、刘腊梅也放下水桶倒在路边草里，用手、袖擦汗。

刘腊梅上气不接下气地说："我刚才为什么要灌满啊？我的天。"

赵春燕笑起来，气喘吁吁地说："你想洗干净些呗。"

刘腊梅说："这混浊的水，我才不想用呢，不是没办法吗？"

赵春燕一笑："这金沙江的水呀，不但有金沙，还有美容和化妆的功效。"

"是啊，浑水一上脸，男女都分不出来，那就是给你脸上贴金呀，一下就是千金小姐了，"李雪雁听了也笑起来，"是不是？那多好啊，也省了不少事。呵呵呵。"

"你们几个在后面笑什么？"刘彩凤在前面喊，"天快黑了，快点，这山上有狼哦，专门追长得好看的……"

"妈哟，狼……"

赵春燕、王西丹、刘腊梅、李雪雁一听，顿时毛骨悚然，马上挣扎着背上水桶往山上爬。

又走了一会儿，李雪雁一人落在了最后。她感到水桶越来越重，实在背不动了，又停下喘气。

赵春燕、王西丹、刘腊梅也背不动了，也停在前面。

"李雪雁，怎么样？"刘腊梅在喊，"快点，我们在这里等你。"

李雪雁心里一热："没事，我歇歇，马上……"李雪雁嘴上这么说"马上"，可是双手酸痛、无力，拉着水桶的绳子，怎么也扯不上肩膀，腰也痛，背也痛，浑身痛。她恨自己太没用了，几十斤的水都背不起来，急得想哭。

"李雪雁，怎么样？"赵春燕在喊，"没事吧？"

"没事，"李雪雁忍住羞愧和悲苦，高声说，"马上来，你们走着等我吧。"

李雪雁一边回答一边挣扎着背水桶，就像蚂蚁撼树一样，总是背不起来，又急、又累、又痛，忍不住眼泪直流。

"是不是今天搭棚背草太累了，给我背。"一个声音突然在李雪雁的头上传来。

李雪雁扭头往上一看，一个身体微胖，肤黑，脸圆，齐耳短发的女人站在她上面的小路上，正是今天跟她分在一个草棚的罗锦绣。李雪雁又惊又喜，心里暖暖的，又不好意思："你怎么下来了？我自己来，你有你的要背。"

罗锦绣摸着右耳微笑，脸上全是汗："江晓月、吴春红我们已经把水背回驻地了，见你们几个还在山下，我们就下来看看，江晓月、吴春红在前面帮赵春燕、王西丹、刘腊梅她们。"说着快步下来，一提水桶，背在背上，拉起李雪雁："等会儿天黑了，路更不好走，容易摔跟头。"李雪雁心中感激，觉得一下子轻松极了，跟着罗锦绣往上爬。

"罗姐，"李雪雁抹了抹额头被汗水粘住的头发，"我叫你罗姐可以吗？"

"大家难得分在一起，怎么不可以？"罗锦绣回头一笑，"看你的样子，只有当我小妹的命了，我30了，你多大？"

李雪雁说："23。"

罗锦绣回头看了看李雪雁："这么小？"

李雪雁："我今年才从大学毕业。"

"哦，大学生，怪不得，从来没有背过水吧？"罗锦绣说，"人才哦，哪个大学？"

"没有这样背过，"李雪雁说，"北京师范大学。"

罗锦绣吃了一惊："北京师范大学？宝贝啊，那你还来这里受罪干什么？"

李雪雁说："国家三线建设，号召好人好马上三线，正好我父母在这边，我就来了。"

"觉悟高嘛，"罗锦绣说着又摇摇头，"只不过，你不该来这个地方。"

李雪雁一愣："啊？我不是好人也不是什么好马，你看我连背水都不行，是有些丢脸。"

罗锦绣说："你不要误会，我不是这个意思，每个人都有自己的长处，你是大才子，不像我这种大老粗，我只上个小学，天生就是干苦力的命。你应该在大城市，那才是发挥你才干的地方。"

李雪雁说："我父母在这边，父母在哪里家就在哪里，我不想离开他们。"

罗锦绣一听，停下脚步，看看李雪雁，说："小妹子，你说得太好了，父母在哪里家就在哪里，做人就要这样，你父母呢？"

"我爸爸是铁道兵5师的，现在云南宣威修成昆铁路，我妈妈——"提到母亲花含笑，李雪雁心里一痛，一时噎住似的，说不出话来，眼泪在眼眶里打转。

"怎么啦？"罗锦绣问，"你妈妈在哪个单位？"

"在第一指挥部电讯处，就在上个月牺牲了，"李雪雁说着哽咽起来，"我也没想到……"

罗锦绣见状一惊，急忙搂着李雪雁的肩膀："姐不知道，不该问，别伤心了，别伤心了，对不起对不起。"

李雪雁说："没事，只是我没用，对不起我妈妈，我连背水都不行，我真的没用……你看你，有力气、有本事。"

罗锦绣说："小妹子，怎么会没用？每个人都有用，就是一个背篼也有大用。我以前和你一样不能吃苦，小学没读完就回家种田了。我家是云南大理的，哦，你老家是哪里？"

李雪雁说："陕西榆林。"

罗锦绣说："哦……那很远了。我没有出过什么远门，到攀枝花特区就是我现在走得最远的了。我原来在家干活，20岁了还背不得、扛不得、挑不起，被村里人奚落，我一赌气，发誓要超过别人，别人能背能扛能挑的我都能。就这样，我于去年9月来到特区，先在特区的仁和商店上班。我们的任务就是每天用背篼背着日用小商品到金沙江两岸的煤矿、铁矿、各个建设工地卖，方便进来的各地职工购买生活用品。别人用小背篼，我就用大背篼，别人背50斤，我就要背60斤，别人一天跑两个地方，我就要跑四个地方，反正我要比别人多背多跑。后来，我被调到特区第一砖瓦厂上班，别人搭草棚背两捆茅草，我就背三捆，别人一天做20个瓦垌，我就做40个，别人一天砸100匹砖，我非要砸120……别人说我们女人不行，我就要超过男人……我是这样想，也是这样做的，呵呵，居然都做到了。就这么简单。"

李雪雁说："原来你这么强大呀，难怪队长让你指导我们搭草棚，你是老手啊。可我，做不到，太难了。"

罗锦绣说："我们农村有句话，困难就像只狗，你越怕它，它越要咬你；你不怕它，它就夹着尾巴走。"

李雪雁"扑哧"一声笑了，心中似乎舒坦了许多。

"哎，"罗锦绣又问，"妹子，你家几姊妹？"

"我家，"李雪雁愣了一下，说，"我还有一个哥哥，可是，在我三岁的时候失踪了，如果还在的话，应该25岁了，我们一直在找他……"李雪雁说起心里又一阵难过。

罗锦绣一看李雪雁难过，觉得不该多问，就岔开话题："你后悔来机动队吗？"

李雪雁微微一笑，说："有一点点后悔，就是有些吃不消，害怕做不好。"

"像是说的真话，不后悔才怪了，"罗锦绣一笑，看着李雪雁脸上漾起的两个好看的酒窝，说，"对了，笑笑就好了，笑起来多好看。你在大城市待的时间多，细皮嫩肉的，力气小，这很正常，但过不了多久，你就会比我强的。"

李雪雁笑："我怎么也赶不上你。我哪里有你这么大的力气。我现在就觉得浑身无力，还酸痛。"

"力气这东西呀，今天没有了，睡一夜，明天又有了，"罗锦绣笑着说，"走吧，回去洗洗好好睡吧。"

说话间，她们已经赶上了坐在路边歇气的刘腊梅，看样子她也背不动了。她身材苗条，面容姣好，有舞者气质，秀发齐肩，左边嘴角有颗小痣。

看到李雪雁她们赶上来了，刘腊梅甩甩长发："唉——我走不动了，你们先走吧。"

"江晓月、吴春红她们不是来接你们吗？"罗锦绣问，"她们呢？"

刘腊梅又甩了一下长发说："赵春燕、王西丹也不行了，我让她们先帮她们背，我歇一下就没事了。"

罗锦绣双手弄了弄双肩的绳子，然后一把提起刘腊梅放在旁边的水桶，环抱在胸前："我们走吧。天黑了，不安全。"

李雪雁、刘腊梅都惊呆了："你，你——你也太厉害了吧？"

"两桶才100来斤，没什么。"罗锦绣一笑，"走吧，慢走当歇气。"说着沿着山路往上爬，李雪雁、刘腊梅紧跟其后，还觉得有点跟不上罗锦绣，心中又是惭愧，又是佩服，觉得罗锦绣太强大了。

不一会儿，她们回到了驻地。大家简单洗漱后就各自在草棚里躺着聊天，因为累了一天，大都疲乏不堪，聊了一会儿就吹灯睡了。

山上蚊子很多，时不时就叮一下，天热又不能盖被子，李雪雁身上早已被蚊子咬了很多包，又痒又疼。

耳边虫鸣唧唧、蚊子嗡嗡，不时还传来猫头鹰的叫声，令人毛骨悚然……

李雪雁又惊又怕，怎么也睡不着。而身边的罗锦绣睡得很香，好像什么东西对她都没有影响。

"老鼠——老鼠——"李雪雁突然听到刘腊梅一声尖叫和跑出草棚的声音。

"我的妈呀，怎么了？"王西丹嘟囔着点亮煤油灯，突然间也尖叫起来，"蜈蚣，有蜈蚣……"

"啊，好多蚂蚁，蚂蚁——"赵春燕点亮煤油灯，拍打着衣裤，也跑出了草棚。

大家都被她们惊醒了。

李雪雁揉揉眼睛坐起来，借着外面的光亮，她看到像一根绳子的东西在草棚门口上方吊着，好像是蛇，她魂都要吓出来了，战战兢兢地碰了一下罗锦绣，怯怯地指着门口那东西，说："罗姐，罗——姐，你看，你看……"

罗锦绣正在穿衣要起来，一看就说："别动。"

她点亮煤油灯一照，是一条乌梢蛇挂在门口。

李雪雁一声尖叫："蛇——"抓着被子缩到草棚的最里边

去，吓得瑟瑟发抖。

"你胆子也太小了，雪雁应该是雪山上高飞的大雁，"罗锦绣笑，"我看你就是一只'惊弓雁'"。

罗锦绣一手拿煤油灯，一手捡起一根枝条，慢慢向乌梢蛇伸过去，看准时机顺势一搅，把那条乌梢蛇搅在枝条上，然后飞快地跑出草棚，把蛇和枝条丢在坡坎下的草丛里。

罗锦绣转身对李雪雁说："没事了，已经丢了。"

李雪雁惊魂未定，战战兢兢地走出草棚说："罗姐，你把它弄到哪里了？"

罗锦绣指着坡下草丛，一笑一指："小蛇一条，不要怕，在那里。"

李雪雁说："等会它又爬上来了，你怎么不打死它？"

罗锦绣说："蛇一般不伤人的，只要你不伤害它，它就不伤害你的，如果我刚才打死了这条蛇，那么，今晚会有其他蛇跑来的，那我们就真的睡不了觉了。"

"哦，"李雪雁说，"你胆子也太大了。"

罗锦绣说："我原来也胆小，就像你现在一样，见的多了，就习惯了。"

这时，所有人都跑出了草棚，七嘴八舌地说着蜈蚣、老鼠、蛇、蚂蚁，睡意一下子都没有了，人心惶惶，不敢再进草棚。

刘彩凤站在中间，一拍掌："大家不要怕，不要慌，没什么大不了的，不就是蜈蚣、老鼠、蛇和蚂蚁吗，那是因为我们今天在这里动了土，占了它们的地盘惊扰了它们，它们也许是没有地方了，我们应该与它们和平相处，还有啊，这些东西往我们草棚里钻，又好像是搬家，天这么闷热，可能要下雨了，我这里有万金油，每人都在手脚、身上抹一些，蛇虫蚊子闻到万金油的气味就不会靠近了。"

大家传递着万金油往身上抹。

李雪雁在蚊子叮咬的地方抹了万金油之后，感觉一阵清凉，疼痒就轻些了。

"队长——"罗锦绣大声说，"队长，我有一个建议。"

"什么建议？"刘彩凤问，"你说。"

罗锦绣说："我们云南农村防虫蛇的土办法就是用生石灰或者雄黄。明天能否让指挥部给我们一些生石灰或者雄黄，有一样就可以，撒在草棚周围和草棚里的地上，蜈蚣、蛇虫、蚂蚁就不敢来了。"

大家说："这个办法可以试试，队长。"

"郑晓阳，"刘彩凤环视四周，喊，"郑晓阳——"

"到，"郑晓阳跑过来大声回答，"队长，什么事？"

刘彩凤说："听到罗锦绣说的了吗？你明天一定想办法弄一些来。"

郑晓阳回答："是。我来想办法。"

郑晓阳话音刚落，远处就传来雷声，西边还出现了闪电。

刘彩凤说："要下雨了，大家都回棚睡觉吧。"说话间，雨点已到了，大家刚进草棚，大雨就来了。

尽管大家都很疲乏，但被蜈蚣、老鼠和蛇惊扰后都心有余悸，加之有的草棚还漏雨、浸水，又折腾了一阵，除了罗锦绣、江晓月、吴春红、郑晓阳睡了一会儿外，李雪雁和其他人都一夜难眠，睁着眼睛熬到天亮。

第四章　大磨合

一大早，攀枝花特区第一指挥部后勤处的一辆解放牌货车就把墙板、墙锤、撮箕、筢箕等修房子所需工具和用品运到了。

刘彩凤组织队员卸完东西，吃了早饭，太阳还没有出来。

刘彩凤说："从今天起，我们争取用一个月的时间修建10间土房，趁昨夜下了雨，泥土是湿的，正好夯土墙。大家分工作业，轻重轮流搭配，互相配合好。开工。"

尽管大家一夜没有睡好，但依然有说有笑地戴上草帽，拿上工具破土动工，搬石头打基础、架墙板、布墙棍、挖泥、提泥、夯土墙……干得热火朝天。

罗锦绣、江晓月、吴春红、张元香、邹珂萍体力好，又修过土房，既是主力又是技术指导。刘彩凤、王宝君、赵春燕、王西丹、刘腊梅、李雪雁就充当助手角色。

看到大家分工负责，忙而有序，李雪雁似乎明白了第一指挥部在相关单位抽调女同志的意图了，除了她李雪雁以外，其他人都是拿得起放得下的人物。李雪雁不禁感到惭愧。

大家开始干活的劲头很足，进度很快。不料，将近九点，刘彩凤、王宝君、赵春燕、王西丹、刘腊梅、李雪雁先后说肚子痛，接着就开始拉肚子。

罗锦绣说："可能是水土不服，过几天适应了就会好的，金沙江的水虽然在桶里沉淀过才煮饭、烧开饮用，但还是有点脏。吃点药就没事了。"

刘彩凤叫王宝君拿了些治拉肚子的药来，分给大家。

罗锦绣说:"你们从大城市来,肠胃娇贵,不像我们本地人,习惯了,百毒不侵。"

李雪雁:"你有机会的,你也不是本地人啊?"

罗锦绣一笑:"特区就在四川云南交界的地方,现在大部分在我们云南华坪、永仁土地上,你说我这个云南大理人,算不算本地人?"

李雪雁说:"算算算,挂得上一点点。"

罗锦绣对刘彩凤说:"队长,西药金贵,我们本地人预防拉肚子的办法就是含甘草。"

"含甘草?"刘彩凤愣了一下,说,"我明白了,服甘草。"

"对,"罗锦绣说,"时不时吃一点甘草,解毒又增强脾胃功能。少花钱买药吃。"

刘彩凤说:"甘草是中药,确有这个功效,土办法往往管用,正好我们备得有,宝君去拿一些来,每个人都发一点。"

第一天,因为有部分人拉肚子和夜里没睡好,大家干干歇歇,建房的进度不是很理想。

因为物资紧缺,郑晓阳也只在指挥部后勤处弄回了一些生石灰,没有弄到雄黄。大家就把生石灰在各自的草棚内外撒了。自此,晚上除了有蚊子叮咬和老鼠偶尔打扰外,蜈蚣、蛇就再也没有在草棚里出现过了,大家睡觉也就安稳多了。

李雪雁也不再提心吊胆的了,心情也好多了。

几天的相处,队员之间都熟悉了,处得也很融洽。李雪雁对所有队友的情况也有了大致的了解。

罗锦绣,云南大理人,30岁,1964年9月入特区,原在特区的仁和商店工作。进机动队之前是特区第一砖瓦厂职工。力气大,外号"大背篼"。不服输、开朗、大方、喜欢笑,一说话就喜欢摸右耳。

赵春燕是甘肃庆阳人，22岁，特区中心医院急诊科医生，1965年6月从辽宁第三人民医院调入。外号"疯燕子"。脚步轻盈、身材姣好，明眸皓齿。短发分扎两束。热情、活泼、泼辣。个说话时喜欢轻咬嘴唇。

郑晓阳老家在北京通县，24岁，1965年入特区，特区物资局职工。外号"爬壁虎"。个子高挑，短发，柳眉杏眼，耳下有颗痣。乐观、热情、胆大、有亲和力。喜欢弄刘海。

王西丹老家在河北承德，24岁，特区中心医院外科医生，1965年6月从天津第二人民医院调入。外号"忘忧草"。身材匀称、清丽、有风韵。齐耳短发。开朗、活泼、爱笑。一说话就喜欢说"我的妈呀"。

邹珂萍家在天津东丽，21岁，1965年入特区，原为特区汽车运输公司职工。外号"都搁平"。身子结实，面目姣好，鼻梁中间有一小颗肉痣，齐耳短发。倔强，吃苦耐劳。喜欢帮助人。习惯双手环抱于胸。

江晓月是山东菏泽人，24岁，1965年入特区，原为特区水泥厂职工。外号"月超超"。眉清目秀、脖子左边有一颗痣，短发。坚毅、果断，自尊心强。一说话就习惯咂嘴儿。

张元香是河南范县人，25岁，1965年初入特区，兰家火山铁矿首批工人。外号"穿山甲"。身材娇小，面目清丽，右眉上有颗小痣。不服输，文静，大方。喜欢拨弄鼻尖。

吴春红的家就在不远的云南保山，26岁，1965年入特区，第四指挥部（煤炭）六连女工班班长。外号"大力红"。苹果脸、大眼睛、身子敦实，丰满。齐耳短发。右手背有一肺形伤疤。乐观、开朗，不服输。习惯交换拉双手手指。

刘腊梅家在四川重庆，24岁，成都市文工团团员，1965年4月赴特区巡回演出就没有回成都，进入第一指挥部医疗应急机动队。外号"三角梅"。身材苗条，面容姣好，秀发齐肩，左边嘴角有颗小肉痣。活泼、大方、开朗。习惯甩长发。

刘腊梅能歌善舞，每天修房子的时候就哼小曲、唱歌，经常唱的是《英雄赞歌》《东方红》《莫斯科郊外的晚上》《九九艳阳天》。有时还即兴给大家来一段黄梅戏，有她在，大家干活就笑声不断。

队员们配合默契，老天也给力，经常夜里下雨，白天出太阳，泥土湿润正好夯土垒墙，不然李雪雁她们要从金沙江多背很多水上山润泥巴垒墙，那就累死人了。白天垒的墙，晚上用草扇遮挡防雨，防止坍塌，第二天揭开草扇继续往上夯土垒墙。

人心齐，泰山移。大家起早贪黑，心往一处想，劲往一处使，进度一天比一天快。不到半个月，10间房的土墙就有1米多高了，主体工程过半。

机动队的后勤和煮饭基本上是郑晓阳负责，有时罗锦绣、江晓月、吴春红、张元香、邹珂萍也临时去换换她。

饭好煮，口难调。最让郑晓阳为难的是队员们来自东西南北不同地方，饮食习惯不一样，有的喜欢米饭，有的喜欢面食。指挥部后勤处又只给机动队大米，没有面粉，更没有新鲜蔬菜，猪肉七天分一次。机动队只有几个南方人习惯吃米饭，北方人都不想吃米饭，郑晓阳也在极力让自己适应，可是，还是觉得难吃。

正因为这样，她每天煮的饭经常吃不完，天气又热，放半天就馊了，只有忍痛倒掉，太可惜了。这样下去，不仅浪费粮食，一些队员也吃不饱，天天要干重活，身体会垮的。郑晓阳看着、想着，又心痛，又没有好的办法。

郑晓阳思前想后觉得还是应该把情况告诉队长刘彩凤。

刘彩凤其实早就发现了队员们吃饭的问题，只是没有人直接提出来，她想大家可能过几天就适应了，就没有过问。

郑晓阳一说，刘彩凤觉得问题比她想得严重，如果一些同志长时间不吃饭或少吃饭，只吃点干菜、海带，是坚持不了多久的。更何况，物资紧缺，哪怕是一粒米也来之不易，粮食金贵，绝不能浪费。

刘彩凤就在大家干活歇气的时候说："同志们，这段时间大家很不错，但我知道一些同志一直是饿着肚子在坚持干活。干事创业需要坚持，需要一种忘我奋斗向上的吃苦耐劳精神。但是，有的坚持我们要丢掉。"

刘彩凤环视一下大家，拍一下手掌继续说："什么东西我们不需要坚持呢？比如，米饭。我们从北京、天津、河北、河南、山东、甘肃、陕西等地方过来的同志吃米饭不习惯，这是个问题。是问题，那就是不吃或少吃，其结果是身体要垮。身体是革命的本钱，身体垮了，还干什么革命？还搞什么建设？当然，大家的情况我也都知道，也理解，现在后勤上一时没有面粉供应给我们，如果哪天有面粉而没有大米，我们上海、湖南、四川、云南的这些同志也不一样要吃面食，不吃也得吃。"

大家听着不吱声。刘彩凤继续说："今天我就把我知道的情况给大家都说了，国家号召'备战、备荒、建三线'，这是特殊时期，更是困难时期抓发展，现在特区物资非常紧缺，工业建设所需物资紧缺，四面八方进来的建设者的吃的、用的、住的更紧缺，郑晓阳在进我们机动队之前是特区物资局的，她最清楚。"

郑晓阳接着刘彩凤的话说："就现在物资供给情况来看，指挥部给我们的供给已经是最好的了。人家其他单位都有意见了。"

刘彩凤说:"我知道大家没有说出自己心中的真实感受和想法,非常感谢大家,知道同志们理解现在国家的困难、特区的困难、指挥部的困难,这种精神值得我学习。但是,我的姐妹们,你们不吃饭或吃不饱饭硬撑不行啊。你们能撑多久?10天?一个月?半年?一年?不行啊,我们特区建设、钢铁基地建设可不是一年两年的事,那是要一代又一代人来建设的事。你们不吃或少吃,既饿肚子,也浪费粮食。"

李雪雁弄着辫子,她这些天来确实不想吃米饭,也厌烦了海带和干菜,几乎每天都没吃饱,夜里饿得发慌,她甚至几次想提出吃馒头、新鲜蔬菜、大葱……不过,她想北方来的队友应该都一样,大家都没说,她也不好意思说。

刘彩凤继续说:"我没责怪大家的意思。目前,我们特区基地的大多数项目都在荒山野岭建:宝鼎煤矿、兰家火山铁矿、弄弄坪钢铁基地、石灰石矿、红果煤矿等,都从去年开始进驻建设大军,到现在也还没有完全通路、通水、通电,没有解决职工住房,各个单位都是靠自己先解决。第一指挥部把我们安排在炳草岗这边江南片区,这边应该是特区今后的生活区,是今后最好的区域,现在,指挥部的工作理念是先重点考虑生产建设,后考虑生活的问题。前不久,指挥部传达了党中央对建设攀枝花特区的指示,要求1968年成昆铁路通车,攀枝花1970年出铁、1971年出钢。这个目标任务重于泰山,现在特区的所有工作都围绕这个目标干,有也上,无也上,有条件要上,没有条件创造条件也要上,要鼓足干劲,力争上游,多快好省地建设社会主义,你们说,我们能落后吗?"

大家齐声说:"不能。"

刘彩凤继续说:"我们机动队还没有到一线,现在所有的物资首先保障建设一线单位，其他单位没有就没有，没有也要求自己想办法克服困难解决。现在的物资都是辗转从昆明、贵阳、成都、重庆运来，水路、陆路、空中交通都不便，难度太大，我们特区的交通罗锦绣最清楚，她去年背着背篼翻山越岭给建设者送商品物资，今年有的工地便道公路虽然已经通了，但也缺车少物。现在后勤处供应粮食（主要是粗粮和细粮，粗粮是玉米、高粱；细粮是大米、面粉）的标准是特重体力每人每月不超过25公斤，重体力不超过20公斤，轻体力不超过16公斤，我们这个月在修房子，给我们按重体力人员标准供应，而且分的都是白花花的大米，好粮，已经是对我们女同志最好的照顾了。清油给我们供应的是每人每月四两，有小孩的跟大人一样，学生半斤。"

刘彩凤停了一下，看看大家说："猪肉，不保证新鲜肉，多数是腌腊干肉，每人每月计划1斤半，艰苦岗位保证够量，我们不是艰苦岗位每月不一定就有1斤半猪肉。这些都凭票、证供应。工资，我们机动队按一线工人每人每月41.50元。我说这些情况，是想告诉大家，现在比我们困难多、困难大的单位很多，比我们艰苦的职工很多。苦不苦，想想长征二万五；难不难，看看红军走过的大雪山。"

刘彩凤拍了一下手掌，继续说："大家都知道，前几年，我们那些在戈壁滩里隐姓埋名研究原子弹的高级专家们，两三个月也吃不到肉，缺粮缺菜，缺营养，啃窝窝头还加有风沙，他们大多数得了夜盲症、水肿病……那样艰苦，他们不一样造出了原子弹，干出了惊天动地的大事吗？我们现在有白花花的米饭吃，几天还能多多少少吃上一点肉，比起他们，我们是生活在天堂啊。"

李雪雁听着眼睛湿润了。大家都静静地听着。

刘彩凤说："同志们，姐妹们，远的不说，大道理不讲，吃大米饭总比我们从山下金沙江背水上山来轻松，总比我们修房子夯土轻松，要干大事业，就要从改变自己开始，而改变自己就得从改变习惯开始，不分地域，从饮食习惯改起。如果近段时间大家对我有怨气，就请把对我所有的怨气都向米饭发泄吧——把它统统吃掉。大家做不做得到？"

大家齐声回答："做得到。"随即哄笑起来。

刘彩凤一拍掌："好。继续干活。干完活，我们的任务就是吃饭比赛，看谁吃得多？"

"好。"

"我不会输。"

"我至少吃两碗。"

"你吃两碗，那我吃三碗。"

大家一边说，一边干活，嘻嘻哈哈，笑声在大弯子回荡……

自从刘彩凤专门打了招呼后，来自北方的队员在努力适应吃米饭，郑晓阳也好计划每天的饭了，剩饭的情况就慢慢没有了。

每天一大早，李雪雁她们就开工了，下午天黑才收工，遇着白天下雨，晚上就点灯"夜战"，把白天耽误的时间抢回来。她们的衣服脏了、磨烂了，洗了、补上补丁；肩膀、手心从磨起血泡到长起包，成了老茧，所有人的肤色也比以前黑了，10间房子终于到了夯山墙的时候。

李雪雁、王西丹、刘腊梅、赵春燕在队员里算是娇气一点的，经过这一段时间的磨炼，也坚强起来了。从开始累得双手连筷子都拿不起，浑身散架似的疼痛，到身体行动如常；从开始挑半挑泥土过木板桥上墙时候的摇摇晃晃、心惊胆战，到挑一满挑泥土过桥上墙的自然轻快、有说有笑有唱，她们都经历了从孱弱无力到强壮有力的艰难过程。

刘彩凤看到建房的主体工程马上要完了，心情愉快，就一边干活一边说："大家想不想听歌？"

队员们齐声回答："想。"

"那我们就请一位歌唱家来专门为我们演唱，"刘彩凤笑，"大家说好不好？"

"请谁呀？"李雪雁好奇地问，"谁会来我们这里？"

"远在天边，近在眼前，"刘彩凤一指刘腊梅，"'三角梅'——"

大家一听都笑起来。

"我们请刘腊梅唱一首《十八岁的哥哥》，如何？"刘彩凤说，"《十八岁的哥哥》，想不想来一个？"

大家哄然大笑："想——来一个——"

刘腊梅正站在墙板里用墙锤夯土，一听，也不客气："那我就把《十八岁的哥哥》送给大家，谁不要？"

王西丹一下没有反应过来："我。"

"哈哈哈……"

"我们都要。王西丹不要。"

王西丹笑："你们要，我凭什么不要，一百个也不嫌多。"

大家都笑弯了腰。

刘腊梅故意"嗯嗯"两声清了清嗓子，取下草帽，甩甩长发，又戴上草帽，把墙锤一杵："我来了——"

> 九九那个艳阳天来哟
> 十八岁的哥哥呀坐在河边
> 东风呀吹得那个风车转哪
> 蚕豆花儿香呀麦苗儿鲜

风车呀风车那个咿呀呀地唱呀

小哥哥为什么呀不开言

　　刘腊梅嗓子甜润，歌声婉转动听，李雪雁、王西丹、江晓月、赵春燕等跟着刘腊梅或哼或唱起来。

九九那个艳阳天来哟

十八岁的哥哥呀想把军来参

风车呀跟着那个东风转哪

哥哥惦记着呀小英莲

风向呀不定那个车难转哪

决心没有下呀怎么开言

九九那个艳阳天来哟

十八岁的哥哥呀告诉小英莲

这一去呀翻山那个又过海呀

这一去三年两载呀不回还

这一去呀枪如林弹如雨呀

这一去革命胜利呀再相见

九九那个艳阳天来哟

十八岁的哥哥呀细听我小英莲

　　李雪雁挑着一挑泥土上墙，边走边跟着唱：

哪怕你一去呀千万里呀

哪怕你十年八载呀不回还

只要你不把我英莲忘呀

只要你胸佩红花呀回家转

······

李雪雁唱着唱着突然一脚踩空，尖叫一声，从3米来高的墙上摔下······

突然听到李雪雁尖叫摔下墙，众人大惊，想救也来不及了，心想李雪雁这下惨了。

说时迟那时快，就在李雪雁一脚踩空，摇晃坠落之间，一条人影如飞鸟般直冲下去，接着李雪雁，双脚在墙体上一点，一个"鹞子翻身"，抱着李雪雁稳稳当当地站在下面的土堆上。

众人都惊呆了，定睛一看是身材高挑、短发、明眸冷峻的"冷君君"王宝君。冷君君平时不苟言笑，除了说工作的事外，其他时候都不喜欢多说话。没想到一出手，就让所有人惊叹。

大家齐声欢呼："好——王宝君——冷君君，好妹子，太棒了。"

王宝君放下李雪雁，看了看大家，对李雪雁说："没事了。"

李雪雁惊魂未定，吓得话都说不出来。王宝君高冷，好强，又是副队长，说话时喜欢用右手食指指着对方。李雪雁平时对她总是敬而远之。刚才，王宝君在千钧一发之际救了她，她心生感激，定了定神说："谢谢——谢谢王队长，刚才要不是你救我，我不死也要摔残了······"

"不要乱说，什么死不死、残不残的，"刘彩凤站在墙上急切地打断李雪雁的话，"吓着了吧？没事吧？今后小心一点。"

李雪雁仰面说："没事，谢谢队长，谢谢大家。"

赵春燕说："你惊弓雁命大，刚才要不是副队长出手，你不死也得残废······"

"说什么呢？"王西丹白了赵春燕一眼，"还说，乌鸦嘴，你说点吉利的不行？"

罗锦绣说："王队长，了不得啊，高手，谢谢你救了我妹子，谢谢了。"

"什么高手？这还没有我们警校训练的科目难度大。"王宝君说着拍了拍李雪雁的肩膀，"我的同学随便拉一个出来都比我强，干活吧。注意点。这么高摔下来，真不是开玩笑的。"

刘彩凤说："大家干活一定要小心，越是要完工的时候越要注意安全。安全第一，安全第一。"

第二天，所有房屋的山墙都夯完了。第一指挥部后勤处运来了木料、青瓦，又请了一冶建设公司机动公司的房屋建设技工来安木条窗、上木盒子门、上梁、钉橡皮、盖瓦，前前后后又忙了两天才把10间房屋盖好了。

至此，第一指挥部医疗应急救援机动队的女人们只用了21天就完成了自己的办公房、住房的修建任务。

一冶建设公司机动公司技工们一走，刘彩凤就召集大家说："同志们，这段时间大家辛苦了，都是好样的。我们用双手修起了我们机动队的房屋。我们没有给机动队丢脸，没有输给其他建设队伍，我们有新房住了！"

"完成了。"

"有新房住了。"

大家激动、兴奋不已，欢呼雀跃，"我们有房子了！我们有房子住了！"

刘彩凤双手拍了一下掌，往下一按，示意大家安静："现在房屋修完了，后续的办公用品、必需的医疗设备、器械指挥部将逐步给我们配备到位，机动队必需的东西到位，我们集训完成后，才正式挂牌，开展医疗应急救援。"

"集训？还要集训？"李雪雁一听心都紧了，"我们还要集训哪？"

"能不能缓一段时间再集训啊？"刘腊梅也跟着说，"我能不能请假？"

刘彩凤看着李雪雁、刘腊梅说："怎么？集训就把你们吓倒了？请假不行。集训是早就说了的，至少半个月。修房子是解决我们机动队安身立命的问题，集训是提升我们机动队能力水平的大问题。集训主要是医疗应急业务培训和军训。每个人必须参加，没有假。"

"那我们参加过军训的还要集训吗？"罗锦绣问，"我去年参加过军训。"

江晓月、吴春红、张元香、邹珂萍也跟着问："是啊，我们都参加过军训。能不再训练了吗？"

刘彩凤说："要，而且必须参加。我们的集训，不仅仅是军训。大家知道，我们建特区，上三线，也是为了备战。现在特区都是军管区，大家知道，凡是进入特区的建设者，除军队外，都登记纳入民兵建制管理，年轻者全部是基干民兵。我知道，你们几个在进机动队之前，所在单位人多，都进行过军训，还都是基干民兵。你们有基础，也是调你们进来的一个原因，你们当中有的还从来没有接触过医疗应急方面的知识，也需要补课，应急培训，现在不学，怎么进行救援？怎么进行急救？我告诉大家，进了机动队就不要想轻松，也不会有轻松。如果谁，实在想轻松，那就请走人。"

刘彩凤语气坚定，不客气地说完，扫视所有队员。队员们都不说话了。走人，多丢人。

刘彩凤盯着大家问："有没有不愿意参加集训的？"

没人回话。李雪雁怯怯地说："队长，我说的是实话，我怕吃不消，拉后腿，我，我是要参加的。"

"好！只要参加就好。"刘彩凤高声说，"人一辈子吃不消的东西很多，如果今天吃不消，明天吃不消，每天吃不消，你就永远都吃不消。人活着，靠什么？靠精、气、神，只要有精、气、神，就没有吃不消的东西。"

李雪雁觉得有些惭愧，低头不敢看刘彩凤。

刘腊梅说："队长，我也怕集训，但我要参加。绝不拖大家的后腿，除非大家赶我走。"

"我也是，"李雪雁抬起头，说，"队长，我也不拖机动队的后腿。"

刘彩凤说："好！这才是机动队队员应该有的样子。王宝君——"

"到。"

"集训从明天起，半个月时间，本次集训，你是我们军训的教官，军训由你全权负责。"

"是。"王宝君站得笔直，回答，"请队长放心。"

刘彩凤说："赵春燕、王西丹——"

赵春燕、王西丹齐声答："到。"

"你们两位协助我对大家进行医疗应急基本知识普及培训，"刘彩凤说，"包括应急救护的相关应知应会知识培训。"

"是，"赵春燕、王西丹齐声答，"我们全力做好。不让队长失望。"

"好，明天一早，8点钟开始集训。一个也不能迟到。"刘彩凤说，"现在分配房屋，请晓阳宣布分房名单。"

郑晓阳走到大家前面，拿出名单说道："机动队新建10间瓦房这样安排，从右至左：第1间为厨房，第2、3、4间为我们队员的住房（4人一间），第5、6间为办公室（6人共一间），第7、8间作为机动队临时应急救护周转房，第9间作为药品、理疗器械用房，也就是库房，最后一间为厕所。刘彩凤、罗锦绣、江晓月、吴春红住第2间，张元香、邹珂萍、王宝君、郑晓阳住第3间，赵春燕、王西丹、刘腊梅、李雪雁住第4间。大家有没有意见？"

"没有。"队员们回答，"好。"

"那就好。"刘彩凤说，"请宝君牵头，郑晓阳、赵春燕、王西丹协助，定牌、编号，联系物资、设备。为机动队正式挂牌做准备。其他同志有活儿有事随喊随到，全力参与。"

"是。"

"好。"

"那大家就抓紧时间搬家，把草棚的东西搬到各自的房间。"

"太好了，"大家又欢呼起来，"搬家了，再见，我的茅草棚。"

大家散开，欢天喜地地去茅草棚收拾东西，搬家。

更让大家高兴的是郑晓阳从后勤处给每人买了一顶单人床用的白色蚊帐。那可是排队拿票、拿现钱都买不到的紧缺物资啊。

大家围着郑晓阳一下子把她抬起来往上抛，弄得她尖叫不已："放我下来，放我下来，我有心脏病，放我下来，我要死了、要死了……"

众人大笑，知道郑晓阳没有心脏病，又抛了两下，才放她下来。

"郑晓阳，"刘彩凤说，"你给机动队办了大好事，该记一功。"

郑晓阳红着脸，喘着气说："吓死我了……队长，不是我的功劳，我只是跑跑路，是指挥部后勤对我们女同志的特殊照顾吧，很多单位去年就报了计划也没有。"

"看吧，女的有好处吧？"刘彩凤笑，"以前谁还说过女同志不行？"

李雪雁听了，不吱声。她现在已经不觉得女人干不了重活了，相反，她也觉得没有女人干不了的事。

吴春红说："要是再有张单人床就舒服了。就不会睡地铺了。"

江晓月笑："面包会有的，一切都会有的。现在很多建设队伍还在外面风餐露宿，没有搬家，还是天当蚊帐，地作床呢。我知足了，我知足了。"

"这下好了，我再也不怕蚊子了，去挂上喽，"刘腊梅说着，抱着蚊帐一边走一边唱，"再见吧，蚊子！再见吧，蚊子……"

大家都笑起来，各自忙去了。

第五章　斑鸠菜

搬完家已是中午，在大家拿着饭盒打完饭蹲在新房子沿坎上吃饭的时候，刘彩凤发现罗锦绣不在。

"罗锦绣呢？怎么还没有来吃饭？"刘彩凤问。

大家你看我我看你，都摇头："没看见。"

"雪雁，你去看看，"刘彩凤对李雪雁说。

"难道她还没有收拾完？"李雪雁站起来，端着饭盒，到罗锦绣住的第2间房看了看，没有，就挨着每间新房子查看，边看边喊，"罗姐，吃饭了，罗姐，吃饭了……"没人应。

李雪雁一排房子全都看完了也没有看见罗锦绣，就大声说："队长，没有，她干什么去了？有谁知道她去哪儿了？"

郑晓阳突然站起来说："哦，我想起来了，一个小时前，她来看我煮饭，问我吃什么菜，我说海带汤和干萝卜丝，她说天天都是这些干东西，吃了不消化，今天搬家，我给大家来点新鲜的。说完就走了。我忙着煮饭，就没有注意她去哪儿了。"

李雪雁一听，也想起罗锦绣早上搬家时说她发现山上有斑鸠菜（一种树，叶子可吃）好像还没有人采摘，很新鲜。她准备去摘。

"摘斑鸠菜也该回来了……"李雪雁心里突然泛起一种不祥的预感，就说，"她可能到后面山上摘斑鸠菜了，我去看看。"

李雪雁把饭盒塞给郑晓阳就往山上跑，边跑边喊。一直跑到1公里外的山上，也没有罗锦绣的踪影。李雪雁累得大汗淋漓，越找越急。

太阳在头顶，热辣辣的，山风吹来还带着热气。

李雪雁站在一个山坡上大喊："罗姐——罗姐——你在哪儿？"没有人回应，只有一些灌木丛和茅草在山风中摇摆。

李雪雁继续往山上爬，爬上一个山包，突然看到前面不远的山梁上有两棵青绿的小树，李雪雁心中一亮："难道那就是罗锦绣说的斑鸠菜？"

李雪雁跑近一看，只见一棵树的枝丫已经断了，树下面是长长的山沟，罗锦绣就倒在山沟底下的茅草丛中，一动不动。

"天啦，罗姐——罗姐——"李雪雁急切地喊了两声，罗锦绣没有回答，也没有反应，李雪雁急得哭了起来，"罗姐，罗姐，你怎么了——"

　　李雪雁哭喊着抓着茅草连跑带溜到了罗锦绣身边，只见罗锦绣头上有血，已经不省人事。

　　"罗姐，罗姐……你怎么啦，你醒醒你醒醒……"李雪雁摇着罗锦绣的双肩，哭喊着，见罗锦绣一点反应也没有，头上还在流血，她就撕烂自己左手的蓝色衣袖，再撕成条接在一起把罗锦绣受伤的头部进行了简单包扎，背上罗锦绣，费了九牛二虎之力才顺着茅草丛生的斜坡艰难地爬出山沟，挣扎着上了山梁，跌跌撞撞往山下走。

　　远远的，李雪雁看到机动队的队员们往山上跑来。李雪雁哭喊着："队长——我在这儿，罗姐不行了……快来呀……"罗锦绣很重，李雪雁感觉自己被压得喘不过气来，双脚发抖，快要虚脱了。

　　王宝君跑得最快，转眼间就到了李雪雁面前，二话没说，把罗锦绣挪到她背上就往山下跑。

　　邹珂萍、江晓月随后赶到，刘彩凤和其他队员在路上接着，大家轮流背着罗锦绣跑回驻地。

　　刘彩凤对罗锦绣进行了细致的检查，给她打了一针，在伤口处敷了些药，又服了西药，才说："没事了，就头上有点外伤，还有轻微的脑震荡，可能是摔下山沟时碰着了……等会儿就醒了，休息几天就没事了。"

　　大家一听才松了口气。

　　李雪雁一下子瘫坐在地上："吓死我了。"

　　"我的妈呀，"王西丹说，"上午还好好的，一下就这样，万幸呀万幸，老天保佑她快醒来吧。"

　　果然如刘彩凤所说，不多时，罗锦绣就幽幽醒来，她感觉头痛难忍，一看大家都围着她，喃喃地说："我——这是——怎么啦？"

郑晓阳说："你摔到山沟里了，都快把大家急死了……"

"不要说了，"刘彩凤对郑晓阳说："没事了，大家都出去吧，我在这儿守着。"说着连推带喊，把队员们赶出房间，"嘭"地一下关上房门。

刘彩凤指着罗锦绣问："你上山干什么？你上山干什么？"

罗锦绣有气无力地说："我看姐妹们都吃不下干菜……想去摘点斑鸠菜……"

"摘点斑鸠菜？"刘彩凤厉声说，"是斑鸠菜重要，还是命重要？"

"队长，我……"罗锦绣吞吞吐吐地说，"我看大家好久没有吃，吃新鲜菜，我就想给大家摘点回来，改善一下伙食……"

"我不需要你来给大家改善伙食，"刘彩凤指着罗锦绣的鼻子骂，"你私自外出，你这是无组织无纪律，我——我——关你几天……"

李雪雁等人在房门口围着，听着刘彩凤骂罗锦绣，心里不是滋味，罗锦绣也是为大家好才上山的，何况她已经受伤了，用不着上纲上线。

李雪雁觉得队长刘彩凤这样对罗锦绣有些不近人情了。

又听刘彩凤骂："就为一点斑鸠菜，你没命了，你爱人怎么办？你的两个孩子怎么办？"

大家都知道，罗锦绣的爱人陆大虎是云南楚雄的，两人一起进的特区，现在是特区商贸商店的货运司机。家里还有一儿一女，儿子4岁，女儿2岁。都留在楚雄家里由父母带着。

罗锦绣抽泣起来："队长，我给大家添麻烦了，我对不起大家。"

　　"你不把自己的命当命，你是对不起你自己，"刘彩凤骂，"你是对不起你的爱人和儿女，你——"

　　刘彩凤越骂越气："这月扣你三斤粮。"

　　刘彩凤骂完刚开门，李雪雁就上前说："队长，不要扣罗姐的粮……"

　　"队长，"刘腊梅也上前拦着刘彩凤，"队长——罗姐也没有大错，你要扣就扣我的吧。"

　　李雪雁也说："扣我的吧。"

　　"嘿——你们还长能耐了？"刘彩凤冒火了，"这还不是大错？等铸成真正的大错，一切都晚了。你们想扣，那就连你们的一起扣。"

　　李雪雁、刘腊梅不说了。江晓月、赵春燕等人又过来求情。

　　刘彩凤一拍手掌，指着江晓月、赵春燕她们说："你们都不要说了，我知道你们想说什么，没有规矩不成方圆，就是旅社，出门也要打招呼吧？这是机动队，不是旅社。"

　　罗锦绣出事，刘彩凤很伤心，对她震动也很大，当时就站在门口宣布两条纪律一件事："从今天这个时候起，所有队员不准私自外出，不准借或拿其他单位和群众的东西；要想改善伙食就开荒种菜。开荒种菜不是我现在提的，是指挥部年初提出来的，有条件的单位都可以开荒种菜，只是我们前段时间忙于修房屋耽搁了。现在，我们在集训期间可以兼顾开荒种菜。大家能不能自己种菜？"

　　"能！"

　　"那就这样定了，"刘彩凤火气稍减，说，"大家都散了，去忙自己手头的事吧。"

　　李雪雁和队员都散了。刘彩凤又叫住赵春燕、王西丹："这两天你们俩再忙也要照顾好罗锦绣，伤口不能发炎，让她吃好点，尽快恢复。"

赵春燕、王西丹起身回答："是，请队长放心。"

李雪雁在旁边听到她们的对话，心想："这个火凤凰原来是刀子嘴豆腐心，她是关心罗姐才这样骂的。"当下心安，就没有去看罗锦绣，先让她好好躺着休养。

第六章　蓄势发

第二天，第一指挥部医疗应急救援机动队的集训开始。集训场地选在驻地和驻地便道公路下面的几处台地里。

集训期间每天的时间都安排得很紧：上午军训，下午在房里进行医疗救护知识培训，每天晚上政治学习，隔天安排半天在驻地周围开荒。

王宝君作为军训教官，要求严格，所有人都按她的计划进行训练，没有特殊队员。

王宝君从立正、稍息、列队、背枪、站姿、卧姿、匍匐前进等教起，逐渐教一些简单的擒敌拳，拨、格、挡、刺等拼刺刀的技巧，拆枪、装枪、擦枪，站姿射击、卧姿射击、蹲姿射击等方面的技能，最后还用小口径步枪进行实弹训练。

刘彩凤和赵春燕、王西丹分别对队员进行药品、医疗器械规范使用、管理、应急医疗救护等相关知识的培训。

因为前期搭草棚、修土房，所有队员都经受了一个来月的高强度的体能和意志的磨炼，所以集训对每个队员来说都不是什么难事了。

罗锦绣才休养了六天，就嚷着要参加集训。邹珂萍、江晓月与郑晓阳三人轮流训练、煮饭和负责后勤。

一晃半个月的集训就结束了。经过集训，所有队员的基本军事素质、一般的医疗救护知识都应知应会，急救能力明显提升。队员之间增进了了解，协作配合也更加默契。

在集训期间，李雪雁联系第一指挥部宣传处安排人员来机动队驻地帮忙写了"办公室""救护室""宿舍""库房""厨房""厕所"等小门牌钉上。用红纸写了"团结、紧张、严肃、活泼""身在特区，放眼世界""自力更生，艰苦奋斗"的标语贴在办公室内左右两边墙上，然后在办公室上方墙壁正中贴上毛主席画像。

驻地房屋面向土坝子的外墙上用石灰刷上了体现机动队工作宗旨的几个大字：有急必出，有急必救。

第一指挥部给机动队的医疗器械、必备的药品、设备陆续到位，临时救护室也有了四张简易的木架子病床。

队员们在驻地周围开垦了一些土地。刘彩凤安排郑晓阳跑了几趟，才在几十公里以外的仁和镇集市买到一些南瓜、丝瓜、小葱、青菜、圆萝卜、四季豆、豇豆种子，分给队员种下，也不管适不适合节气，只希望能早点有收获，队员们早一点有点新鲜蔬菜吃。

队员们的队服配备也到齐了：每人配发的是解放军65式军服便装，外加一件白色长袖衬衣（附带白色红十字标识袖章）、一个卫生急救箱、一个军用水壶、一个军用挎包、一床军用被子、一件雨衣和一双军用胶鞋。

李雪雁特别喜欢橄榄绿，因为她母亲生前就穿的一身橄榄绿。一分到服装李雪雁就跟其他队员们试穿、欣赏。

看队员们欢喜，刘彩凤心里也欢喜。在特区物资极度困难的情况下，第一指挥部能在短时间内将医疗应急救援机动队的装备配齐，可见其对机动队的重视和关心。

更让她和队员们欢呼雀跃的是第一指挥部特别为机动队安装了一台手摇电话，配置了一辆车。

车很洋气，是让很多单位眼馋的解放牌越野车——CA10。它是一款以苏联吉斯150为蓝本制造的汽车，重3900公斤，90马力、四行程六缸发动机，载重量为4吨，最大时速65千米/小时。车厢上的军用篷布左右两边喷有醒目的红色"十"字。牌号：渡1—9。人货两用，是开展医疗应急救援的理想车辆。

队员们围着车子看了又看，摸了又摸，像抚摸自己新生的孩子一样，喜不自禁。

刘彩凤一手拿着车钥匙，一手摸着解放牌越野车的引擎盖高兴地喊："邹珂萍——"

"到。"邹珂萍应声而到，"队长，有什么任务？"

刘彩凤说："这车是我们机动队的宝贝呀，你也是我们机动队现在唯一能开车的宝贝。现在，我代表机动队，就把它交给你了。你要替我们机动队把车保护好、用好。"说着郑重其事地走到邹珂萍面前，托起邹珂萍的右手，把车钥匙放在她的手心里然后收拢她的手指。

"是，队长。"邹珂萍激动万分，"请队长放心，请大家放心，这车就是我们的心肝宝贝，我一定会加倍爱惜。"

大家不由自主地鼓起掌来。

"好。"刘彩凤一拍掌，笑，"同志们，现在我们机动队的装备已到位，万事俱备，等指挥部正式挂牌后就能投入特区的医疗应急救援工作了。第一指挥部对我们机动队这样关心、重视，給了我們最好的裝備，我們一定要不辱使命。"

"是。我們一定不辱使命！"

"解散。"劉彩鳳揮手說完後又叫住李雪雁，"雪雁，你留下。"

李雪雁一聽，以為自己哪裡沒有做好，要挨隊長批評了，心裡七上八下的，站在原地沒動。

劉彩鳳走到土壩的邊上，向李雪雁招手："過來一下。"

李雪雁走到劉彩鳳身邊，不知道劉彩鳳留下她幹什麼。

劉彩鳳指指機動隊駐地新建的房屋和遠處金沙江兩岸熱火朝天的建設工地說："這段時間，進入特區的單位越來越多了，特區的各項建設即將全面展開，我們醫療應急救援機動隊現在已經完成了前期的籌備和訓練工作，接下來的任務將會越多、越重，機動隊的一些工作你得多承擔一些。"

李雪雁一聽，覺得有些慚愧，低下頭："我——我，隊長，你看我背水不行、夯土不行、煮飯不行、膽子也小……我沒用，我還能承擔什麼？"

劉彩鳳拉著李雪雁的手說："你怎麼沒用？這段時間大家對你的評價很高呢，你看你沒怎麼幹過重活，是大城市來的，還是北師大的學生，到了這裡沒有退縮，能吃苦，不甘落後，現在都要超過張元香、羅錦繡這些工廠和農村來的同志了，你已經很棒了。"

"沒有沒有，我怎麼會超過她們呢？"李雪雁說，"我是一輩子都趕不上她們的了。"

劉彩鳳說："進入我們機動隊的，第一指揮部管人事的領導都是認真考慮過的，每個人都是不可替代的，因為我們機動隊不是單一的醫療問題，更重要的是應急救援，急救，一句話，我們的任务不是医治而是抢救，就是不管什么原因造成的伤者和病人能及时就近送到医院、医疗站（所）医治，亡者能及时得到安置。特区现在医院、医疗站（所）还在逐步修建、设立，医护人员严重不足，我们机动队实际上就是起到临时应急救护、转运安置病员和伤亡者的作用，而这个作用很大，任务也艰巨，有的是在跟死亡赛跑，我们快一秒，也许伤者、病者能活；我们慢一秒，也许伤者、病者就没救了。所以，机动队里需要能医、能跑、能背、能写、能扛、能开车、会煮饭、能吃苦耐劳、不怕困难、作风好、政治素质好的同志。"

听了刘彩凤的一番话，李雪雁终于明白医疗应急救援机动队的队员为什么不全是专业医生和护士的真正原因了。

刘彩凤说："你能选进机动队，就是有用的。我看你不但有用，还是我们机动队的宝贝呢。"

李雪雁一笑，露出两个好看的酒窝："我是最不行的，可不是什么宝贝。"

刘彩凤说："每个人都有自己的特长，你看，我们整个机动队谁是笔杆子？我不是，王宝君不是，郑晓阳不是，罗锦绣和其他人更不是，只有你是笔杆子，北师大的高才生，在《火线报》当过编辑、当过记者，你就是我们机动队的笔杆子啊。"

李雪雁笑了，心想，原来自己在队长和队员的心里还是有用的。心底的自卑似乎一下子少了些，头也抬起来了："谢谢队长夸奖。"

刘彩凤说："所以呀，你这个笔杆子现在到了该发挥作用的时候了，机动队今后涉及文字材料等相关事务就交给你了。虽然我们人少，没有专设办公室和专职干部，但你就要做我们机动队办公室主任的事。能不能做好？"

"能！"李雪雁自信一笑，说："请队长放心。你指向哪儿我就飞向哪儿。"

"这才是我心目中的雪雁，"刘彩凤高兴地说，"好样的。"当下把副队长王宝君叫到办公室，一起给李雪雁安排工作任务。

9月底，第一指挥部医疗应急救援机动队挂牌仪式在驻地简单举行。

那天一大早，医疗应急救援机动队的所有队员统一戴军帽，衣着解放军65式军服，右臂佩戴白色红十字标识袖章，脚穿军用胶鞋。整齐地站在驻地的土坝上，个个飒爽英姿。

第一指挥部的领导委托综合处副处长赵奇骏等代表第一指挥部向医疗应急救援机动队表示祝贺，并宣布了正式任命书。

刘彩凤任第一指挥部医疗应急救援机动队党支部书记兼队长，王宝君任副队长、副书记兼机动队民兵班班长。

当赵奇骏、刘彩凤二人共同把"第一指挥部医疗应急救援机动队"吊牌挂在机动队办公室门口右边墙上的时候，大家禁不住鼓掌欢呼。

简短的挂牌仪式结束后，领导们就离开了。《火线报》的记者王思雨想采访刘彩凤，就找李雪雁商量。

王思雨和李雪雁原来是同事，年龄跟李雪雁差不多，两人见面十分欢喜，互相问了一些情况，李雪雁就把她带到刘彩凤面前，说明意图。

刘彩凤说："我们机动队刚挂牌，还没有正式开展工作，没有什么值得采访的，你还是去多宣传其他奋斗在一线的单位和建设者吧。现在朝阳初升，光线也好，如果你能给我们照张合影，就是对我们机动队最大的支持和鼓励。"

"好，"王思雨欣然同意，"没问题。"

刘彩凤就说："姐妹们，今天是个值得纪念的日子，我们照一张合影，好不好？"

"好好好，马上就好……"队员们一听要照相高兴不已，都跑回房间，各自翻出小圆镜，对镜细看，生怕脸花了，头发没有弄好，留下什么遗憾。然后又互相检查着装，完了，才横向列队站成两排。

"好了，好了，可以照了。"

王思雨按下快门，留下了一张第一指挥部医疗应急救援机动队人员最齐的合影，也是机动队姐妹们的第一张珍贵的"全家福"。

"全家福"中12名女队员站在新落成的土墙青瓦房下，右边露出竖挂的、顶端有红布扎成的大红花的白底黑字的"第一指挥部医疗应急救援机动队"的牌子。

从左到右：第一排是刘彩凤、罗锦绣、江晓月、吴春红、张元香、邹珂萍，第二排是王宝君、郑晓阳、赵春燕、王西丹、刘腊梅、李雪雁，个个神采奕奕、笑容可掬。

下午，有了一点空闲时间。刘彩凤召集大家说："从现在起，第一指挥部要求我们机动队24小时待命，什么时候有救援任务就什么时候行动，现在大家可以休整一下，在驻地自由活动。"

队员们一听高兴不已，毕竟有一个月没有放松了，这是天降福利啊。不过，近段时间的高强度劳动和集训大家都习惯了，突然闲下来，没事做了，反而还不适应了，不知道怎样打发时间。

看机动队驻地下面的农场人也多起来，修路的、整理土地的、修土房的……干得热火朝天，"自力更生，艰苦奋斗""办好农场，装满菜篮子"等横幅标语插在坡坎地间。

邹珂萍觉得无聊，就在驻地不远的山坡上闲逛，无意间看到一些叶子宽厚碧绿的小树苗，虽然不知是什么树，但她很喜欢，就挖了一棵回来，准备栽在驻地坝子边上，等树长大了，热天好乘凉。

邹珂萍回到驻地就站在坝子上问："姐姐们，有谁知道这是什么树吗？"

刘彩凤、江晓月、吴春红、张元香围上去看了看，都摇头，不知道。

吴春红说："这么小一棵，还分不出来男女呢。"

"男女？"大家哄笑起来，"树有男女？"

"怎么没有？"

"哪个说不分？"

大家说着笑着。

"我看是银杏树，"李雪雁说，"叶子绿莹莹的。"

"不是银杏树，"张元香说，"可能是松树。"

"怎么会是松树？"江晓月说，"不是，你看叶子是松针吗？我看是白桦树。"

"我看是桉树，"张元香凑近说，"但叶子也不像啊？"

王宝君、郑晓阳、赵春燕、王西丹、刘腊梅也围过来看，没有一个人能确定是什么树。

罗锦绣过来说："还是我这个本地人来说吧，这是攀枝花树。"

"攀枝花树？"

"那攀枝花特区就是用它的名字命名的？"

"真是攀枝花树？"刘腊梅问罗锦绣，"这么一棵小苗子，你都认得准？"

罗锦绣说："如果不是，我不姓罗，跟你姓。"

刘腊梅一听脸上笑开了花："我可没有这么大的娃娃，呵呵，不过，我看也像攀枝花树。"

"你别看这树现在弱不禁风，长起来，树冠大得很，树根长，伸得远，树干长得很高大，上有刺，树干越大刺越坚硬。攀枝花树一般春节前后开花，先开花后长叶子，花比酒杯大，有朱红、淡红、鹅黄等几种颜色，还可以吃，花谢后结的果实里面就像棉花一样，可以用来纺线，我们还用来装枕头、被子，很舒服的，果实的种子就像蒲公英一样，风一吹就到处飞，飞到哪里，就在哪里生根发芽长大，这里有小苗子，在不远的地方一定有大的攀枝花树……"罗锦绣说，"我小时候在家，攀枝花开了就用竹竿去打下来当菜，好吃得很……"

"我知道了，说起攀枝花树大家都知道，也天天看到，"刘腊梅说，"只是，大家只知道大的攀枝花树，不知道这小树苗而已，我们金沙江两岸多得是，开花的时候火红一片。我们重庆有人叫攀枝花树，有人叫木棉树，广州那边也叫木棉树。只有南方才有，你们西北、华北、东北没有。"

"我的妈呀，原来就是攀枝花树，我以为是什么苗子呢，这么熟悉的，随时都能看到的树嘛，"王西丹笑嘻嘻的，"听罗姐这么说，这熟悉的树也是宝贝哦，跟我们有缘啊。我是从河北飞来的，不就像这攀枝花树的种子一样吗？大家多数都是从家乡飞来的，我们也要在这里生根发芽开花结果。"

"对，这树多像我们呀。"

"攀枝花树！木棉树！"

"木棉树，攀枝花树，只是叫法不一样而已。"刘彩凤一拍掌，"木棉树，英雄树，华南有、华东也有，家乡树啊，难得，难得，我要栽，我要栽一棵做纪念。"

"原来这小树苗就是攀枝花树，这大峡谷里到处都是，我们第一指挥部那边，我们《火线报》办公房前就有一大棵，树干有两三人合围那么大，树高十多丈，树冠覆盖一大片阴凉，太熟悉了，只是没想到它的幼苗会是这样子，居然不认识了。"李雪雁说，"我们陕西没有，我也要在这里栽一棵。"

"我也要挖一棵来栽，"赵春燕笑，"以后带我孙子来看看……"

江晓月、吴春红、张元香一起指着赵春燕笑："你努力吧，你孩子在哪里呢，加油，明天就抱孙子，哈哈哈……"

众人七嘴八舌地说着笑着。

"邹珂萍，快带我们去看，多挖点树苗回来栽。"

"对对对……快快快……快去……"

大家簇拥着邹珂萍一起去找了一些小树苗回来栽。由于攀枝花树长大后根伸得远、树冠大，罗锦绣不断提醒大家栽的时候每棵至少要间距三丈远。她们十二个人，每人栽了一棵，正好把机动队驻地房屋、土坝子四周栽了一圈。

"今后这些树长大了，"刘腊梅说，"我们这里就春天花开烂漫，夏天绿树成荫。"

"还可天天见花，"赵春燕接着江晓月的话说，"四季如春。"

"是啊，"江晓月说，"今后我们的特区一定高楼林立、绿树成荫，天天见花。对，我们再去找些野花来栽。"

"好啊，找野花来栽，把我们的驻地弄得漂亮些。"大家又在附近的山坡、山沟沟找了一些花花草草回来栽。

王西丹找了一些太阳花，李雪雁找了一些兰草，吴春红找了两棵状元红，张元香找了一些仙人掌，刘腊梅找了三棵美人蕉，在土坝子边上找合适的地方栽下。

"这就是天然的花台了，"王西丹栽完一拍手上的泥，笑了，"大家看像不像。"

李雪雁、张元香等人都说："像，不止像花台，今后这里将是一个大花园。"

赵春燕还在土坝子边上栽了凤凰树、三角梅和几种不知名的野花，直起身对李雪雁说："攀枝花特区，攀枝花，顾名思义，攀枝花是特区的名字。攀枝花既是一种树的名字，又是一种花的名字，以后这里形成城市了，花就是一座城，城就是一朵花了。对对对，花是一座城，城是一朵花，将来一定会名副其实的。"

李雪雁说："一定会名副其实，一定有那一天的。"

赵春燕又示意李雪雁过来，悄悄地对李雪雁说："你猜我为什么要栽凤凰树、三角梅？"

李雪雁想了想，茫然回答："为什么？"

赵春燕指指站在屋檐下跟王宝君说话的刘彩凤和旁边的刘腊梅，努努嘴："二刘……"

李雪雁冰雪聪明，马上一笑："呵呵，原来你是给二刘送礼啊。"刘彩凤外号"火凤凰"，刘腊梅外号"三角梅"。

"嘘——"赵春燕把右手食指竖在唇边，"小声点，不要说，她们知道了还以为我奚落她们或者是拍马屁呢，我栽着玩的。别多嘴哦。"

李雪雁一笑："我为你保密，不说，打死也不说。"

"拉钩！"赵春燕调皮地伸出右手小指，"如果今后我不在机动队了，帮我栽的花呀树呀浇点水。"

"你说什么呀？"李雪雁说，"你想换单位？"说着也伸出手，两人小指拉了一下。

"保密——"赵春燕转身捋了捋用红毛线分扎的两束短发，笑而不答，"谢谢！"

李雪雁还想问赵春燕想换哪个单位，突然听到办公室的电话铃声响了，随后就见刘彩凤站在办公室门口拍掌高声喊："大家紧急集合。有紧急任务，快——全体都有——"

大家急忙跑到刘彩凤面前成横队报到。

刘彩凤急切地说："刚才接到第一指挥部的电话通知，宝鼎矿区太平矿井巷出事了，有伤员，要我们火速急救。郑晓阳、刘腊梅留下值守、负责后勤保障，现在我们机动队的电话就是特区救死扶伤的急救电话，你们要24小时值守，不准脱岗，我们机动队现在就要做到有急必出，有急必救，救必有效。不管是单位、个人，或病或意外伤亡，我们机动队都必须无条件出动进行急救。其余同志马上带上医疗急救箱、担架和相关急救物品装备，出发。"

第七章　摧心肝

第一指挥部医疗应急救援机动队队员快速收拾装备，坐上邹珂萍驾驶的解放牌越野车沿着金沙江左岸的便道公路翻山越岭驰援宝鼎矿区太平矿。

第一次行动，大家心里都有些紧张，一路都不说话。李雪雁看大家不说话，又想着到现场要抬伤员，要触摸到血、还有可能抬死人……就更加紧张、恐慌，心"咚咚咚"地跳，手脚禁不住颤抖……

李雪雁闭上眼睛，极力想让自己放松，不愿让身边的队员看出自己的胆怯。但是，李雪雁越是控制自己，手脚就越发抖。还好一路车辆颠簸得厉害，也没有人发觉她的异常。

刘彩凤带着医疗应急救援机动队赶到太平矿副平峒时，只见峒外大平台上晃动着一片黄的、黑的竹条安全帽，救援人员都在紧张地忙碌着。

第一指挥部、第四指挥部的领导都在现场指挥，矿山医院、矿区医疗站的一些医护人员也在焦急地等候待命。

第一指挥部综合处副处长赵奇骏早就等在那里，一见刘彩凤就急切地说："你们到了，太好了！太好了！现在峒内情况不明，已有抢险救援人员进峒抢险，你们机动队的任务就是——如有被困人员被救出，马上进行检查救护，配合矿山医院、矿区医疗站的医务人员把危重者急送特区中心医院，重伤者就地急送煤矿医院，轻伤者送太平矿医疗站。清楚了吗？"

刘彩凤回答："清楚了。"

赵奇骏严肃地说："平峒口待命。行动。"

"是！"刘彩凤回答后，马上对所有队员说，"两人一组，带上担架、急救箱，平峒口待命，行动。"

抢险救援在争分夺秒地进行着，平峒内的人员伤亡和险情一直揪着峒外每一个人的心。

从太阳西斜到弯月出山，煤矿抢险队终于从峒内送出了第一个受困工人。

刘彩凤、赵春燕、王西丹跑上去用毛巾遮住工人的眼睛放在担架上，细心检查，有些皮外伤，但无大碍，主要是因为在平峒内缺氧造成昏迷。

"送矿区医疗站，快。"王宝君、罗锦绣二人上前抬着受困工人就往不远处的矿区医疗站跑。

紧接着，陆续有被困受伤工人被抢险队送出，刘彩凤、赵春燕、王西丹都一一细心检查，与矿山医院、矿区医疗站的医务人员一起确定伤情，李雪雁就跟着她们对伤员进行简单的消毒、包扎，然后分送救护处理。

李雪雁本来在路上就紧张，再一见血就晕乎乎的，给伤员消毒、包扎就很慌乱，双手发抖，不知如何下手，罗锦绣见状就帮李雪雁为伤员消毒、包扎。

"'惊弓雁'，怎么啦？"罗锦绣一边为伤员包扎，一边问，"头晕？"

李雪雁点点头，额上在冒汗："我也不知怎么回事，今天看到血就晕。"

罗锦绣安慰说："见多了，就没事了，我来吧。你去旁边休息一下。"

"这怎么行呢？"李雪雁说，"大家都在抢救，我在旁边看，不行不行。"

李雪雁极力控制自己的紧张和胆怯，在慌乱和晕眩中跟罗锦绣一起为伤员消毒、包扎。她感到自己一会儿像在梦游，一会儿又像在救援现场，昏昏沉沉、战战兢兢的，几次要跌倒，都被罗锦绣扶住了。李雪雁觉得自己实在太没用了，急得想哭，但又不能哭。现场那么多人，哭，更丢人。

李雪雁竭力让自己平定下来，心中始终有一个念头："不能出错，不能倒，不能给机动队丢脸。"

李雪雁和罗锦绣消毒、包扎好一个轻伤员，江晓月、吴春红、张元香、邹珂萍就轮流把轻伤者抬到矿区医疗站进行救治。

重伤者均由邹珂萍开解放牌越野救护车分别送往矿区医院和特区中心医院抢救。李雪雁也和王宝君、罗锦绣一起跟车护送了两趟。来回颠簸，让李雪雁头脑清醒了不少，慢慢地也不再那么紧张了。

惊心动魄的救援一直持续到第三天的中午才结束，万幸，遇险受困的几十个工人，只有6个重伤，13个轻伤，无一人死亡。

两天两夜，机动队的队员们没有合一下眼，自始至终奔走在现场和医院之间全力救援，渴了，喝冷水；饿了，吃点煤矿食堂送来的馒头。

第一天，李雪雁在急救中紧张、慌乱、害怕、想哭，第二天就稍好一些，第三天就淡定多了。

回到驻地，参与救援的队员都疲惫不堪。刘彩凤就说："大家可以抓紧时间补补觉。"

李雪雁觉得双眼皮一直在打架，实在是又困又乏，就没等赵春燕、王西丹，第一个跑进宿舍倒在地铺上就睡着了。

李雪雁正在做梦的时候，刘腊梅突然惊慌失措地推开她们的宿舍门喊："你们几个快起来，快起来，出事了，出事了……"一边喊一边踢赵春燕、王西丹、李雪雁。

赵春燕、王西丹、李雪雁三人一下子被惊醒，迷迷糊糊地问："什么事啊，咋咋呼呼的？"

"队长跑出去了……出事了……哎……快点快点，"刘腊梅急得跺脚，"你们快去，我要值班、守电话……罗锦绣、江晓月、吴春红她们已经先追出去了……"

"腊梅，什么情况？"张元香、邹珂萍、王宝君闻声急跑过来在门口争着问刘腊梅，"到底怎么回事？"

"队长——"刘腊梅说着忍不住眼泪流了下来，"指挥部来电话，说队长的爱人牺牲了，我叫队长接了电话，队长就发疯似的哭着跑出去了……"

"天哪……怎么会这样？！"众人一听，大惊失色，一下子困意尽失，"快——找队长，队长往哪儿去了？"

刘腊梅流着泪，手往门外一指："往右边小路跑的……"

"快，我们快去找她——队长千万不要想不通啊！队长……"

李雪雁、赵春燕、王西丹、张元香、邹珂萍、王宝君一个个飞也似的冲出门去追队长刘彩凤。

原来，就在刘彩凤带队到太平矿急救的头天下午，刘彩凤的爱人郑东在特区发电厂向花山煤矿供电线路架线工程施工中发生意外牺牲了。

特区发电厂到花山煤矿供电线路也是第4指挥部"三矿一厂"歼灭战的重点供电工程，不但要穿越金沙江，还要在江两岸的高山沟谷中施工，抬杆上山、挖坑、立杆、拉线、架线，工程量大，难度大，危险重重。

郑东是上海老闸人，31岁，1965年3月从上海电业局调入特区供电所（属于第6指挥部，6号附9号信箱）当技工。6月份作为特区发电厂向花山煤矿供电线路架线工程的送变电技术人员，驰援第4指挥部。

那天早上，工程队的几档供电线要从金沙江拉过。金沙江水流湍急、漩涡涟涟，暗礁防不胜防，几档供电线要顺利过江难度很大。

郑东在反复观察水情和江两岸的环境后，决定先用小船在水流平缓一点的地方试试，就带上一档电线和一个船工上船过江。开始还顺利，没想到了江中，小船遇漩涡打转，船后放出的电线被水下的暗礁绊住，小船一下子被拉翻，郑东和船工一起跌入江中。

船工水性好，被江水冲了两三公里后，被搜救人员救起没有大碍。郑东却一点影子也没有，搜救人员沿江找了两天也没有找到，确认已经牺牲。

当第一指挥部把郑东牺牲的消息告诉刘彩凤的时候，刘彩凤感觉一个晴天霹雳，心如刀绞，手中的电话掉落在地上。她发疯似的跑出办公室，跌跌撞撞地跑上山坡爬上一个山包，对着金沙江捶胸顿足地哭喊："郑东——郑东——郑东——你在哪儿？郑东，你回来呀……"

刘彩凤与郑东已结婚7年，有一个可爱的女儿怡心，6岁，在上海跟着爷爷奶奶。

郑东比她早三个多月到的特区，她也是因为郑东才从上海红十字医院调到特区中心医院的。没想到才短短几个月，爱人就走了。在特区工作后，她和他只见过两次，而且每次都是匆匆而别。她后悔，后悔自己为什么就不抽点时间去看他一两次，多提醒他注意安全，如果再多提醒他几次，也许，他就不会出事……

"郑东，郑东——"刘彩凤哭着想着、想着哭着，泪如雨下，"你好狠心啊，你让我一个人怎么回去跟爸爸妈妈说，怎么面对怡心啊——你好狠心啊……"

刘彩凤的哭喊声在峡谷中阵阵回荡，凄厉悲怆。

罗锦绣、江晓月、吴春红、张元香、邹珂萍、王宝君、郑晓阳、赵春燕、王西丹、李雪雁已先后闻声追了过来。

在距刘彩凤身后三丈开外，罗锦绣拦住大家，小声说："让队长哭一会儿吧，爱人突然不在了，太残酷了，打击太大了……也许她哭一会儿会好些，我们在这里等着她吧。"罗锦绣说着潸然泪下。

大家都静静地伫立在带着热气的晚风中，听着刘彩凤肝肠寸断的哭喊，感同身受，心中悲痛，全都泪流满面……

过了许久，刘彩凤的哭声嘶哑了，瘫坐在山包上的杂草中。

王宝君几个纵步跳过去，扶着刘彩凤："队长，不要伤心了，也许，郑哥没有……我们再去金沙江下游找找……"

刘彩凤凄然地摇头说："特区抢险救援人员该找的地方都找了，他们都没有找到，我们……晚了，晚了，不用了，不用麻烦大家了，都两三天了，金沙江水这么急，早不知冲到哪儿了……"

众人围了上来。罗锦绣说："队长，我们还是再去找找吧，应该还有希望……"

"不找了，都不要去找了，"刘彩凤说着一抹眼泪，"我们从决定来攀枝花特区工作的那天就想好了的，都有心理准备的……只是他走得早了一些，现在特区还没有建起来，他会很遗憾的……"

刘彩凤双手捂面，哀叹一声，哽咽着说："无数的建设者，从四面八方来开发建设攀枝花，不仅是他一人会这样，我们所有的建设者都是来如归雁，去似微尘……不找了，这里就是他的归宿……"

刘彩凤眼里噙着泪，呓语般地说了一些话，回头看姐妹们都跑出来找她，都担心她，心有愧意，就挣扎着摇摇晃晃地站起来，习惯性地拍了一下掌："我没事了，让大家担心了，谢谢……干革命、搞建设总是要有人先走的。"

"刘队长——刘队长——"正在这时，刘腊梅一边喊一边一边挥手向山包跑来，"刘队长——刚才来电话，有紧急任务……"

刘彩凤一听，抹了抹脸上的泪水，理了理散在眉边的头发，扯了扯衣襟，看着刘腊梅跑来。

刘腊梅气喘吁吁地跑到面前，双手撑膝，说："汽运队有车翻了，指挥部让我们去急救。"

"走，"刘彩凤一拍手，"出发。"

"队长，"李雪雁拦着刘彩凤，"你就不要去了，我们去。"

王宝君也急着说："队长你就不要参加了，我带队去，你在家里值班。"

大家都担心刘彩凤，都劝她不要参加急救了。

刘彩凤凄然地说："没事，我还倒不了。谢谢大家，放心吧，我没有那么脆弱。"说完就往机动队驻地跑。

李雪雁等人跟在刘彩凤后面，跑下山包，上了山坡，刘彩凤成熟而有风韵的背影在李雪雁眼前忽上忽下地晃动着，想到刘彩凤刚刚失去爱人还在巨大的悲痛中，却又要奔赴现场开展急救……

李雪雁心中隐隐作痛，母亲牺牲的时候她李雪雁何尝不是伤心欲绝？失去爱人亲人的痛苦只有真正落在自己身上才能真实感觉到那无以言状的痛啊。

李雪雁看着刘彩凤的背影，突然间，她觉得刘彩凤不再是一个不近人情的队长，她是一个母亲，也是一个妻子，更是一个不远千里从上海支援攀枝花特区的建设者，她一步步走来，一直向前，并没有因为爱人的牺牲而停下来……

跟刘彩凤相比，想起前两天的救援情况，自己的胆怯、无用，李雪雁觉得惭愧不已，自己该努力学本事，跟上队伍……

李雪雁在刘彩凤后面跟着想着，忽然觉得自己脚下有劲了，对，越走越有劲了。

李雪雁在心里对自己说："我要一直跟着她往前走，不管今后发生什么意外，不管遇到什么艰难险阻，都要一直跟着向前走。"

刘彩凤没有因为爱人的牺牲而萎靡不振，她强压着内心巨大的悲痛，带着队员驰援运输队救护受伤人员。随后几天，又带队进行了几次医疗急救。

其实，作为第一指挥部医疗应急救援机动队的队长，她也用不着每次都带队。除了第一指挥部通知的重要任务外，其他单位和个人的求助求救，副队长王宝君可以带队行动，其他队员也可以分组出去开展急救。但每次急救行动，不管是远还是近，是坐车还是走路，还是翻山越岭、渡河去急救，只要刘彩凤在，就必定亲自带人出去。队员们看在眼里、急在心里，生怕刘彩凤累垮了身子。

不过，李雪雁却认为，也许只有满负荷的急救任务才能缓解刘彩凤内心失去爱人的悲痛，才能让她逐步走出人生的最阴暗时刻。

第八章　相见欢

天气冷了，一晃就进入 12 月了。

第一指挥部医疗应急救援机动队驻地房屋四周的野蒿野草野花也开始泛黄、枯萎。只有赵春燕种的那一棵三角梅长成了一大蓬，红艳艳的花，天天盛开。

队员们栽的那些攀枝花树苗也长高了些。开垦出来的地里早已陆续有了一些小葱、南瓜、丝瓜、青菜、圆萝卜、四季豆、豇豆了。郑晓阳逐步采摘改善队员的生活。

那天下午，李雪雁和赵春燕、王西丹、刘腊梅到金沙江边洗完衣服往回走，刚到土坝边，一辆军用吉普车就开到了驻地面前的便道公路上停了，扬起一阵灰尘，灰尘中有人从车上下来，向她们走来。赵春燕、王西丹、刘腊梅疑惑地说："难道是哪位首长突然来我们这里视察了？"

李雪雁想着，再细看，只见那位首长着65式解放军装，军用胶鞋，腰间皮带上别有手枪，面色黄黑，但坚毅、英武。身后跟着一个斜背着公文包和长手枪的警卫员。

"爸——爸爸……"李雪雁看清了，一下子高兴得跳起来，"是我爸，是我爸，我爸爸来了！爸爸——"

来人正是李雪雁的父亲李苍山，他也看到了李雪雁，就招手："雁儿、雁儿——"

"爸爸——"李雪雁喜出望外，边喊着"爸爸"边张开双臂像雁儿一样跑过去，扑在李苍山怀里。

"雁儿，"李苍山抚着李雪雁的耳发，"怎么样？还好吧？"

李雪雁嘴一噘："不好。"随即一笑，漾起两个酒窝，"爸爸来了，什么就都好了。"

李苍山心里一热："鬼丫头，爸爸不在身边你更好，没人管，多自由。"

"不自由。您要来，怎么不提前给我打过电话啊？"李雪雁说，"我好迎接您啊。"

李苍山一笑："怎么迎接啊？"

"列队迎接，"李雪雁敬了一个军礼，"欢迎爸爸来检查工作……"

"调皮捣蛋，"李苍山说，"我们铁5师是五天前进驻特区的，要修通成昆线四川段以及到特区的支线。我今天是过来跟你们第一指挥部的领导汇报对接工作的，顺道来看看你。"

李雪雁说："到我们的驻地看看新房，是我们自己修的，可以吧？你女儿还行吧？对了，我也有战友，11个，只是现在有的执行任务还没有回来，我给你介绍介绍。"

"好啊，看看，认识认识。"李苍山说着，又抬手给李雪雁介绍，"这是我的警卫员小江，比你小。"

李雪雁看看小江，故意说："比我小，我不信。"

小江说："雪雁姐，真的。团长经常念起你，我知道你23岁，比我大3岁。"

李雪雁一笑："我终于有小弟弟啰。"

李雪雁拉着李苍山的手，走到赵春燕、王西丹、刘腊梅面前："这是我爸爸，这是我爸的警卫员小江，我们有小弟弟了。"

"叔叔好，"赵春燕、王西丹、刘腊梅一起笑，"小弟弟好。"

李雪雁又给李苍山介绍："这是我的战友赵春燕、王西丹、刘腊梅。"

赵春燕、王西丹、刘腊梅随即又弯腰低头对李苍山说："叔叔好。"

李苍山微笑着："赵春燕、王西丹、刘腊梅，我知道你们。"

"我们见过吗？"

李苍山说："雁儿在信里告诉我的，说你们比她有本事，你们住在一个房间对吧？"

"对呀，一个房间，不过，叔叔，雪雁说的你不要全信，我们可没有什么本事。"赵春燕说，"欢迎到我们房里坐坐。"

"好啊，"李苍山笑起来，"我听说你们女子机动队自己盖房，名声远扬，赛过男同志呀。"

"爸爸，"李雪雁说，"我们是第一指挥部医疗应急救援机动队，不是女子机动队。"

李苍山一笑："我进入特区就听见大家这么叫的啊？不对

吗？你们有男队员吗？"

李雪雁弄弄发辫看看王西丹："啊，也对啊，好，我们就是女子机动队。"

王西丹说："我们还真没有注意，有人这样叫我们。"

刘腊梅说："外面的人这样叫我们，也对啊，证明我们不输给男的。呵呵呵。简单，好记，也挺好听的。"

当下，李苍山在李雪雁她们的驻地转了转，看了她们的新宿舍和开垦出来的菜地，然后让警卫员小江在机动队驻地休息，他就和李雪雁上清风坡看爱人花含笑。

时过半年，花含笑的土坟上已经长满了野草。

李苍山、李雪雁在山上采了两束野花放在花含笑的坟前。

"含笑，我现在跟雁儿一起来看你了，我也从云南宣威进驻特区了，继续修成昆铁路四川段，现在中央下命令军队全力以赴，地方上按照行政辖区沿线组织群众支援，军民共建成昆线，人多，进度就会更快了……铁路不通我们不走，雁儿也很好，胆子也大了，自理能力更强了……"李苍山说着坐在杂草丛中，"你在下面还好吗？"

李雪雁听着爸爸的述说，鼻子一酸，眼泪奔涌而出，跪在母亲坟前："妈妈……我和爸爸来看您了……我现在胆子真的大了，我不怕蟑螂不怕老鼠不怕蛇不怕蜈蚣了……我们医疗应急救援机动队现在已经正式投入特区的医疗应急救援工作了，我也真正去抢救过伤员了，虽然开始很紧张、害怕，但经历过后，不仅没有了原先的紧张、害怕，反而越来越喜欢这份工作。我们现在每天不知道有多少任务，突发的任务多，很累，也很苦，有的地方还不通公路，我们抬着担架翻山越岭、坐船过江也要去救援，我现在体力可好了，力气也大了，可以从金沙江背一桶水中途不歇气到我们驻地。妈妈，你就放心吧，我已不是那个看见一只蟑螂就吓得哭的姑娘了。"

李苍山说："含笑，雁儿现在确实成长了，成熟了，我今天第一眼看见她还以为她是一名战士了，她们机动队用65式军装代替队服，只是没有红五星和红领章，可精神了。你走了，我也不能经常在雁儿身边，她一个人也很不容易，能有今天这个样子，你也应该高兴了，现在，我要长住特区了，我们就近了，有空就会来看你，一家人聚聚、说说话……"

"妈妈，爸爸今天刚刚还到我们机动队看了看，"李雪雁含泪说，"妈妈，您不用担心我，我现在什么苦都可以吃了，什么困难都不会怕了。你不用再担心我了……"

李苍山、李雪雁父女俩在花含笑坟前说了很多话才站起来。

李苍山转身环视了一下莽莽群山，目光停留在山下大峡谷中静静东流的金沙江，不说话了。

夕阳的光辉洒在江面上散发着迷人的波光，把大江两岸的山野映得格外明亮。

李雪雁挽着李苍山的手臂，问："爸爸，您在想什么呢？"

李苍山说："我在想你妈妈在的时候，我怎么不多陪陪她……唉，现在说再多的话，都是多余的了。我愧对你妈妈。"

李雪雁心中伤感："妈妈知道……她怎么会怪您呢？"

"唉，其实，我们也愧对你，从小到大，我和你妈妈都很少在你身边，"李苍山说，"特别是我，陪你的时间更少，让你吃了不少苦。"

"爸爸您说什么呢？"李雪雁说，"我没有觉得你们没在我身边的时候我有多难，你们有你们的大事，就像您先前说的，您不在身边，我还自由呢，自己想做什么就做什么。"

李雪雁嘴上这么说，心里却希望天天有爸爸妈妈的日子，这个想法，也是她从小的心愿。可是，这个心愿，现在已经不能实现了。

"只要你高兴就好，"李苍山看看李雪雁，他知道女儿心里的意思，想到自己常年在外，没能照顾爱人和子女，还致使大儿子失踪，至今没有下落，他心里悲、心里痛，就转移话题，问，"雁儿，告诉爸爸，你现在处对象了吗？"

李苍山突然这么一问，李雪雁的脸一下子就红了："爸爸，您怎么提这事？"

李苍山说："你妈妈没有看到你处对象，已是永远的遗憾，婚姻是你个人的终身大事，你应该考虑了，有合适的抓住机会，不过，婚姻也不能草率，还是随缘吧，强求不得的。现在有没有喜欢的对象？"

"没——还、没有……"李雪雁摇着李苍山的臂膀，"爸爸，有，我还会不告诉你……"

李苍山微微一笑："这就对了，不要让爸爸留下遗憾。"

李雪雁说："爸爸，怎么会呢？喜欢你女儿的人还是有的。"

"就是，"李苍山说，"我家雁儿长得这么好看，又是大学生，有多少男子梦寐以求呢。"

"爸爸，"李雪雁说，"又拿我开玩笑……"

其实，李雪雁在北师大上大一的时候，就有几个男生喜欢她追求她，她还跟同班的段新处过对象。

段新人英俊，学习成绩好，有才华，他追她，她也喜欢他。只是后来大学毕业，国家号召支援三线建设，李雪雁选择了到攀枝花特区与父母在一起，段新却选择留在了大城市。

她和他争执过、她为他伤心过哭泣过……

最后，他们还是分道扬镳了。

如今，往事已逝，她对段新已不再留念。她想通了，志不同道不合，早晚要分。既然早晚要分，晚分不如早分开，长痛不如短痛。

李雪雁看着李苍山，心想，她和段新处对象的事，在进攀枝花特区后她还告诉过母亲，可能是母亲没有告诉爸爸。既然爸爸不知道，她和段新已经分手，也就不要让他徒增烦恼了。更主要的是，她不想再去揭自己那段情感上的旧伤疤，就让它永远变成自己隐秘的回忆吧。不过，在爸爸问起她有没有喜欢的对象的时候，一个男子竟浮上她的心头——那是高风，山西大同的，1965年春入的特区，比她大3岁，由辽宁煤炭管理局驰援宝鼎煤矿，分在第四指挥部，是六井巷六公司（4号附3号信箱）的设计员。

她是在《火线报》的时候到第四指挥部六井巷六公司的一次采访中认识高风的，那次高风穿着煤矿工人的工装陪她下井去采访掘进队。

高风高高的个子，眉目俊朗，有些腼腆，跟她说话还会脸红。不过，高风陪她下井却也照顾周到。如果不是他相陪，她也许就被埋在矿井底下了。

那天他们下井不久，刚在井下300米的巷道采访了一个矿工，前面就发生了冒顶，所有人都呼喊着往巷道外面跑，她跑了几步就崴了脚，跌倒在巷道里，高风背起她就跑，她感觉就像匍匐在奔驰的骏马背上一样，有些颠簸和晕眩，直到出了矿井，她才发觉他背上的汗水把她前胸的衣裳湿透了……

"高风？"李雪雁心想，"我怎么总是想起他呢？"

想着高风，李雪雁也不知道究竟是什么感觉，不好说。她看看天空："爸爸，太阳要落山了，我们走吧，如果有任务，我也还得行动。"

"走吧，下山。"李苍山说，"现在全国有数十万筑路大军陆续汇集西南，参与成昆铁路建设，加上沿线群众就有上百万。我们铁5师师部现驻米易，我们6团的团部暂时设在三堆子，距这边30多公里，交通不便。如果有什么事，你就给我写信，我们团的邮箱用的是特区的邮箱：第五指挥部，5号附16号信箱，两三天我就能收到。我走了你自己注意安全啊。"

"好的，"李雪雁说，"爸爸，你也要照顾好自己。"

当天，李苍山就急着赶回铁5师6团团部，投入到艰苦卓绝的成昆铁路（四川段）主干线及特区支线的建设之中。

第九章　黑衣贼

李苍山回铁5师6团团部后不久，一件意想不到的事让李雪雁她们医疗应急机动队撞上了。

那天晚上，刘彩凤带着队员去江北一个工地急救，只有李雪雁、王西丹、张元香、吴春红四人在机动队留守。

晚上10点来钟，李雪雁坐在办公室长木条桌旁就着马灯的橘黄光亮赶写机动队的年度总结材料，王西丹坐在长木条桌右边的五人木条长椅上织毛衣。张元香、吴春红两人坐在长木条桌左边的五人木条长椅上看《火线报》，一边看一边说着报纸的事。

"我的妈呀，"王西丹笑着对张元香、吴春红说，"你们俩看到什么稀奇的事了？小声点嘛，等会儿我们的女才子写不好总结，机动队的荣誉受影响，那损失就大了。"

李雪雁一笑："我哪是才子，只不过比你们多读了一点点书。哎，两位姐姐是不是因为过早结婚才读得少的？"

吴春红、张元香装作没有听见。

王西丹问李雪雁："惊弓雁，你的爱人呢？"

"爱人？"李雪雁脸一红，"我，我还没有对象呢。"

王西丹说："不可能哦，大学生，有很多在学校就抱孩子了，不然你刚才怎么说她们？"

"真的，没有，"李雪雁低头写总结，"不骗你。"李雪雁说着，却不由得想起高风，那个在煤矿井下巷道救了她的男子。她想起他背起自己跑出矿井的感觉，想起他背上的汗水湿透了她前胸的衣裳……李雪雁顿时感到脸发烫。

"你还是关心关心我那两个姐姐的爱人吧，"李雪雁有意岔开话题，怕她们拿自己开涮，"让我有学习的机会。"

"哦，对对对，她们的经验绝对值得你这个未婚青年学学，"王西丹急切地接着李雪雁的话说，"亲爱的穿山甲、大力红，说说你们爱人的事呗，这里就我们四人。"

张元香、吴春红几乎同时回王西丹："有什么好说的。"

李雪雁说："说说嘛，我们都不知道你们的爱人长得怎样？"

吴春红说："丑死了。"

张元香笑："是个男的。"

李雪雁、王西丹、吴春红一听都弯腰捧腹笑出了眼泪。

"我的妈呀，"王西丹笑着对张元香说，"难道会是个女的？"

吴春红笑着说："有可能哦。"

李雪雁、王西丹、张元香边笑边揩眼泪。

吴春红说："我爱人马云飞，长得可丑了，反正没有本姑娘长得好看。我们都是云南的，我是保山人，他是临沧人，比我大

3岁，1965年入特区，现在是第四指挥部六连掘进班班长。"

"你看，你看，你是不服人家当班长，还是不敢带来给我们看，怕我们把他吃了？"张元香笑着说。

吴春红说："我就是要藏着，不带来给你们看。就怕你们把他吃了，我没有机会再找一个。"

李雪雁、王西丹看着她们直笑。

"我家林兴云，长得还可以，就是傻，看到我妈只知道叫妈……"张元香说，"见到我也不叫我名字，只会喂喂喂……"

"我的妈呀。这也太傻了啊……"

李雪雁、王西丹、吴春红又笑得东倒西歪。

张元香拨弄一下鼻尖说："我爱人，吉林长春的，今年初入特区的，也比我大3岁，现在第八指挥部重型机械组负责后勤，我们有一女，叫灵儿，5岁了。"

"我的妈呀，好能干，"王西丹笑着对吴春红说，"你呢，娃几岁了？"

"没有呢，"吴春红说，"去年才结的婚，今年初就到特区来了，哪有这么快……"

张元香笑："只要你想要，就快。"

吴春红脸微红说："像你……我才不想呢。"

李雪雁、王西丹、张元香笑。

吴春红说："西丹姐姐，你爱人在哪儿？你在给谁织毛衣啊？"

"是啊，"李雪雁、吴春红看着王西丹，"怎么回事？"

王西丹笑着说："我爱人是河南许昌的，姓周名潇潇，潇洒的潇，1965年初到的特区，中交四处工人，大我3岁。我们有个儿子叫周小海，今年7岁，因为现在特区这里面还没有学校，只能先在郊区的红星小学上学，刚读一年级。这白毛线现在紧俏得很，我买了很多次，才凑了这点白毛线，只够给他织件背心。现在天冷了，我得抽空赶出来。"

"是呀，12月了，阴历的冬月了，要是我们陕西早就在炕上焐着了。"李雪雁说，"特区好，我们现在晚上加件外套就不觉得冷。"

"是啊，我们河南老家现在早就下雪了，"张元香对王西丹说，"你们河北，包括你们工作过的天津现在都结冰了。对于我们北方人来说，这里还真的就像没有冬天似的。"

"那是，这边一年四季几乎感觉没冷几天就过了，给你儿子织件毛线背心也足够了，"吴春红说，"让我到你们老家去，没两天我耳朵都要被冻掉。我不说了，我出去解决点事情。"

李雪雁、张元香、王西丹知道吴春红要上厕所，就说："带上马灯。不然踩空掉进粪坑，那就发奋（粪）图强（涂墙）了。"说完笑起来。

吴春红说："不用，今天有点月牙了，不会的，不会满足你的愿望的。"说着笑着起身出了办公室。

吴春红上完厕所，看看夜空中的一弯月牙，正要转身回办公室，突然看到库房的窗户上好像有灯光晃了一下。

"咦——"吴春红觉得奇怪，"难道屋里有鬼？"想着心里一紧，就轻手轻脚地走到库房门边，借着微弱的月光一看，库房木盒子门的门扣和挂锁居然分开了。

"有贼。"吴春红的心"咚咚"直跳，一下子更紧张了，当下屏息极力听着里面的动静。

过了一会儿，库房里又有点亮光了，吴春红透过门缝一看，一个中等身材、身着黑衣的人正在用手电筒照着翻看药品。

是贼——不能让他跑了。

吴春红看着垂下的门扣和分开的挂锁，有了主意。她慢慢地靠近门扣，快速取下挂锁、抬起门扣扣上、锁了，然后飞跑进办公室对李雪雁、王西丹、张元香说："快——快——有贼——我把他锁在屋里了，快，快去看……"

"有贼？"

"男的女的？"

"没看清。"

李雪雁、王西丹、张元香大吃一惊，站起来就跟吴春红往外跑，一边跑一边问："在哪里？"

"在库房、库房……"

库房里面的黑衣贼正在里面拼命拉门，急着要逃。

张元香大着胆子问："谁在里面？你是谁？"

里面的黑衣贼一听，突然就不拉门了，也不回话。

吴春红大声说："不说话，我们就不放你出来。一直关着，渴死你、憋死你、饿死你。"

里面的黑衣贼还是不回话。

李雪雁小声说："这样不行，你们先看着，我马上打电话给第一指挥部报告，请他们来抓人。"

打完电话，李雪雁跑过来小声对王西丹、张元香、吴春红说："保卫处马上派人来，我们守在这里就是。"

突然"嘭"的一声响，里面的黑衣贼提起木靠背椅砸了一下门，门没有被砸烂，却把她们吓得浑身发抖。

"嘭嘭嘭"，黑衣贼在里面连续砸门，狗急跳墙，想要逃出来。

吴春红小声说："大家不要怕，他出不来，就是出来了，我们四个人，还怕他一个，一个贼？他砸门是因为他心虚，我们不要怕他，出来就揍死他。"

李雪雁、王西丹、张元香点点头，但三人的腿都禁不住发抖。

吴春红极力压住心中的恐惧，大声对库房里砸门的贼人说："门砸坏了，把你娃卖了都赔不起，少做缺德事，收手吧，不要做傻事。就算你出来，也跑不了的。你只要不拿走我们的东西、不破坏我们的东西，什么都好说。谁没有犯糊涂的时候呢？你是干什么的？说——"

黑衣贼还是不回话，依然在里面砸门。

吴春红有些生气了："看来你已经坏透了，居然跟老娘较劲，看我怎么收拾你。快，我们去坝子边的柴堆上一人拿一根木棒，守在库房门两边，万一他把门砸烂了跑出来，就打死他。"

她们跑过去一人抽了一根一米来长的木棒拿在手里分守在库房门两边，吴春红、李雪雁守在左边，王西丹、张元香守在右边。

"嘭……"库房门被砸烂了，"嘭……"库房门被砸倒了。

黑衣贼在房门口骂："我早就看到了，就你们这几个婆娘，还敢挡老子的道？找死。老子出来了，你们能把我怎样？"说完，黑衣贼拍拍手傲慢地走出来。

"是个男的，"吴春红小声说，"大家注意不要吃亏，要趁他不备放倒他。"

那黑衣贼刚到门口，吴春红就一声厉喝："打——"四根木棒顿时就朝着黑衣贼一阵乱打。

黑衣贼根本没有想到几个女人会突然向他攻击，躲闪不及，左脚一下子挨了一棒，身上也挨了几棒，只听他怪叫一声，一个

"懒驴打滚"滚到土坝里，拖着受伤的左脚极力站起来。吴春红、张元香跑过去接着打。

黑衣贼有了防备，左闪右避，一下都没有被打着。李雪雁、王西丹赶过去打，也连那贼人的衣服都没有打着。四人只把黑衣贼围在中间。

李雪雁虽然心里恐慌，但还是想起了军训时王宝君教的简单拼刺刀的招式，就小声对吴春红她们说："拼刺刀，大家稳住。"

吴春红她们一听马上领会，以棒为枪刺，胆子一下子壮了一些。

黑衣贼一动，她们就用拼刺刀的招式对付，虽然乱，但一下子也把那贼人缠住了。黑衣贼试着冲了几次，也没有冲出她们的包围圈，也不敢再冒险，就按着受伤的左腿，看着她们，想伺机再跑。双方一时僵持不下。

对峙了一会儿，吴春红大声对黑衣贼说："老实点，举起手来。"

张元香也说："马上投降，还来得及，我们会宽大处理……"

"让我投降？笑话。"黑衣贼阴森森地说，"你们这些婆娘真是活得不耐烦了，想找死，我成全你们……"说着抽出匕首向王西丹扑过去。

王西丹吓得往后退，黑衣贼连向王西丹身上刺了两刀，只听她一声惨叫倒在地上。

黑衣贼瞅空就想跑，不料因为左脚受伤一个趔趄跌倒在地，被吴春红赶上打了一棒，滚在一边，又挣扎着站起来。

李雪雁看着王西丹倒下，脑袋"嗡"地一下，心都凉了，大声说："元香姐，快看西丹姐怎样了，快救她……"说着，不顾一切向黑衣贼扑过去就是一阵乱打："天杀的畜生，我打死你、

打死你、打死你。"

张元香惊慌失措地跑过去，抱起王西丹就往临时救护室跑。

虽然黑衣贼受了伤，但李雪雁怎么也打不着他。

吴春红灵机一动，冲过来帮忙，对李雪雁喊："你快去办公室拿枪，快——我拦着他。"

"训练时发的步枪？"李雪雁冰雪聪明，马上明白吴春红的意思，故意问了一句就转身往办公室跑。

黑衣贼一听有枪，哪里还敢停留，迅速转身一瘸一拐地拼命往机动队驻地的东边小路跑去。吴春红紧追其后，但害怕他手里的匕首，不敢靠近。

李雪雁故意到办公室门口转了一下马上又去追吴春红和那黑衣贼。在距离那贼人20来米的地方，李雪雁把木棒当枪举起，吼道："站住，再跑我开枪了。"

黑衣贼在微弱的月光下也看不清楚李雪雁手里是不是真枪，立马站住了，不敢再跑。

李雪雁跑到吴春红身边问："怎么样？没事吧？"

吴春红喘着粗气小声说："没事，我们得想办法拖住他，等保卫处的人来收拾他，我们拖一秒算一秒，不要让这个贼人跑了。"

"你叫什么名字？是哪里的？"吴春红厉声问黑衣贼，"你为什么要进我们库房偷东西？说——"

黑衣贼不说话。

"再不说话，我开枪了，"李雪雁大声说，"说——你是哪里人？为什么来偷我们的库房？"

"别开枪，有话好好说，别开枪，"黑衣贼说话了，"别开枪，我说，我说，我是做买卖的过路人。"边说边往前走了几步。

"别动，"李雪雁心里紧张，吼他，"别动，再动我开枪了。过路的？过路的怎么会在我们的房里？说——想干什么？"

黑衣贼说："我真是过路的，肚子饿了，想找点东西吃。"

"找东西吃？"吴春红说，"鬼才相信你呢？你肚子饿，那为什么还要砸门，杀人？"

"我不是故意的，"黑衣贼假装说，"你们打我，我是自卫才动刀子的。又看不清楚，我真的不是有意的。我把刀子给你们，我不跑了。我的脚也被你们打伤了，也跑不动了。不要开枪，不要开枪，我听你们的，要杀要剐都由你们。"

黑衣贼说着把匕首丢在李雪雁她们前面的草地上，自觉地举起双手，假装害怕："我不跑，我不跑了，你们放过我吧。"

吴春红过去捡起匕首看看，对李雪雁说："是匕首，我们把他押回去交给保卫处处理。"

李雪雁不知有诈，说："好。"两人说着走过去，准备把黑衣贼捆了押回驻地。

李雪雁、吴春红还没有走近黑衣贼，就觉眼前人影一晃，两人手中的木棒和匕首几乎同时被缴了。

黑衣贼大笑："你们的枪呢？你们的枪呢？居然拿一根木棒来吓老子？就你们两个婆娘，就是有枪，又能把老子怎样？关公面前耍大刀，太不自量力了。"说着，提起木棒一边一下把李雪雁和吴春红打倒在草丛中。

李雪雁肩上挨了一棒，吴春红腰上挨了一棒，痛得大叫："啊——啊——来人啊，来人啊，抓贼啊……"

"大声喊啊，再大声点啊，今晚就是神仙也救不了你们了，"黑衣贼丢了木棒，拿着匕首慢慢走到李雪雁、吴春红身边，"你们既然看见了我，不放过我，那就怪不得我了，我这就送你们上西天，去死吧。"黑衣贼说着举起匕首就朝李雪雁刺去。

李雪雁顿时吓得魂飞魄散，呆呆地望着刺向自己的匕首。

就在李雪雁命悬一线之际，只听"呀"的一声娇喝，一个人影骤至，黑衣贼顿时"啊"的一下滚在一边。

李雪雁、吴春红定睛一看，惊喜万分："冷君君？！真的是你？"来人正是副队长王宝君，是她在危急时刻飞身踢倒了黑衣贼。

王宝君刚跟队长刘彩凤带人执行急救任务回来，听到张元香说了情况就马上追了过来。

"队长回来没？"李雪雁忍着剧痛问，"西丹姐怎样了？"

王宝君说："回来了，都回来了，西丹挨了这畜生两刀，队长她们送她到特区中心医院抢救，不知道结果会怎样……今天绝不能让这个狗杂种跑了。"

说话间，那黑衣贼已摇摇晃晃地站了起来，冷笑："又送来一个，好——"话音未落，竟然一个冲拳直捣王宝君面门。王宝君一个歇步，身形一挫，避开了。

黑衣贼挥手倒掼击肘，直攻王宝君要害。黑衣贼虽然左脚受伤，但出手全是擒拿格斗招式，王宝君不觉"咦"了一声，往后一纵："看来还是经过特训的，不是一般的贼，难怪她们拦不住你……那就不要怪我不客气了。"话虽如此，但看对方拳势如风，也不敢大意，就进退躲闪，伺机攻击。两人顿时缠斗在一起。

月光昏暗，李雪雁、吴春红看不出王宝君和黑衣贼谁占了上风。她们又紧张又担心，两人都受了伤，想帮忙又帮不上，只有干着急，心想，看黑衣贼的实力，刚才恐怕是在跟她们玩猫和老鼠的把戏，逗她们玩的……想着不禁后怕。当下，两人忍痛捡起木棒想伺机帮王宝君。

王宝君和黑衣贼打斗了一会儿，黑衣贼毕竟左脚受伤行动越来越迟缓，又被王宝君踢中两脚，头上也挨了一拳。顿时，摇摇晃晃站不稳了。

王宝君抓住时机，欺身直进，缠丝手、抓腕别肘、拿腕勾摔，再一个侧掀翻一下子把黑衣贼重重摔倒在地，旋即飞身一招"平沙落雁"，双膝重重跪在黑衣贼的前胸，只听黑衣贼惨叫一声，一下子就不能动弹了。

王宝君站起来，双手叉腰，喘着粗气，对李雪雁、吴春红说："没事了，他再也跑不了了。"

李雪雁、吴春红大声说："打死他，打死他……太可恶了，为西丹姐报仇……"

王宝君说："留着他，我看这贼不简单，得好好审问。"

王宝君说着查看了李雪雁、吴春红两人的伤情，还好都是皮外伤，没有伤到筋骨，心下稍安。

这时，罗锦绣、郑晓阳、江晓月三人也赶到了，见黑衣贼躺在地上，都想扑上去打。

王宝君张开双手拦住她们："不能再打了，再打就真的要打死了，先留着他的狗命，交给保卫处审问……"

江晓月说："这家伙太残忍了，王西丹不知道能不能抢救过来？"说着哽咽了。

说到王西丹，大家都很伤心，心情都很沉重。

众人回到机动队驻地，正好第一指挥部保卫处的三位男同志也赶到了，王宝君简单向他们说了情况，就把黑衣贼移交给了他们。

　　李雪雁、吴春红在与贼人周旋、搏斗中受了轻伤，过了几天就没事了。王西丹受了重伤，当晚在特区医院抢救了三个多小时才脱离危险，住了两个多月才康复出院。

　　王西丹出院了，大家的心情才好起来，更让大家高兴的是那晚逮住的黑衣贼，竟然为公安部破获涉及境外的一个敌特大案提供了难得的线索。

　　原来，那晚第一指挥部保卫处从黑衣贼身上搜出了一张他画的特区重要设施的草图。经审问，他叫史可亮，原国民党保密局特务，在国民党反动派败退台湾之前就奉命潜伏在昆明收集情报，这次他是接到上峰的命令从昆明潜入特区侦察，准备通过昆明的潜伏电台为台湾和美国提供情报，以便反动派伺机对新中国的特区进行空袭和破坏。那晚，他路过医疗应急救援机动队只是想顺便拿点药品备用，没想到阴沟里翻了船，被几个女人抓住了。

　　案情重大，保卫处立即报告了第一指挥部的领导，第一指挥部马上报告了公安部，公安部和云南省公安部门顺藤摸瓜一举捣毁了台湾敌特潜伏在昆明的据点，缴获了两台大功率电台，还抓住了4名敌特分子，粉碎了境外反动势力企图破坏特区重要军工设施的阴谋。

　　第一指挥部医疗救援机动队因此受到公安部通报表扬。王西丹、吴春红、李雪雁、张元香、王宝君分别被第一指挥部记功。

　　一时间，第一指挥部应急救援机动队在特区声名鹊起，都称她们为"一指女子机动队"。

第十章　长相思

一天中午，李雪雁刚吃完饭要回宿舍，江晓月就急匆匆地对李雪雁说："惊弓雁，惊弓雁，有个男的找你。"

李雪雁一愣："我爸来了？"

"不是，你爸我还不知道，老实交代——是谁？"江晓月一咂嘴，问，"是谁？还保密？"

"别逗了，我问你是谁？"李雪雁除了想到是爸爸会来找他以外，一时还真想不到其他人了，"是谁？"

"他没有说，只说找《火线报》调过来的李雪雁，"江晓月笑起来，"你着急就自己去看吧。"

"在哪儿？"

"在厨房那边的小路上，我让他进来，他说就在那里等你。"

"可能是我以前的同事，"李雪雁说着理了一下两条黝黑的辫子，"谢谢啊，我去看看。"

李雪雁小跑过去一看，心就"怦怦"跳了起来，脸也发烫了——只见小路上站着一个小伙，高个子，穿着煤矿上的浅蓝色劳动工装，左肩挎着一个军挎包，右手拿着一根树枝在有一下没一下地抽着路边的狗尾巴草。

"高风？是高风！"李雪雁心跳得厉害，她真没想到高风会突然来找她，差点忍不住喊出来，但她极力抑制住自己的激动和喜悦，故意放慢脚步走过去。

"雪雁——"高风欣喜地说，"你还好吧？没耽误你工作吧？"

李雪雁一笑，漾起两个小酒窝，极力收敛心神，不好意思地问："你怎么来了？从六公司到这儿几十公里呢。"

"我今天到第一指挥部办事，顺道来看看你。"高风说。其实，高风昨天从辽宁出差回六公司，在工棚看到《火线报》报道李雪雁她们的反特事迹，知道李雪雁受了伤，心里着急就专程赶过来看她，"你们很了不起，几个女的就抓住了训练有素的敌特分子。你的伤怎样了？没事吧？"

李雪雁微笑："没事，一点小伤，早就好了。"

高风说："不好意思，我到辽宁煤炭管理局学习了3个月，回来才知道的。"

"哦，谢谢，"李雪雁说，"你吃饭了吗？"

"吃了，"高风说，"其他人的伤怎样了？"

"都没事了，当时王西丹伤得最重，现在也康复了，"李雪雁说，"那到我们宿舍坐坐……"

"不了，你忙，"高风满是关切地说，"往后，你自己要注意安全啊。哦，我从辽宁那边带了一支钢笔和一个日记本，我觉得你是记者，应该有用，送给你。"说着，从军挎包中掏出一支咖啡色的钢笔和一个牛皮纸封面的日记本递给李雪雁。

李雪雁柔声说："这么贵重，你自己用吧。何况，我现在也不是记者了。"

"不是记者，也要写东西，"高风说，"我搞设计，用铅笔的时候多，你用更有价值。"

李雪雁的心莫名地激荡起来，接过钢笔和日记本，说："谢谢！"

"那我走了，"高风转身下坎到便道公路上向李雪雁挥手，"回去吧，我走了。"

李雪雁向高风挥手，直到高风的身影消失在山弯了，她还木然地站着。

看不到高风了，李雪雁突然觉得心空落落的。她有些后悔，为什么不多留他一下？为什么不多跟他说几句话？望着远处峡谷中微微泛起波纹的金沙江水，李雪雁轻叹了一声……

吃过晚饭，队员们都在驻地各自做自己的事情，有的洗漱，有的洗衣服，有的检查应急救援的器械装备。邹珂萍在检查救护专用的解放牌越野车的车况，自从配车那天起，邹珂萍就把越野车当作宝贝，别人只能看只能摸就是不能动。谁动她就跟谁急。出车前后她都要检查一番，尽管用水金贵，邹珂萍也总是把洗菜和洗脸水收集在一个塑料桶里，专门用来擦洗车身、挡风玻璃，越野车总是保持得干干净净。

李雪雁向邹珂萍打了个招呼，就进自己的宿舍写材料了。她刚写了一会儿，就从外面传来了吉他声，李雪雁细听，知道弹的是《敖包相会》。

"又是刘腊梅在弹吉他了。"李雪雁会心一笑。近段时间，刘腊梅晚饭后只要有空就会弹《敖包相会》。《敖包相会》是电影《草原上的人们》的插曲，旋律动人，歌词也很撩心。刘腊梅刚开始弹的那几次，队员们很新奇，总围着她随着曲调一起哼唱：

十五的月亮升上了天空哟

为什么旁边没有云彩

我等待着美丽的姑娘哟

你为什么还不到来哟嗬

如果没有天上的雨水呀

海棠花儿不会自己开

只要哥哥你耐心地等待哟

你心上的人儿就会跑过来哟嗬

……

刚开始大家还装成男女歌手对唱，嘻嘻哈哈的。后来，刘腊梅弹吉他的次数多了，大家就习惯了，在刘腊梅弹的时候，尽管大家在各忙手头事，也会不由自主地跟着她弹的曲调或哼或唱。

李雪雁也很喜欢《敖包相会》，今天高风来看她后，再听《敖包相会》更有一种莫名的心动。李雪雁突然想，刘腊梅这段时间都在弹这一曲《敖包相会》，是不是也是在思念心上人？

李雪雁心念所及，放下钢笔，出了宿舍，轻轻走到刘腊梅身边，刘腊梅浑然不觉。

李雪雁微笑着站在刘腊梅身后看着她，李雪雁没有跟着哼唱，她怕一哼唱就惊扰了刘腊梅。

刘腊梅突然用掌捂着吉他弦，回头一笑："我早就知道你在我背后偷听了，惊弓雁。"

"偷听？你不弹，不把声音硬塞进我的耳朵，我能偷听吗？她们能跟着你哼吗？"李雪雁跳到刘腊梅面前，坐在石头上，弄了弄发辫，逗刘腊梅，"只要妹妹你耐心的等待哟，你心上的人儿就会跑过来哟嗬，我的三角梅姐姐是不是在偷偷地想心上人了？"

刘腊梅一笑："你这个惊弓雁，我还用得着偷偷想心上人？我都是过来人了，是你听了这首曲子，有感觉了，想心上人了吧？"

"哪里想？没有对象怎么想啊？"李雪雁说的时候却不知怎

的就想到了高风，脸就发烫。

刘腊梅看看李雪雁说话的样子，就说："脸红了，被我说着了吧？"

"谁啊？我怎么不知道啊？哪天给介绍一个呗？"李雪雁笑着要抢刘腊梅的吉他，故意岔开话题，"你不弹，给我。"

刘腊梅顺势把吉他给李雪雁："你弹一曲我欣赏欣赏。"

李雪雁胡乱拨了一下弦，笑："我不会弹吉他，在北师大时，我只学过几天小提琴，不过现在都忘得差不多了。哎，说说你的心上人，现在怎么样？我们在一起这么久了，还没见他来看过你，人家是不是变心了？"

"变心了？"刘腊梅一撇嘴，"他那样子，除了我，谁要？"

李雪雁知道刘腊梅的爱人赵观海在西昌试验厂（四〇公司）任后勤处副处长，只是从来没有见过，就说："赵处长手下应该有漂亮的女同志吧？他不来看你，你也不去看他，就这么放心？"

"你这个胆小的雁子，居然还有这个歪心思。"刘腊梅轻轻打了一下李雪雁的手臂，"小小年纪，想法还不少。我才不担心呢，姻缘这东西啊，是你的始终是你的，不是你的就算结了婚也不是你的……"

李雪雁又拨了一下弦，说："你跟他是怎么认识的，说来听听。"

刘腊梅说："他是贵阳人，学地质的，毕业后就分配到了西昌试验厂（四〇公司）。我们去年初结的婚，本来我想到西昌的，但三线建设，国家确定建设攀枝花特区，他说很快就要到攀枝花特区。所以我就选择先到攀枝花了。"

"他们整个厂要搬过来吗？"李雪雁问，"什么时候过来？"

"我也不知道，"刘腊梅说，"不过，他们现在所有的工作都在为特区出钢铁做实验。"

"哦，原来如此，"李雪雁说，"原来你弹吉他是因为想他了。"

刘腊梅一甩秀发："就是想他了，怎么啦？你羡慕？你羡慕就抓紧找一个对象想给我看看。"

李雪雁被刘腊梅说得不好意思，正不知怎么回答的时候，张元香站在机动队办公室大声喊："所有人注意，特区水泥厂石灰石矿有多人受伤，队长要求除了今天值班的，其他同志马上带上应急装备上石灰石矿。"

李雪雁二人听后，赶紧收拾装备，随机动队出发。

第十一章　火凤凰

攀枝花特区水泥厂是为了解决特区建设水泥严重紧缺问题而建的中型湿法式企业，也是特区工业基地的重点建设项目之一。

建设初期筹建人员进驻席草坪时住的是农民的牛圈、羊圈房，后来转战宋家坪，在公路不通、物资供给艰难的情况下，他们风餐露宿，天作帐，地作床，三块石头架口锅，帐篷搭在山窝窝，喝浑水、吃野菜、不到三个月就架设了5公里高压线，修建了进厂公路和矿山公路4公里，还修建土墙房近百间，先后只用了9个月时间就完成水泥厂厂房建设和设备安装任务，进行试生产。为了保证水泥厂试生产按计划实现，加快进度抢建石灰石矿就成了水泥厂的头等急事大事。

水泥厂的石灰石矿设计计划年产能力为36万吨，为了保障水泥厂试生产期间的石灰石矿供应，石灰石矿决心突击开采，水泥厂也抽调一批骨干驰援石灰石矿开采。一时间，近千人汇集在石灰石矿展开"夺矿保产"突击攻坚战。由于抢进度促生产，发生了矿山爆破后的矿体塌方，一些工人躲避不及，造成20余人受伤。

医疗应急救援机动队赶到之时，已有一部分伤员被送到第四指挥部医院救治。还有十来名伤者在现场。刘彩凤马上组织队员进行紧急救护。

"春燕，西丹，"刘彩凤大声说，"你们二人跟我一组负责伤者检查，其他同志两人一组，负责转移救治，快——"

赵春燕、王西丹立即跟着刘彩凤去检查留在矿上的每个伤员，每检查完一个，刘彩凤都要写一张纸条，说明伤情和建议送什么地方治疗。

刘彩凤检查完，写了纸条，李雪雁、罗锦绣、王宝君、江晓月、张元香、刘腊梅、邹珂萍就轮流用担架往救护车上抬，邹珂萍就开车往医院送。

紧张的救援一直持续到午夜才完成。李雪雁和队员们在第四指挥部医院门口上了越野车准备返回机动队驻地的时候，发现江晓月不在。

李雪雁就跑进医院找，她在医院那红砖墙两层楼的东西南北的楼上楼下找了几圈，最后才看到江晓月在坝子东边角落的石头上坐着，抱头小声哭泣。

"发生了什么事？"李雪雁大吃一惊，跑过去拍拍江晓月的肩膀，"喂喂，你怎么啦？晓月姐，走了，大家都在等你呢？"

江晓月没有回应，只是哭。李雪雁又问："你怎么了？刚才抢救的时候受伤了？我看看。"

江晓月抬起泪脸："雪雁，我，我家张台宇右手断了，在楼上等着做手术，医生不准我守着他——我，该怎么办啊？"

"手断了？"李雪雁大吃一惊，"你爱人不是在水泥厂上班吗？怎么会？……"

"他是前天才临时抽调到石灰石矿突击开采的，"江晓月哭着说，"我也不知道啊。"

李雪雁说："那我们刚才转过来的时候也没有听你说啊？"

"是我们到之前就被矿上送进了医院，我也刚知道的，他们不准我守着……"江晓月说着呜呜地哭。

"那你先上楼，马上上楼，再去看看情况，我这就出去找刘队长。"李雪雁说着心急火燎地跑到医院大门口向刘彩凤说了江晓月的情况。

大家一听都急了。

刘彩凤说："走——我们进去看看。"

刘彩凤带着队员上了医院二楼，看见在外科诊疗室门口焦急无助的江晓月就劝慰："晓月，不要急，不要慌，我看看。"

刘彩凤说着就敲响了诊疗室的门，一名护士开门探出头来："什么事？"

刘彩凤说："我想看看伤员张台宇的伤情。"

护士说："医生正在忙呢，这时不能看，你别在这里耽误我们救治。"说着就要关门。

刘彩凤用手推着门："我是刘彩凤，一指机动队的，请你去给主治医生说说。"

"你是刘彩凤，火凤凰？"护士一下子张大眼睛，"真是火凤凰？"

刘彩凤点点头。

"太好了……快进快进，我们主任正不知怎么办才好呢，"

护士急忙开门请刘彩凤进去，又扭头惊喜地对里面说："陆主任，陆主任，大专家，上海那个大专家来了……"

刘彩凤进去，门关上了。

李雪雁一脸茫然："谁是上海来的大专家？"

赵春燕说："火凤凰啊。"

"哦哦哦，"李雪雁一笑，"我们刘队长？！"

王西丹说："你还不知道？刘队长这只火凤凰，在上海红十字医院时名头就响得很，到了特区中心医院，更是特区的'三把刀'之一，厉害着呢。"

"'三把刀'？"李雪雁、罗锦绣都好奇，"什么'三把刀'？"

赵春燕说："西丹说的'三把刀'，是指我们特区中心医院的三个手术高手，一把刀是我们医院的业务副院长彭军，一把刀是医院骨科主任杨知勇，还有一把刀就是我们的队长刘彩凤了。"

"我到机动队这么长时间了，都不知道。"李雪雁感到很惊奇，"原来是这样，那刘队这么高的水平，为什么会来机动队？机动队没有手术做，浪费人才啊！"

大家也点头，啧啧不已："是啊，队长何必要来机动队，那不是大材小用吗？有点可惜。"

赵春燕说："刘队长还有更厉害的呢……"

正说着，刘彩凤开门出来了，对大家说："邹珂萍先送大家回去休息，我给张台宇做完手术再回去。"

"队长，医院有医生做，"王宝君说，"我们机动队只救护，不救治，做手术这些事是医院的事，我们只管送来……"

刘彩凤说："我知道，但这两天他们忙不过来，还有江晓月爱人的手术让他们做，我也不放心，要是有点啥，我怎么对得起晓月？"

江晓月流着泪说："队长，今天你也累了，还是交给这里的医生吧，没事的。"

"你说没事就没事？"刘彩凤一下子急了，"他们几个医生刚才还不知手术怎么做，能没事吗？"

江晓月愣住了："我，刘队长，我……"

刘彩凤手一挥："你留下，其他人都先回驻地。有任务由宝君统筹安排。"说完进了手术室。

王宝君安慰江晓月："队长是怕别人治不好你爱人的手，愧对你，你应该高兴才是。"

赵春燕也说："队长亲自手术，你就放一万个心吧，保证没有问题。"

江晓月说："那你们都回去吧，我在这里就行了，不麻烦大家了。"

罗锦绣说："我不走。回去也没事干。"

李雪雁也说："我也不回去。"

张元香、刘腊梅、邹珂萍也说不回去。

王宝君看大家都不忍心留下江晓月和队长，就说："那我们都不走了，等队长做完手术，我们一起走，我去医院值班室打个电话回驻地，有紧急情况好联系就行。"

罗锦绣、李雪雁、张元香、刘腊梅、邹珂萍就在手术室旁边过道里的简易长条木靠椅上坐着等待。

江晓月忧心忡忡，待在手术室门口，想着想着就泪流满面。大家让她安心坐下，安慰她不要担心，有队长出马，她爱人的右手一定不会有问题的。

王宝君说："晓月姐，你爱人的手受伤了，就放你几天假，你好好服侍服侍他。"

江晓月仰起泪脸，咂了一下嘴："现在这么多突发情况，任务紧张，我们机动队本来人就少，我还是不请假了。"

"怎么不请呢，就这样，按我说的，时间你自己确定，"王宝君用右手食指指着江晓月，"听安排，你的活，我们给你顶上。"

"是啊，晓月姐，有任务，我们顶上就是，"李雪雁说，"你爱人的手重要。"

"就是，有我们在，"罗锦绣说，"你就放心照顾你爱人。"

江晓月感激地看着大家，咂了一下嘴，泪又流了出来。

张台宇的手术足足做了三个小时，刘彩凤出来的时候，已经是早上4点多了，医院旁边的鸡都叫了。

大家一见刘彩凤出来，纷纷围上去，七嘴八舌地抢着问情况。

刘彩凤显得有些疲惫，抹了抹额头上的汗说："你们怎么都没有走？"

王宝君说："等你一路回去。你没车，走路回去不安全。"

刘彩凤有些不高兴："你们都不听我的了？"

"听，怎么敢不听。"王西丹拉着刘彩凤的手说，"谁不听你的，我就收拾谁，你倒是快点说说晓月爱人的手术怎么样了。"

刘彩凤白了王西丹一眼，见大家这么晚了都在等她，心里觉得温暖："她爱人没事，听医生的，按时换药，三四个月应该就会好的。等会儿就出来了。"

赵春燕跳起来拍手："我就说，火凤凰出马，一定没事。是吧？"说完，突然意识到在这么多队员面前直呼队长的外号有点不好，伸了一下舌头，缩到刘腊梅身后去了。

江晓月急切地问："那今后他的手还能动吗？"

刘彩凤说："一样的工作，只是恢复后的这一年不要拿太重的东西，注意一下就行了。"

"谢谢队长。"江晓月说，"你真神了。她们先说要过几天做，还要截肢，我以为他今后真的要成'一把手'了呢。"

众人含泪笑起来。

"'一把手'权力大，多好，"王西丹笑，"好了，好了，一切都好了，晓月你也放心了，我们打道回府了。"

刘彩凤说："晓月，你留在这里安心照顾你爱人，有什么事随时跟我们联系。"

"好的，谢谢，谢谢姐妹们。"江晓月含泪点点头跟大家告别。

刘彩凤和队员们赶回机动队驻地已经是早上五点多了。她们车还没有停稳，吴春红就心急火燎地跑过来对刘彩凤说："队长，队长，不好了，郑晓阳的爱人出事了，她跑了……"

"什么？"刘彩凤大吃一惊，从车上跳下来，问，"怎么回事？她跑哪儿去了？"

李雪雁心里一紧："今晚是怎么了，机动队姐妹的家里接二连三地出事。"

"我的妈呀，这是怎么了？"赵春燕也急了，"你快说啊？"

吴春红焦急地双手交互拉着手指，不知怎么说："她爱人是、是抬钢管上山摔了，说是砸着了左腿，断了，进了特区中心医院……具体情况我也不清楚，郑晓阳接了电话出来只给我说了两句就哭着跑出去了。"

"珂萍——"刘彩凤一拍手，对邹珂萍说，"你再辛苦一下，跟我到特区中心医院，其他人休息待命。"

李雪雁说："我跟你去。"

王宝君、罗锦绣、张元香、刘腊梅也说要跟着去。刘彩凤知道大家都关心郑晓阳及她爱人的情况，心中不忍，就说："那好吧，都去看看就回来。"

　　吴春红也说："我也要去。"

　　"你去干什么？"刘彩凤大声说，"出了这事，你为什么不及时打电话联系我们？"

　　"我不知你们在哪儿？"吴春红委屈地说，"我想联系你们，石灰石矿上没有电话啊？我打电话到第四指挥部医院又说你们走了……我……"

　　"你别去了，在家值班，"刘彩凤回头对王宝君说，"你也留下，有什么事及时联系。吴春红从今天开始代郑晓阳负责后勤煮饭。"

　　刘彩凤说完让邹珂萍开车沿着山上的便道公路直奔特区中心医院。

　　郑晓阳的爱人杨太平是北京大兴人，1965年进的特区，是第十四指挥部（14号信箱）自来水建设组组长，在大渡口引水上山改造工程施工中被钢管砸断右腿。

　　刘彩凤等人到了特区中心医院，看到郑晓阳在急诊科门口土坝子边上的长石板上木然地坐着。

　　"晓阳，怎么样？"刘彩凤还没有走近就喊郑晓阳，"晓阳——你爱人在哪里？"

　　刘彩凤连喊了两声，郑晓阳才回过神来，呆滞地说："队长，你们怎么来了？"

　　刘彩凤快步走到郑晓阳身边，扶着郑晓阳的肩膀说："你这里出了这么大的事，我们怎么能不来？你看大家都来了……没事，不要担心。"

郑晓阳将头靠在刘彩凤身上："队长，我的运气怎么一下子这样差啊？"说完抽泣起来。

"别急，别急，"刘彩凤安慰道，"大家都来了，没事的，没事。人生在世，哪个不出点意外？不要伤心……"她劝着郑晓阳，自己却没有管住眼泪。

李雪雁等人也赶到郑晓阳身边，关切地问情况。

郑晓阳说："我来时，我爱人的工友们已经把他送到急诊科检查完了，在里面等着排队做手术，他的工友们都还在里面过道里等着医生的手术安排。伤病员多、病房太挤，除了护士医生现在谁都不准进病房……"

"你跟我进去看看，"刘彩凤说，"其他人在外面等着。"

刘彩凤带着郑晓阳去了急诊科门诊。

急诊科的一些医生护士一见刘彩凤就跟她打招呼："刘主任好，刘主任你怎么回来了？"

刘彩凤说："你们王主任呢？"王主任是刘彩凤调到机动队后接任急诊科主任的，也是女的。

一名医生说："王主任她们在急救室忙着呢。我去叫她。"

"不要去打扰他，"刘彩凤说，"你把伤员杨太平的病历找来我看看，行吗？"

医生说："马上就拿，正好请你给我们支支招，这段时间伤病员越来越多，我们都接不过来了。"

医生拿来杨太平的病历，刘彩凤细看后，脸色凝重地问医生："你们是怎样确定治疗方案的？"

医生说："王主任说尽快安排截肢手术，不过手术多，按先后还得等几天吧……"

"截肢？等几天？"郑晓阳一听急了，抓着医生的手臂，"不能截肢，他没有右腿怎么工作？怎么生活？不能截肢，不能，你们帮着想想办法，再想想办法。医生，我求您了，不能截肢。"

郑晓阳说着哭起来："不能截肢，不能截肢，我求你们了，他不能没有腿啊……"

刘彩凤看着郑晓阳伤心欲绝的样子，心里悲戚，眼泪顿时流了出来，她对医生说："这个手术我来做，保守治疗，你去跟王主任商量，听听她的意见。可以吗？"

医生见刘彩凤这样说，点点头，去找王主任了。

刘彩凤拉着郑晓阳的手，安慰郑晓阳说："不要伤心，有我呢。我看了病历，心中有数，不哭，不哭……"刘彩凤劝郑晓阳不哭，自己却泪流不止。

医生过来，对刘彩凤说："王主任在急救，不好出手术室，请你谅解，她说一切听你的，现在手术多，正差主刀的，你这是回来支援我们急诊科，手术交给你做，比她亲自做还放心。让我们当好你的助手。你怎么说，我们就怎么办。"

"那马上准备给杨太平手术。"刘彩凤急切地说，"你就听我安排了。晓阳，你就在外面等着，叫李雪雁她们先回驻地，不用都等在这里。"

郑晓阳感激不尽："谢谢你，谢谢队长，谢谢医生。"

郑晓阳出来把情况给大家说了。

李雪雁说："这下好了，队长亲自上阵，应该没问题了。"

"什么应该没问题？"赵春燕说，"是没问题，晓阳姐，放心吧，队长是这医院的'三把刀'之一呢。"

郑晓阳心中稍安，说："让大家都担心了，谢谢啊。队长说让你们先回去，我在这里等就行了。"

"那怎么行，至少等你爱人的手术完了再走，"李雪雁说，

"我不走。"

"我不走，"赵春燕说，"等着队长一起走。"

"我也不走。"张元香、刘腊梅都说不走。

郑晓阳心中感激，含着泪说："给大家添麻烦了，对不起，谢谢。"

李雪雁说："这是什么话？你每天给我们煮饭吃，不麻烦啊？"

罗锦绣说："我们陪着你，你心才不慌。"

王西丹说："我有点担心队长，昨天救援就累了，晚上又给江晓月的爱人做了3个多小时的手术，现在又要做手术，她身体吃得消吗？"

郑晓阳吃惊地问："江晓月的爱人也受伤了？"

李雪雁就简单说了江晓月爱人受伤的情况。郑晓阳摇着头说："我俩是怎么了，今天是什么日子，都凑在一堆了。那队长能吃得消吗？"

"没事，没事，"赵春燕说，"你们知道队长在上海红十字医院的时候连续做手术的时间是多长吗？大家猜猜。"

"3个小时？"

"6个小时？"

"9个小时？"

……

赵春燕摇摇头说："你们都没有猜对，队长那时的最高纪录是一天6台手术19个小时。"

"6台？"

"19个小时？"

"我的妈呀！"

"哪一年？我不信……"

赵春燕说："1963年，一天6台手术19个小时，我绝不是忽悠你们的。这是我从辽宁到特区中心医院时，她们一起从上海过来的医生说的，不是刘队长说的，她才不说自己那些事呢。"

"我信，"李雪雁说，"大家也应该放心了。"

罗锦绣说："妈呀，我们队长原来这么牛？！"

"我都不好意思了，"郑晓阳不知道该说什么好，"我给队长添麻烦了，也让大家费心了。"

李雪雁说："你就不要这样想了，我们就在这里等着就行了。"

大家就在医院的坝子里站着等。郑晓阳进去无数趟看了又看，手术室的门都没有开。因为手术室外都安放了病床，并且满员，医生不准在门口堵着，郑晓阳也只好在外面跟大家一起焦急地等。

时间一分一秒地过去。大家感觉时间过得太慢，心里都急。郑晓阳心里更慌，等着等着又抽泣起来。李雪雁就拥着她一直安慰她。

启明星出来了，天开始亮了，大亮了，刘彩凤还没有出来。

医院简陋食堂的窗口打早饭的人都排成长队了，刘彩凤还没有出来。

太阳已经照到院坝了，刘彩凤还没有出来。

上午10点多，郑晓阳眼睛都哭得有些肿了，刘彩凤终于走出了手术室，步履蹒跚地走到坝子对郑晓阳招手。

郑晓阳跑过去问："队长，我爱人怎么样了？"

刘彩凤说："你可以进去了，没事，腿保住了。"

"谢谢队长，谢谢！"郑晓阳说着就跑进去了。

大家都围上去问刘彩凤："怎么样？"

刘彩凤微笑："挺好的，你们不要担心。没事了。"

李雪雁发现刘彩凤的背上已经湿透，面色苍白，就从后面扶着刘彩凤，问："队长，你怎么样？"

刘彩凤看了李雪雁一眼："我没……"话还没说完，两眼一翻，就往后倒。李雪雁赶紧撑着刘彩凤，顿时被吓哭了，使劲喊刘彩凤："队长，你怎么啦？"

众人见状大惊，一下子围着刘彩凤呼喊："队长——队长……"

王西丹哭着说："快——抬进去急诊科抢救，快啊……愣着干什么？"

罗锦绣往刘彩凤面前一蹲，喊："快把队长扶在我背上，快。"

李雪雁一抹眼泪和大家一起把刘彩凤连抱带抬放在罗锦绣背上，罗锦绣背着刘彩凤就往急诊科跑，边跑边喊医生。李雪雁、赵春燕、王西丹等人惊慌失措地跟在后面跑，一边喊医生，一边哭……

急诊科的医生一看是刘彩凤不行了，也慌了，马上转抢救室，一边抢救，一边喊他们急诊科的王主任、姜副主任。王主任、姜副主任急忙赶来对刘彩凤全力进行抢救。医院的副院长来了，院长也闻讯赶来了。

郑晓阳在病房守候爱人杨太平，听说刘彩凤进了抢救室，顿时感觉一身冰凉，赶紧跟着护士往抢救室跑。

看到大家都在抢救室外面的过道里焦急地等着，郑晓阳挤到李雪雁身边问刘队长的情况。李雪雁简要地把刘队长的情况说了。

郑晓阳哭着说："队长都是为了我，为了我呀，如果不是因为我爱人的手术，她也不会这样……"

李雪雁安慰郑晓阳："不怪你，也不要担心，队长没事，队长一定不会有事的。"李雪雁在劝郑晓阳，自己却忍不住泪水往下流。

对刘彩凤的抢救持续了一个多小时，急诊科的王主任才满脸是汗出了急救室，她对院长、副院长说："抢救过来了，刘主任是疲劳过度、严重营养不良加低血糖才造成休克的，现在血象稳定、心率平稳，但还在昏迷，就让她多睡睡吧，最好都不要去打扰。"

院长说："虽然抢救过来了，但你们要全力监护好。"

王主任说："请院长放心。我们急诊科一定守护好刘主任。她不仅是机动队的队长，也是我们急诊科的主任。"

听了王主任的一番话，大家悬着的心才落了地。

王主任高声问："机动队谁负责？"

李雪雁抢先说："主任，我是机动队办公室的，王副队长在值班，有什么吩咐，我来办。"

王主任说："你们刘队长已经抢救过来了，就不要在这里堵着了，她是严重的营养不足，疲劳过度加低血糖，她醒了以后，要让她多休息，增加营养，随时准备点白糖，有头晕、心慌的状况就让她喝点白糖水。我们急诊科留一名护士专门守她，醒了再通知你们，都去外面吧，不要再挤在这里了，现在伤病员多，地方小，我们急诊科不好开展工作，请大家理解支持一下。"

王主任正说着，有医生挤进来对院长说："一指的总指挥他们来看刘主任，已经到外面院坝了。"

院长说："我们快去迎一下，大家让条道儿出来。"话还没说完，第一指挥部的总指挥、副总指挥以及综合处处长赵奇骏等五人已经挤进来了，院长就带他们进病房看望刘彩凤。

过了十多分钟，总指挥等人才出来，第一指挥部综合处长赵奇骏走到李雪雁身边停下，问："你是机动队办公室的李雪雁？"

李雪雁说："是，处长，有什么任务请说。"

赵奇骏说："你转告王宝君副队长，你们刘队长这次出院后，至少休息调养半个月，请她给我监督好了。另外，刚才总指挥特别交代了，从现在起，每月给你们机动队每人增加半斤肉，给刘队长供应半斤白糖，你马上与后勤处对接办理。"

"是，处长，"李雪雁说，"谢谢！我一定转达，做好。"

"你们也辛苦了，让大家轮流休息吧。"赵奇骏说完走了。

突然，郑晓阳大哭起来，众人惊异。李雪雁赶紧把她扶到院坝里劝说："晓阳姐，现在你爱人和队长都没事了，你该高兴才是啊，你这是怎么啦？"

郑晓阳哭着说："都怪我，队长的爱人牺牲后，她就一直很伤心，每天吃饭也越来越少，我们七天才吃一次肉，她也不吃……我应该早点劝她，应该告诉王副队长……都怪我，都怪我……"

"这不怪你，不怪你，"王宝君突然在大家后面出现了，"只要队长和你爱人没事就好了。"

"王队长，你怎么来了？"郑晓阳和大家都感到意外，"你不是和吴春红在驻地值守吗？"

王宝君说："我打电话到医院了解你爱人的情况，他们说刘队长进抢救室了，我这就赶过来了。"

李雪雁说："你是怎么过来的？"

"没有搭到车，跑过来的，"王宝君抹抹脸上的汗，"10多里，本姑娘一个小时就过来了。"

李雪雁就把刘队长和郑晓阳爱人的情况向王宝君说了。

"这样就放心了，"王宝君说，"让队长好好睡睡，先不去打扰她了。"

李雪雁又把赵奇骏的话原原本本给王宝君做了转达。王宝君听了后说："今后队长休息和吃饭的事我们都来监督。总指挥特批我们机动队的每人每月增加半斤肉，我们先不让队长知道，只说是总指挥特批给她的，先让她每天有点肉吃如何？共同保密，大家有没有意见？"

大家都说："没有意见。"

王宝君又说："郑晓阳，哦，现在是吴春红在负责后勤了，队长能不能好好吃饭，有没有肉吃，能不能喝到白糖水，就交给吴春红了。"

郑晓阳说："这事不要她做，我来。"

"你来？"王宝君指着郑晓阳说，"队长已经叫大力红负责后勤了，队长才倒下你就不听她的话了？"

"就不听了，"郑晓阳说，"队长是为我才倒下的，她的这些事，我来负责，这几天我正好在医院，照顾她和我爱人，机动队任务这么重，就不要再留其他人了，请王队长和大家放心，我一定完成任务。"

王宝君说："那好！队长要是再出什么问题，我断你的口粮。"

"是，"郑晓阳向王宝君敬了一个军礼，"办不好，扣我口粮，扣我的肉都行。"

众人一下子笑起来，虽然人人脸上都挂着泪。

刘彩凤在特区中心医院躺了半天就醒了，醒了就要出院，回到机动队还要参加应急救援，王宝君就转达了第一指挥部综合处处长赵奇骏对刘彩凤的指示，刘彩凤也不听，几乎要跟她翻脸。

王宝君也不愧叫冷君君，任凭刘彩凤怎么说就是不许她出门，并把情况直接报告第一指挥部总指挥，总指挥亲自打电话把刘彩凤批评了一顿，让刘彩凤休养一个月，并宣布由王宝君为医疗应急救援机动队代理队长。刘彩凤这才"听话"了。只不过在休养期间，刘彩凤始终闲不住，还是与吴春红、郑晓阳和轮流值班的同志一起背水、挑粪浇菜。

没多久，江晓月的爱人张台宇受伤的右手已取了夹板和石膏，回特区水泥厂了；郑晓阳的爱人杨太平被钢管弄伤的左腿，恢复得比较好，也出院回到了第十四指挥部自来水建设组。

江晓月、郑晓阳对刘彩凤的感激之情无以言表，两人就私下在生活上细心照顾刘彩凤，从刘彩凤每天吃多少饭、喝多少汤做起，并且每天都弄一点猪肉藏在刘彩凤的饭下面。

刘彩凤开始不好拂逆了她们的好意，最后还是以"为什么每天我都有肉吃"为由把江晓月、郑晓阳训了一顿并追问原因。江晓月、郑晓阳只好实话实说。

刘彩凤说："既然是指挥部给机动队每人每月增加半斤肉，那就是给机动队的特供，不是给我刘彩凤一人的特供，必须统一安排，大家几天吃一次肉，我就几天吃一次肉，至于指明给我的白糖，我吃，但吃不完的，归机动队，如果大家关心我的身体，就请尊重我的意见。你们不尊重我，我就连饭也不吃了。"

刘彩凤说什么也不愿比大家吃得好。王宝君劝说也无用，江晓月、郑晓阳每天也就不再给刘彩凤饭下面藏肉了，只是每天都"检查"刘彩凤吃了多少饭，是不是正常饭量，并时不时想办法弄些新鲜蔬菜改善伙食。

在刘彩凤休养期间，特区建设项目按照国家"靠山、分散、隐蔽"的原则，在金沙江两岸二百来公里的崇山峻岭之中大规模展开了，每天都有医疗救援电话打到机动队，或近或远，或有便道公路或没有便道公路，或是单位或是个人，都由王宝君统筹指挥安排，或是她带队救援，或分组行动，急救工作在无规律的紧张中进行着……

第十二章　望星空

一转眼，已经是1966年的雨季。特区的雨季是泥石流、山洪等地质灾害频发期。机动队更是24小时待命，一有急救电话，马上出动。

这天晚上，机动队出去参加救援的两个小组的队员都回来了，大家一起吃了晚饭，洗漱完，房间里闷热，便一起围坐在坝子边分散的石头上闲聊。

东边山上出现了一弯月牙，天空没有一丝云彩，山风吹来，有了一些凉意。

"好久没有这样在外边坐坐了，"赵春燕说，"难得大家这么齐，12个人，一个不少，坐在这里吹牛。大家看，金沙江对面和我们驻地下边的灯光是不是多了？"

李雪雁一看："真的多了，平时没有注意，比我刚到这里的时候多了很多。我们在这里搭草棚的时候，晚上山下几乎没有什么灯光，对面也是偶尔闪几下，今天晚上，远远近近，金沙江两岸的山里都有灯光了，虽然没有星星那么多，那么亮，但确实延绵不断了。"

"要不了多久，我们这里一定会像大上海一样高楼林立，灯火璀璨。我们一定会看到那一天的，"刘彩凤说着仰望着夜空，一拍手，惊喜地说，"嗨——今晚的星星这么多、这么亮，天空真洁净啊，我在上海从来没有看到这么洁净的天空和这么亮的星星。"

刘腊梅站起来，一甩长发说："是啊，好漂亮。看看看——天河——织女星、水星、金星、牛郎星、老人星、天狼星、海王星、冥王星、天王星、北斗星……"

李雪雁说："腊梅姐，你怎么能说出这么多星星的名字？"

"小时候，我爸爸经常教我认星星，时间长了，就能记下一些，就是组成北斗星的每一颗小的星星我都还记得名字呢。"

罗锦绣说："牛！说来听听。"

刘腊梅说："北斗星由七颗亮星组成，有天枢、天璇、天玑、天权、玉衡、开阳、摇光。前四颗星叫斗魁，又叫璇玑，后三颗星叫斗杓或斗柄。今夜星光灿烂，真的太漂亮了，大家有什么事可以对着星星说，都会实现的，很灵的，姐妹们要抓住机会哦。"

刘腊梅如此一说，大家都不由得点头："说的是，有意思。"

赵春燕一笑："信则有，信则灵，不信则无。"

刘彩凤说："腊梅说得对，我们都说说我们每个人的想法和希望吧，比如今后想干什么，今后的你想成为一个什么样的人？"

"好好好，那你先说，"赵春燕站起来鼓掌，对刘彩凤说，"队长你先说，大家觉得怎样？"

队员们都说好。

"你这个疯燕子，你怎么不先说？"刘彩凤笑中带嗔，"你就喜欢挑起战火，我说就我说吧，谁叫你们这段时间把我养得这么精神，我再休养，人都要开花结果了。"

众人笑。

刘彩凤说："我希望，我想一下啊，我希望——我们大家都平平安安，健健康康的……"刘彩凤说着，眼前似乎闪现出爱人郑东牺牲前的样子，她突然说不下去了，仰面望着星光灿烂的夜空，眼泪不觉滑到耳边，她觉得凉凉的……

李雪雁见刘彩凤突然不说话了，知道刘彩凤又想起了她的爱人，毕竟刘彩凤爱人的尸骨至今都没有找到，那是刘彩凤一生的痛，正因为如此，刘彩凤才知道平平安安、健健康康有多珍贵。李雪雁心中不禁黯然神伤。

"我说完了，"刘彩凤极力控制着自己的情绪，仰面说，"疯燕子，该你说了。"众人从刘彩凤的语气里已经感觉到刘彩凤内心泛起的悲伤，都不笑了。

赵春燕说："我嘛，我想说的队长都说了。"她是想逗刘彩凤一笑，缓解她的心伤。

刘腊梅说："不许耍赖，说你的，不要重复队长说的话，后面说的都不能重复前面说过的话。重复无效。"

赵春燕双手拨了拨分扎的两束短发说："那……等特区建设好了，我就写一本医疗急救方面的书，争取正式出版。"

"我的妈呀，你个疯燕子，我本来想说的，你抢着说了，"王西丹笑起来，"我怎么说？"

赵春燕也笑："你也写一本啊！"

"开玩笑的，我这水平，"王西丹呵呵直笑，"我这水平，给人输液打针还可以，要我拿笔写书给别人看，我还活不活了？我儿子周小海现在上小学了，我想他好好读书，今后考一个大学，然后回来这里接我的班。"

"来这里接你的班？"邹珂萍一下子激动得站起来，双手环抱于胸，笑，"你儿子读大学，我们还在这里住？那特区就不是特区了。"众人笑。

罗锦绣也笑着站起来："我的愿望就是我那两个娃儿……"

"哇——"，张元香拨弄着鼻尖，笑，"你太快了，都有两个了？非婚，你非婚生育。"

"我的妈呀，向你学习，"赵春燕鼓起掌来，"你太强了，说说经验。"

其实大家都知道罗锦绣有一儿一女，大的是儿子，8岁；小的是女儿，6岁，在老家，是故意逗她的。

"我和我家那个可是明媒正娶的，"罗锦绣有些急了，"我们到公社领了红'奖状'（结婚证）的，合法的……"

众人哄笑起来："明媒正娶？你娶你家那口子？"

罗锦绣也笑起来："我是说，我是想让两个娃儿长大了都来特区，继续我没有干完的事，要是哪个不来，老娘就不要他养老。"

众人一听，笑得前仰后合。

罗锦绣说："你们笑什么，这是我想说的真心话。"

众人依旧笑个不停。

"人家罗姐说的是大实话，"江晓月咂了一下嘴，"她有两个孩子多幸福，我还没有孩子，现在就想我爱人张台宇的右手早点恢复好，今后特区建好了，我跟他一起回山东菏泽看牡丹。"

邹珂萍拍手："好浪漫哦，我也想看牡丹，到时候带上我。"

李雪雁、刘腊梅、王西丹都说喜欢牡丹，要求带上。

"你们跟着他们两口子，"张元香说，"都想当电灯泡呀？"

大家哄笑。

江晓月咂了一下嘴，微笑："没问题，喜欢到我家乡看牡丹的，我都欢迎，都带上，还管饭。"

众人笑。

郑晓阳站起来弄了弄刘海，说："我跟晓月的心愿差不多，我希望我爱人杨太平的左腿早日恢复，能正常上班。然后嘛，我也想要两个孩子，最好像罗姐那样一男一女，龙凤呈祥。"

众人一下子又笑开了。

郑晓阳有些不好意思："笑什么，我们进特区之前就结婚了，考虑孩子多正常。"

"大家都坐下，都坐下，"刘彩凤一拍手，"人家晓阳这个想法多好，大家都可以考虑考虑，特别是雪雁、宝君、珂萍你们这些现在还没有结婚、没有对象的姑娘得认真考虑。"

站起来的姐妹都坐下了。

"你怎么会知道人家没有对象？"江晓月咂了一下嘴笑起来，"队长，你做媒都没有机会了。"

邹珂萍、李雪雁、王宝君听了不吱声，任凭她们说。

张元香说："我有个心愿，等这里建好了，搬房子了，想有一套临江、向阳、有阳台的房子。我和女儿、爱人冬天可以在阳台晒晒太阳，一年四季都可以看金沙江的风景。"

"香姐这个心愿，要不了多久就会实现的，"李雪雁说，"金沙江两岸的房屋都是向阳的江景房，我们现在住的不都是江景房吗？"

"是啊，江景房，我们早就住了。楼房那是早晚的事情，"刘腊梅一甩长发，"我想，我今后也要选一套江景房，哦，对了，就选顶楼，楼顶可以种花种菜，还可以弹琴、唱歌、排练，有空时，我就弹吉他、唱歌给我爱人听，他最喜欢听我弹吉他、唱歌了。"

　　"呃，好肉麻哦，"赵春燕说，"不行，我要给我哥写信，问问是不是这样？"

　　罗锦绣疑惑地问："人家弹吉他、唱歌给他爱人听，管你哥什么事？没有听说你哥娶的她啊？"

　　"她爱人赵观海啊，"赵春燕说，"跟我一个姓啊。"

　　众人又笑起来。

　　吴春红交换拉着双手手指说："嗯嗯，是一家，天下难得一个赵字，刘腊梅这朵'三角梅'就是你大嫂了。"

　　赵春燕也笑："有什么嘛，我本来就比她小，大嫂就大嫂，只要她不怕被我喊老就行。"

　　"我才不怕呢？"刘腊梅也笑个不停，"你看我像怕老的吗？有个小姑子多好，我认了。"

　　两人说着还站起来拥抱一下，真认了姑嫂。

　　众人连连叫好。

　　吴春红交换拉着双手手指说："我有点羡慕三角梅和疯燕子了，我在想，以后这里建好了，我儿子娶媳妇的时候，我一定请我们机动队的姐妹参加。"

　　"你儿子在哪里？"众人一下子又笑起来，"多大了？"

　　吴春红说："6岁了，快了快了，一晃就到结婚年龄了。"

　　众人笑得东倒西歪，有的捂着肚子喊疼，直嚷"笑死我了"。

　　"我说的是实话，你们笑什么？"吴春红认真地说，"到时候，谁缺席，我就把我儿子儿媳妇送给她养。"

　　众人又笑起来。

　　刘彩凤说："现在就珂萍、雪雁、宝君没有说了。珂萍，你说说今后最想做什么？"

　　邹珂萍双手环抱于胸，有些不好意思，沉吟了一下说："我想，今后这里建好了，路也好了，我自己能有一辆车，跟我爱人一起开车回天津。"

赵春燕补了一句："背上孩子，左手拎着一只鸡，右手提着一条鱼……"

众人大笑。

"你这样，珂萍还怎么开车？"刘彩凤说，"疯燕子，不要欺负人家。雪雁，你呢？"

"我来特区，一直就有个心愿，这里建设得差不多了，我跟我爸爸、妈妈，还有我现在还看不见的爱人一起上拾景山顶上看看我们特区究竟是什么样的风景……"

李雪雁眼前不由闪现出高风的影子，高风已经给她来了两封信了，字里行间流露出对她的倾慕……

李雪雁说着不禁脸发烫，在提及母亲时，她的心突然又很难受，停了停说："不过，现在我母亲走了，只有我和爸爸帮她看了……"

众人听了心中难受，沉默不语了。

"宝君——"刘彩凤拍了一下掌，怕大家伤感，故意引开话题，"你呢？"

王宝君说："我最喜欢看星星了，等特区建好了，我跟我的爱人一起躺在青草上，双手枕着头，一起看星星、数星星、谈星星……"

突然，雷声响起，接着远处天边划出一道闪电，星空骤然暗淡，山风突起，乌云四合。

刘彩凤说："要下雨了，大家快回房休息吧，江晓月、郑晓阳你们今晚值班不能打瞌睡，现在雨季，山洪泥石流频发，大家睡觉都警醒一点，注意安全。"话音未落，雨点就落下了，打在树上、花草上、屋瓦上……发出噼噼啪啪的声音。

大家迅速跑进各自的宿舍里，雨越下越大，坝子都平地起水了，屋檐水形成一方水帘，水汽随着山风往屋里灌。

"老天变得真快，刚才还星光灿烂，说变脸就变脸了。"大家赶紧各自关上房门，闲聊了一阵就熄了马灯，睡觉。

第十三章　夜行者

半夜，李雪雁正在做梦的时候，突然被一阵急促的拍门声惊醒了，只听江晓月在喊："都起来，都起来，有急救任务，5分钟，全部在坝子里集合。"

李雪雁大吃一惊，急忙叫王西丹、赵春燕、刘腊梅："快起来，有紧急任务。"

李雪雁一边喊一边点亮马灯，一看墙角的时钟，才凌晨2点16分。

赵春燕、王西丹、刘腊梅迅速穿戴好，带上急救装备跟着李雪雁往外跑。

雨已经停了。除了值班留守的江晓月、郑晓阳，其他队员不到5分钟就在坝子里集合待命。

刘彩凤说："晚上下了几个小时的暴雨，石华路沿线泥石流、塌方，有不少人受伤，需急救。大家检查一下救援装备，出发。"

石华公路是攀枝花特区最早规划修建的第一条对外公路，也是第一条重要的公路干线。规划线路东起四川会理县境川云西路的石家湾，西至云南省华坪县城。

因为攀枝花特区钢铁基地建设上马后，有大量物资、设备及人员需运入攀枝花，当时走川云（四川—云南）西线，由成都进攀枝花的车辆需绕道70多公里，为缩短运距，加快运输速度，交通部决定修建石华公路。

修建队伍沿线扎营全线铺开，吃、住、施工作业全都在工地，轮流加班，昼夜修建，赶工期，抢进度。

发生险情、人员受伤的是851部队承建河门口至华坪路段的泥鳅山路段。由于暴雨，发生泥石流和边坡塌方，波及六七公里公路。尽管部队在下暴雨时发现险情及时转移，营地没有损失，但在抢险中公路二次塌方溜滩伤了一些战士。

刘彩凤带着第一指挥部医疗应急救援机动队赶到泥鳅山东段时，前方垮塌严重，所有车辆无法再前行，全部按照部队统一管制开到旁边的一个较宽的平坡上，避免堵塞救援车辆进出。

851部队正全力组织力量在发生险情的路段搜索、抢险、救伤员。

只见前方公路的火把、手电筒、马灯闪烁，犹如一条在大山里时隐时现的长龙。

刘彩凤等人下车与部队相关同志对接后立即开展紧张的救护。被搜救出的伤员，一部分轻伤员已送部队医疗站收治，一部分已转第四指挥部医院，还有一部分伤员被陆续救出来，剩余有一部分还在搜救中。部队负责救援的首长说，部队各单位正在清点统计人数，估计轻重伤员40人。

刘彩凤、赵春燕、王西丹三人负责伤情检查，王宝君带着罗锦绣、吴春红、张元香、刘腊梅、李雪雁、邹珂萍负责与部队救援人员对接用担架把不同程度的伤员对应转送到部队医疗站、第四指挥部医院。

紧张的救援持续了一个多小时，王宝君带着罗锦绣、吴春红、张元香、刘腊梅、李雪雁轮流跟着邹珂萍开的越野车跑了六趟部队医疗站，三趟第四指挥部医院。分别转送了13名轻伤员到部队医疗站，把3名重伤员送到第四指挥部医院救治。

最后还有4名重伤员没有抬出来，刘彩凤她们就焦急地站在公路边等着。

早上4点左右，救援战士们打着火把簇拥着四副担架，狂奔而出，老远就大喊："医生医生——快救救他们——快——"

刘彩凤、赵春燕、王西丹小跑着迎上去，分别仔细检查了4名受伤的战士。

那4名受伤的战士都是从塌方和泥石流中刨出来的，先刨出来的3个伤员要稍微好一些，最后刨出来的伤员脑袋受伤，严重些。

刘彩凤检查诊断后，建议马上送特区中心医院抢救。

部队首长同意刘彩凤的建议。

众人迅速把4个重伤员抬上车，部队安排了两个战士跟车护送。

邹珂萍加大油门，越野车在蜿蜒的山间便道公路上疾驰。

救人如救火。邹珂萍开得快，泥土公路凹凸不平，越野车颠簸得厉害，刘彩凤几次敲驾驶室的玻璃提醒邹珂萍开慢点，急，但不要慌，晚上注意安全。邹珂萍才放慢了一些速度。

越野救护车大概行驶了10多公里，车灯突然一下子熄了。邹珂萍急忙刹住车。下车检查，发现车灯烧坏了。

王宝君焦急地问："怎么样，能修好吗？"

"没办法，修不了，"邹珂萍说，"只有换灯泡，这里没有修车的，十九冶的汽修厂，还要绕进去20多公里，第一指挥部的汽修厂也有20来公里，第四指挥部那边的汽修厂要返回30来公里，没法换了。"

王宝君急得跳了起来，指着邹珂萍说："那你为什么不备两个灯泡？"

邹珂萍说："因为第一指挥部的汽修厂这种牌子的车辆零件紧张，只能在他们那儿换，不准多领。"

王宝君说："那怎么办，抬着伤员走？"

邹珂萍说："没有灯，我一样把伤员送到特区中心医院。"

"你——"王宝君指着邹珂萍说，"现在都什么时候了就不要说大话了，这是山路、夜里，而且刚下过暴雨，车上这么多人，万一有个闪失怎么办？"

邹珂萍看看星光闪烁的夜空，说："没有问题。天上有星星就行。何况，离天亮也不远了。"

刘彩凤拍了一下手掌："大家不要担心，不就是车灯坏了吗，有什么大不了的？邹珂萍她外号就叫'都搁平'，有什么事能难住她的。放心吧，还有10多公里就要过渡口吊桥了，过了渡口吊桥，路就宽些，几公里就到特区中心医院了，这些路邹珂萍熟悉得很，闭着眼睛也能开。你们累了的，想睡就睡一会儿；怕的，也可以闭着眼睛，急也没用。放心吧，我要睡觉了。"

李雪雁听刘彩凤这么一说心中稍安，但还是担心，万一出事怎么办。又听王宝君对邹珂萍说："你坚持要开，那这样，我们安排一个人在车前面用手电筒照亮如何？"

邹珂萍说："那太耽误时间了，人跑慢了反而耽误时间，跟用担架抬伤员到特区中心医院的时间差不多，这会耽误抢救的。"

"我来，我在前面打电筒跑，"吴春红说，"这里到特区中心医院大概20公里，我1个小时跑到，可以吧，跟你开夜车的速度如何？我在前面跑，好歹也可以给对面来的车打信号，给你引路、会车，不是更安全，更保险吗？"

王宝君想了想，高声问车厢里的刘彩凤："队长，你觉得怎么样？"

"好——"刘彩凤大声回答，并对李雪雁说，"把我们这里的铁皮手电筒拿两把给吴春红轮流用。"

李雪雁收了两把手电筒从车篷的小窗递给吴春红："春红姐，手电筒，注意安全啊。"

"大家都坐稳了，"邹珂萍启动越野车，高声说，"害怕的就闭上眼睛睡觉，不要叽叽喳喳，影响我开车。"

吴春红打着手电筒在越野车前面两丈开外带着跑，速度居然不比车灯好的时候慢。

罗锦绣几人虽然心里紧张得要命，但还是舒了一口气："这邹珂萍，还真是都搁平，技术不错，大力红跑得也真快。"

罗锦绣说："等会儿，我去换换她。"

"嗯——"张元香说，"我们换着跑，要轻松些。"

两个解放军战士啧啧称奇："你们机动队有能人哦，我也会开车，但让我在夜里没有灯光的情况下开车，给我一万个胆我也不敢开。"

刘彩凤说："这个邹珂萍，你别看她只有21岁，到特区之前，在天津老家就开了几年车了，调到特区汽车运输公司后，也是出了名的老司机，不但能开，还能修，就连轮胎爆了也自己换，最大的特长就是跑烂路、险路和夜里不开灯行车。"

"哦，原来队长你都知道，"大家说，"你早点说吗，我们就不担心了……刚才都担心死了。"

"邹珂萍的外号'都搁平'就是运输公司的人叫出来的，"

刘彩凤笑，"夜里行车她也能驾轻就熟，没有车灯也一样能开。"

"没有车灯也一样开？"李雪雁说，"她是怎么做到的？"

刘彩凤说："路就在她心中。"

刘腊梅说："这都搁平真是个天才！"

刘彩凤一笑："世上哪有什么天才，当年我们志愿军在朝鲜战场的汽车司机几乎都能在夜里关灯开车。"

刘腊梅扶扶帽子，问："是真的？"

刘彩凤说："当年志愿军入朝作战，后勤补给线随时被美军空袭，日夜轰炸，损失惨重，白天根本不能运输物资，为了躲避敌机轰炸，志愿军后勤汽车运输队就只能在夜间熄灯往前线运输粮食弹药物资，这是逼出来的真本事，也是练出来的胆量和绝活。"

李雪雁问："那都搁平是怎么练出来的？"

刘彩凤说："她父亲就是从朝鲜战场幸存下来的汽车兵，都搁平的夜间行车本事就是他父亲教的。今晚，还有大力红在前面打手电筒照亮，我更是一点都不担心了。"

"哦，原来是这样，这都搁平还真的是不显山不露水的开车高手哦。"

众人听刘彩凤这么一说，悬着的心一下子都放下了。

罗锦绣说："队长，大力红跑了这么久，我去换换她。"

刘彩凤看看黑黢黢的车外说："可能马上要过渡口吊桥了，过了桥，再有半个小时就到医院了，就让她热热身吧。"

"我的妈呀，还热热身？"王西丹说，"我的队长，再跑，吴春红要虚脱的……"

刘腊梅也说："还是换换吧，这到医院全部里程二十来公里吧，她根本撑不住的……"

刘彩凤问刘腊梅："你去换她，你能跑多快，能跑多远？"

"我——我——我能跑一两公里，"刘腊梅说，"我不行了，还有罗姐她们嘛……"

"换来换去，耽误时间，大家都累，"刘彩凤说，"就不要耽误时间了，你们知道吴春红为什么叫大力红吗？"

大家摇头："不知道。"

"就是她的脚力不一般，"刘彩凤说，"你们知道她一天能跑多远吗？"

"不知道。"

"大力红虽然不能跟《水浒传》里的神行太保戴宗相比，但她最高纪录，一天跑90里。"

"哇，90里？"

"真的？"

"哪有这么强的耐力？"

大家都有些不相信。

"你们都不信吧？"刘彩凤说，"你们可以去问第四指挥部的同志，大力红调到机动队之前是第四指挥部（煤炭）六连三排女工班班长，当时特区煤矿便道公路都没有通，第四指挥部有一份紧急文件要送到云南省煤炭管理局，她被选中，一天跑90里山路把文件送到中转地。因为她的脚力了得，第四指挥部那边的人就送给她一个绰号'大力红'。你们有谁比她能跑。"

大家都笑了："我们想多了。"

就在刘彩凤她们在车厢里一路聊邹珂萍、吴春红的时候，邹珂萍全神贯注地开车，她知道夜晚无灯开车风险很大，稍微不慎就等于自杀。虽然她多次在夜里熄灯练习过开车，但车上就她一人，现在车上不仅有重伤员，还有机动队的队员……这么多人的生命安全全系在她一人身上，必须确保安全。

邹珂萍嘴上说没事，但心里比任何人都紧张。还好吴春红主动提出在车前面打手电筒引路，就降低了无灯行车的风险，这给了她很大的信心。

越野车在路上有几次会车都差点遇险，让她心惊胆战，冷汗湿透了衣背。她不敢说话，按照吴春红跑的速度行驶。吴春红跑得快，她就开快；吴春红跑得慢，她就开得慢，始终和吴春红保持三丈远的安全距离。

吴春红也真能跑，中途一直没有歇气，在早上五点半左右就跑到了特区中心医院，等大家把四名重伤员送进急诊科抢救时，天已经快亮了。

李雪雁见吴春红坐在院坝边的石头上用手袖揩着脸上的汗，还喘着粗气，就把自己的白手帕递给吴春红："给，红姐，累坏了吧！你真了不起。"

"不用，没事，"吴春红微笑，"不用，把你的手帕弄脏了。路不远，只是想着重伤员等着救治，跑急了点，鞋都'开口笑'了。"

李雪雁一看吴春红脚上的军用胶鞋跑烂了，两只脚的大拇指都在外面，还有血，一下就急了："你脚出血了，快，我扶你进去包扎一下。"

"不用大惊小怪的，更不用进医院，他们已经够忙的了，"吴春红笑着说，"我们就不要去添乱了，休息一会儿，我自己包扎处理一下就好了。"

"还等什么，"李雪雁急了，"我现在就给你包扎。"说着小跑到车上拿了急救包过来给吴春红的双脚简单地进行了消毒包扎处理。

刘彩凤看见吴春红受伤的双脚说："这次，你辛苦了，我们都感谢你，回去领两双胶鞋，休息三天。"

"队长，一双就行了，多了浪费……我可以上班，"吴春红说，"只是磨起了血泡，不影响上班的。"

"不要废话……听我的，"刘彩凤说，"你和珂萍昨晚都是好样的。好了，准备上车回去吧。我扶你。"

刘彩凤正要去扶吴春红，赵春燕从急诊科跑出来："有一个重伤员，快不行了，需要马上输血，但医院没有符合他血型的血液。"

刘彩凤问："什么血型？"

赵春燕说："AB型。"

刘彩凤想了想："问一下我们的同志，谁是AB型。"

"我是AB型，队长。"邹珂萍说。

刘彩凤说："救人要紧，春燕，快带她进去检查，问医生行不行，我们在外面等你们。"

过了一会儿，赵春燕就出来说："医生说可以输邹珂萍的血。"

"那你留下，完了陪邹珂萍回来。"刘彩凤对赵春燕说完，转身向王宝君招手，"你过来一下。"

王宝君小跑过来："队长，什么事？"

刘彩凤说："邹珂萍要给重伤员输血，赵春燕留下陪她，我们其余的人都回去检查补充一下装备，以便随时应急救援，你去跟医院办公室商量，请他们安排一位驾驶员来开我们的救护车送我们回去。"

"好的。"王宝君应了一声转身去办了。

李雪雁、罗锦绣、张元香、刘腊梅都集中到刘彩凤身边站着等车回驻地。

第十四章　忘忧草

李雪雁等人在医院等驾驶员送她们回驻地时，忽然看见王西丹从医院门诊部趔趔趄趄地跑出来，像喝醉了酒一样，径直往医院大门跑去。张元香一边追一边对着刘彩凤急切地喊："队长，队长，西丹要去找她孩子，快帮忙拦住她……拦住她……她急疯了……"

"西丹，你要去哪儿？"刘彩凤跑过去拦住王西丹，"你怎么啦？"

王西丹满脸是泪，看了一眼刘彩凤，突然大哭起来："队长——我家小海不见了，我要去找他。"

刘彩凤见平时无忧无虑的"忘忧草"王西丹突然哭起来，就问："你家小海不是在红星小学上学吗？"

王西丹哭着说："我爱人说今天早上小海就失踪了。"

"啊——"刘彩凤一听王西丹的孩子失踪了，大吃一惊，拥着王西丹安慰，"不哭，别急，也许孩子是到哪个同学家玩耍了，不急，不急，孩子都贪玩，也许他过些时候就自己回学校了。"

李雪雁、罗锦绣、张元香、刘腊梅、赵春燕都跑了过来问怎么回事，王西丹只是哭，一时竟说不出话来了。

张元香跑到刘彩凤面前气喘吁吁地说："刚才江晓月打电话到医院找王西丹，说她儿子早上不见了，学校老师也全部出动找了没找到，她就这样了。"

刘彩凤叹了一口气："母子连心，能不这样吗？西丹，从医院到红星小学就几公里，不远，不急，等一下，宝君把医院的驾驶员借来，我们和你一起去找。"

王西丹流着泪说："这是我家里的事，就不耽误机动队的工作任务了，我和我爱人还有学校的老师去找就够了，就不麻烦大家了……"

"你这是什么话？"刘彩凤两手扶着王西丹的双肩，打断王西丹的话，"如果不是你，任何一个人给我们机动队报孩子失踪了需要救援，我们应急救援机动队不去吗？这本来就是我们的工作职责，别说了，我们一起去找。"

李雪雁、罗锦绣、张元香、刘腊梅、赵春燕等都安慰王西丹，说孩子应该没事，尽量让她宽心。

学校是在早读时间发现周小海不在的，到处找也没有找到，就电话联系了王西丹的爱人周潇潇，周潇潇没有给王西丹说就急急忙忙赶货车到了红星小学，跟老师们一起找了半天也没有找到，觉得事情严重了才打电话到机动队找王西丹的。王西丹一听说她儿子失踪了，犹如晴空一个炸雷，炸得她魂飞魄散。经过大家的安慰，王西丹的情绪稍微好些，但还是抽泣不止。

不一会儿，王宝君带着医院的一位男驾驶员来了，刘彩凤就对吴春红说："你脚有伤，就暂时留在医院陪陪邹珂萍，还有，你马上与指挥部保卫处联系报告王西丹孩子失踪的情况，请他们也帮助寻找。"

刘彩凤说完，就带着大家上车急赴红星小学。

红星小学在郊区大河南岸一马平川的村子里，村子背后是连绵不尽的莽莽群山。

学校不通公路，只有经过一座木桥才可到达。昨夜暴雨，大河的水位上涨了许多，几乎要把到学校的木桥淹没了。救护车只能停在大河北岸。刘彩凤带着大家过桥进学校问情况。

周潇潇和学校的老师，还有村子里的一些群众已经把学校周围都找遍了，也没有找到周小海。

村里有人推断，是不是周小海早上起来一个人出来，掉到大河里冲走了，晚上被狼叼走的概率太低，因为自从特区开始建设放炮，村子里已一两年没有看到狼的影子了。

刘彩凤听了情况和大家的推测，还不甘心，建议学校组织人再找，哪怕还有一点希望也要找。

当下进行分组分工，刘彩凤、李雪雁、张元香、王西丹一个组，从大河北岸往下游找；王宝君、罗锦绣、刘腊梅、赵春燕一个组，沿着大河南岸向下游找；周潇潇和当地大队部、学校的四五十人分成四个组在大河两岸的村子和山上拉网式搜寻。

在刘彩凤和地方、学校组织人再扩大范围搜寻的时候，第一指挥部保卫处也和郊区公安局一起出动人员四处寻找。

刘彩凤、王宝君两组人员分别从大河上游搜寻到大河与金沙江交汇之处，都没有结果。

从上午一直到下午，从下午到天将黑，各路搜寻人员都没有好消息传来，周小海失踪，活不见人，死不见尸。

王西丹绝望了，也不想再找了。她对刘彩凤说："队长，天都要黑了，夜里找也不安全，没有目标、不好找……不找了，也许这就是命吧，命中注定我要失去这个孩子，他也只有活到7岁的命，不找了。如果因为找他，我们的人再出什么状况，我一辈子都不会心安的。"

"再找找，也许，会……"刘彩凤说，"会有希望的……"

"也许什么？"王西丹突然向刘彩凤吼，"不找了，没有希望了，我求你们了，不找了……"

王西丹一反常态地吼刘彩凤，让大家吃了一惊。刘彩凤也一下子愣住不说话了。

王西丹在寻找中一路哭喊周小海，已经喊破了嗓子，哭干了眼泪，人也憔悴不堪了，吼了刘彩凤后她就瘫在地上不吱声了。

李雪雁看到王西丹的样子，眼泪就禁不住往下流。可怜的周小海，可怜的王西丹。

刘彩凤见王西丹如此吼她，态度决绝，尽管心中有一万个不忍，不甘心，还是顺应她的意思，就先收队了。

回到驻地，已经是晚上9点多，吃饭时，李雪雁没有看到王西丹，就去找她。

宿舍里，王西丹一个人就着马灯织毛衣。李雪雁走近一看，她手里织的正是去年为儿子周小海织的那件没有完工的白色毛线背心。

李雪雁心中凄然，眼泪模糊了视线："西丹姐，去吃点饭吧，从昨晚急救到现在你都没有吃饭……刚才，队长又在给第一指挥部保卫处打电话请他们动用各方力量继续找小海，一有消息就传回来。"

"没用的，没有用了，不用了，你们都不要为我和孩子操心了，"王西丹平静地说，"我不想吃，也吃不下，你去吃吧，我抓紧把这件背心织完，本来去年冬月就能织完的，不料我被敌特刺伤，耽误了，不然我儿小海早就穿上了……"

李雪雁看到王西丹平静的脸上分明映着千万分的悲痛，那种悲、那种痛，那是只有失去孩子的母亲才能感受的无以言表的悲和痛。李雪雁含着泪说："西丹姐，你先吃饭吧，我去给你端来。"

王西丹说："我真的吃不下，你不用管我，我把这毛背心织完，好烧给他，今年冬天好穿……"

"我担心你身体……"李雪雁含泪说，"你多少吃点吧？"

"你不要担心我……你们不是叫我'忘忧草'吗，不用担心，我没事，过几天就没事了，就是孩子不见了，就当他出远门了……没什么大不了的……"王西丹突然露出一丝苦笑。

王西丹虽然外号"忘忧草"，平时几乎也没有看到她忧愁的时候，她真的能经受得了这犹如利刃剜心的丧子之痛吗？李雪雁的泪珠禁不住滚下来，默默退出宿舍，不想打扰王西丹。可是，李雪雁一出门就再也忍不住心中的悲戚靠着墙捂着嘴哭起来……

李雪雁哭着想着王西丹的遭遇，想着连日发生的事，想着吴春红、邹珂萍……像是经历了一场狂风暴雨。

邹珂萍毕竟年轻，为救那位重伤员先后献了500毫升血，居然只在医院待了一天就回机动队了。

李雪雁见邹珂萍面色苍白、头晕乏力，便知邹珂萍是勉强坚持归队的，她已经因为献血过多，出现贫血症状了，必须好好休息和增加营养。

李雪雁就找郑晓阳悄悄商量想买点鸡蛋、买一只鸡回来给邹珂萍补补身子。郑晓阳面有难色地说："后勤供应有点鸡蛋和鸡都优先分给一线的建设单位或特区直属医院，轮不到我们……几十里外的农村集市上有，但一般在早上8点钟以前就会卖完。"

李雪雁问："那怎么办？"

"只有晚上走，第二天早上天不亮就在集市上守着买，"郑晓阳说，"不行，太远了，现在救援任务随时都可能有，会误大事的。"

"邹珂萍身体垮了，没人开车也是大事啊！"李雪雁说，"她可是我们机动队的宝贝呢。"

郑晓阳说："是啊，那就去买呗，你明天早上帮我煮饭，我去……哎，不行，你不会煮饭，不行……队长也不会同意的。"

李雪雁说："还有什么办法吗？"

"呃，让我想想，"郑晓阳弄了一下刘海，"让我想想，让我想想。"郑晓阳说着走出厨房，李雪雁跟了出来。

驻地下面，农场有很多人在蔬菜地里忙着，不时还传来鸡鸣猪叫之声……郑晓阳一下子高兴得跳起来："有了有了！"

李雪雁急切地问："想到办法了？去哪儿买？"

郑晓阳顺手往坡下一指："远在天边，近在眼前。"

"农场？"李雪雁明白郑晓阳的意思了，"农场？怎么行呢？农场虽然近在咫尺，可是蔬菜、鸡、猪什么的，我们只能看，只能听叫声，我们有时也吃了农场的蔬菜和肉，那是绕了一大圈，从正规供应渠道由指挥部后勤处统一计划供应的，严禁私人和单位自行到农场购买的。我们直接去买，那是违反纪律的。不行，不行。"

郑晓阳小声说："你听我说，我还没说完呢，我在特区物资局工作时的一个同事现在到农场当副场长了，我找他帮我们开开后门，我们出钱买，我私人出钱，不动大家的伙食费就是。"

李雪雁说："我也出，哪能用你一个人的钱。"

郑晓阳说："我的工资每月比你多几块，用我的。"

"不行不行，"李雪雁说，"你这样，我就一人跑去农场买。"李雪雁说着假装生气，转身就要走。

郑晓阳赶紧拦住李雪雁："哎，你这个犟姑娘，好好好，就这样，用我们俩的。不过，这事一定得保密，就我俩知道，对其他人就说是后勤处给机动队邹珂萍特批的。"

李雪雁点点头。

郑晓阳抽空到农场找她那个当副场长的同事，不但把事办成了，还没花一分钱就提回了一只5斤左右的公鸡和30个鸡蛋。

当郑晓阳悄悄把钱还给李雪雁的时候，李雪雁是又惊又喜，惊的是郑晓阳没花钱就提回鸡和鸡蛋，队长火凤凰知道了，那还得了。喜的是郑晓阳还真有本事，邹珂萍能吃点好的补补身子了。

郑晓阳小声说："我也没想到，我原来那同事说什么也不要钱，你猜怎么回事？还说他们还欠我们机动队天大的人情，要慢慢地还呢。"说着诡异地笑了。

"什么欠我们的人情？"李雪雁不解，"不可能哦。"

"怎么不可能？"郑晓阳说，"人家说，上半年，他们农场有几个职工夜里得急病都是我们机动队帮忙送到特区中心医院抢救才没事的，你说是不是？"

李雪雁说："那是我们分内的事，正常的急救，怎么会是欠我们机动队的人情？"

"是啊，我也是这么说，可人家就是不要我的钱，还说吃了再去拿，账他们农场结，"郑晓阳笑，"我的妈，我还敢去拿？火凤凰和冷君君知道了不骂死我也要把我吃了。"

"既然人家一番好意，"李雪雁说，"我们就如实告诉队长吧。"

"不能说，不能说，"郑晓阳说，"你忘了火凤凰以前宣布的纪律了——不准到外单位拿东西。"

李雪雁听了有点紧张："那就按你说的办吧。既然东西都拿回来了，就快点弄给邹珂萍吃吧。其他，也只有听天由命了。我不会当叛徒的。"

郑晓阳一笑，弄弄刘海："惊弓雁，好妹子，炖好了，我盛一碗汤给你。"

"我不喝，"李雪雁说，"我身体好着呢。"

郑晓阳笑着跑进厨房去忙了。

鸡肉和鸡蛋的香味随风飘散，还没有端到桌上，陆续回来的队员都闻到了，都说好香，馋得跑进厨房看。

罗锦绣、刘腊梅、赵春燕更是叽叽喳喳说个不停，要先尝尝解馋。不过，一听说是专门给邹珂萍准备的，大家都不再动手了。

刘彩凤闻到香味也进了厨房，看到鸡肉和鸡蛋就问是哪儿来的。郑晓阳就说了是指挥部后勤处给邹珂萍特批的。

刘彩凤看了看郑晓阳，笑了笑："那好啊，给大力红、忘忧草也盛一碗。"说完就去忙她的事了。

郑晓阳没想到队长轻易就放过了她，高兴极了，对李雪雁挤挤眼："太阳从西边出来了，快给大力红、忘忧草盛一碗端去。"

"是啊，大力红在夜里疾跑了二十来公里，鞋跑烂了，脚都跑破皮了，忘忧草才痛失爱子不久，人也憔悴了，"队长说给她们补充营养，李雪雁高兴，心中悬着的石头总算落地了，"还是队长心细，想得周到。"

当下，李雪雁就和郑晓阳一起把煮好的鸡肉和鸡蛋分别给邹珂萍、吴春红、王西丹送去。

其实，刘彩凤一看郑晓阳说话的神色就知道她没有说实话，但也相信她不会干坏事，都是为了给邹珂萍增加营养，也就没有追究。

王宝君虽然知道鸡和鸡蛋来路有问题，但刘彩凤不追究，她也不好再过问。

李雪雁担心要挨纪律处分的事就这么过去了。

这天，机动队其余的同志都出去急救了，李雪雁、张元香、郑晓阳在机动队留守值班。

上午10点多，第一指挥部后勤处打来电话通知，晚上8点，第十三指挥部的电影小分队到炳草岗农场大坝子放电影《红色娘子军》，请炳草岗片区的单位组织职工自带凳子去看电影。

李雪雁一听高兴极了，电影，她还是在北师大读书的时候看过，进了特区就再也没有看过，还真的想看。

李雪雁马上把看电影的消息给张元香、郑晓阳说了，她们都很高兴。而最高兴、最激动的还是张元香了。因为张元香的爱人就在第十三指挥部的电影小分队。

李雪雁说："元香姐，你们这牛郎织女今晚要鹊桥相会了，感觉如何？"

张元香有点不好意思："还不知道今晚是不是他来……没良心的，要来，也不提前捎个口信或打个电话说一声。"

第十五章　思无眠

张元香的爱人林兴云是吉林长春人，比张元香大3岁，1965年调入特区，先在第八指挥部重型机械组负责后勤，因曾经是电影放映员，就被调到第十三指挥部（13号信箱）电影小分队任队长，晚上经常到各个建设工地、各单位放坝坝电影，还从来没有到机动队看过张元香。所以张元香说起爱人是又想又怨又激动。

在张元香说起她爱人的时候，李雪雁也突然有了想和高风一起看一场电影的想法。想法一冒出来，李雪雁就心湖微荡，脸儿发烫。

可惜，晚上她和张元香正好要值班，是看不成电影了。李雪雁不敢再想，跑进办公室打电话通过转达通知的方式告诉在外急救的队员们晚上看电影的消息。

还好，在晚饭前后，出去执行急救任务的三个组的同志都先后回来了。

刘彩凤在吃饭的时候对李雪雁说："晚上我代你和张元香值

班，你们也去看电影。"

李雪雁说："那怎么好，你是队长怎能不去？还是你去，你要去哦，我们值班。"

刘彩凤问："你和张元香看过《红色娘子军》吗？"

"我没有，"李雪雁摇摇头，"元香姐有没有看过，我就不知道了。"

"那就去看呗，"刘彩凤说着，望了一眼在外面坝子边端着锑饭盒吃饭的张元香，一笑，"她即使看过，也有看的啊。"

李雪雁知道刘彩凤的意思，是想让张元香借此去看看她爱人林兴云。李雪雁笑了："队长就是队长，我们想什么都瞒不过你。"

刘彩凤一笑："《红色娘子军》我看过，是我们上海电影制片厂拍的，还获得了1962年第一届大众电影百花奖的最佳故事片奖，1964年第三届亚非电影节万隆奖第三名。很好看的，里面的插曲很好听。"

"队长，你知道得真多，"李雪雁说，"那说来听听。"

刘腊梅在旁边一听，也激动了："那你把电影的插曲唱来听听？"

"我都说了唱了，你们再去看就没什么吸引力了，"刘彩凤一笑，"何况我也唱不好……你们去看吧。我一人值班就行了，有什么事，这里到农场只有几分钟的路，也方便传信。"

"谢谢队长，"李雪雁已吃完饭，高兴地拿起锑饭盒，起身说，"那我去洗饭盒了，顺便告诉元香姐，我们晚上就去了。"

一说看电影，机动队的女汉子们都换下了平时医疗应急救援的制服臂章，一下都变了样——

王宝君、罗锦绣、吴春红、张元香、郑晓阳白色长袖衬衣扎在蓝色的裤子里面，带祥平底青色布鞋，尽显女人的风韵和气质；刘腊梅、李雪雁、邹珂萍、赵春燕、王西丹、江晓月都是一袭圆领连衣裙，只是颜色各异——

刘腊梅是淡红色的，李雪雁是白色的，邹珂萍是白碎花的，赵春燕是天蓝色的，王西丹是淡黄色的，江晓月是白长纹间点缀紫星的，尽显女了的柔美和婀娜，魅力四射。

换了装的队员们一走到刘彩凤面前，她都呆了一下，年轻就是好啊，青春永远是阳光的、充满活力的。

"女汉子又成了弱女子，"刘彩凤禁不住一拍手，"我的乖乖，平时风里来雨里去，干苦力，还真把你们给磨炼得越来越有魅力了。"

赵春燕说："队长，你眼馋了？嫉妒了？你也去换一身，把你从大上海带过来的好看的、一直藏着的服装也穿出来让我们开开眼。"

"是啊，队长，换一身，让我们看看你真正的女儿身，"王西丹笑，"肯定会让我们群花无颜色的……"

"贫嘴，无聊，"刘彩凤笑骂，"去去去，你们都快去，都相亲去……"

"队长羡慕了。"

"队长今天是嫉妒了。"

"不是，队长那是羡慕嫉妒恨加高兴……"

大家说着、笑着，提着条凳下坡往农场去了。

刘彩凤看在眼里，又欣慰又欣喜，喜的是不管历经什么劳苦悲伤挫折，姐妹们始终都充满活力，乐观、向上、阳光。是啊，生活是现实的、严峻的，明天，始终是美好的。为此，她们愿意付出血汗和青春。

放电影的地点就在农场的露天大土坝子，可以容纳千人。李雪雁她们到大坝子的时候，天还没有黑，炳草岗片区的单位职工正陆续提着凳子而来。

农场的几个壮小伙把两根碗口粗的木杆往坝子北边一栽，放映小分队的就用麻绳从那一张宽大的白色荧幕四角的小孔穿过、拉紧、拴在木杆上，再缠在不远的大石头上，荧幕就不怕风吹了。

张元香最激动，一到坝子上就往中央的放映机那儿跑。

罗锦绣指着张元香的背影说"你们看，你们看，一看见她爱人，就把我们这些姐妹都抛弃了。她真有福气，找了个放电影的。"

大家笑："人家好久没见，能不想念？理解理解。"

当时，大家在高山峡谷之中生活，江河相隔，交通不便，离城市又远，文化娱乐生活单调、枯燥、贫乏。除了有条件的工地时不时组织一些篮球赛外，看电影，就是高级娱乐了。所以电影小分队放映坝坝电影，就成了大家的一种期盼。放映员轮流到各单位去放电影，很受欢迎。虽然放映员翻山越岭、跨河过江、顶风冒雨为职工奔波服务。但是，放映员是"公众"人物，比起干重体力活的人来说，算是轻松自由的工作。

大家正说着笑着，张元香拉着一个穿着灰色长袖衬衣、短发的青年过来，向大家介绍："这就是我爱人林兴云，是不是比我说的丑？"

大家一下子笑起来。林兴云有些不好意思："谢谢你们平时对我家元香的照顾，你们先找个地方安放凳子，今晚可能至少有几百人，我就不管你们了，我的放映机器还没有调试好。"

王宝君说："是你家元香一直在照顾我们哦，你快去忙吧，今晚我们能不能看电影就靠你哦。"

李雪雁见林兴云满脸是汗，衬衣前后都湿了一大截，就说："你去忙吧，元香姐去给你当助手，我们自由活动。"

张元香拉着林兴云过去了，她俨然就是电影小分队的队员，不时在放映机和荧幕之间来回忙着。

李雪雁和王宝君带着大家找了一个位置安放好条凳坐着闲聊。

不一会儿，坝子上面的汽油发电机响了，林兴云开始启动放映机在荧幕上调试。

天黑了，大坝子坐满了人，电影《红色娘子军》开始放了。

《红色娘子军》主要讲述的是贫农女儿吴琼花不堪欺压，投奔红军，与其战友组成红色娘子军，并在革命中成长的故事。

影片故事曲折感人，催人奋进。

在回驻地的路上，大家还意犹未尽，兴致勃勃聊着电影里的情节。刘腊梅记性好、嗓子好，聊着聊着就随兴唱起了里面的插曲《娘子军连歌》：

> 向前进，向前进
> 战士的责任重
> 妇女的冤仇深
> 古有花木兰替父去从军
> 今有娘子军扛枪为人民
> 向前进，向前进
> 战士的责任重
> 妇女的冤仇深
> 共产主义真
> 党是领路人
> 奴隶得翻身奴隶得翻身
> 向前进，向前进
> 战士的责任重

妇女的冤仇深

古有花木兰替父去从军

今有娘子军扛枪为人民

向前进，向前进

战士的责任重

妇女的冤仇深

共产主义真

党是领路人

奴隶得翻身奴隶得翻身

……

大家也不知道刘腊梅唱的歌词对不对，听她反复清唱，都觉得如果有配乐的话就可以跟原唱媲美了。

大家也跟着随意编了些新词唱——

向前进，向前进

机动队的责任重

特区的建设新

跟着领路人

我们向前冲

向前进，向前进

我们的责任重

特区创奇迹……

大家唱着跳着笑着——

向前冲啊向前冲

我们是娘子军

前面是驻地

向前进向前进，我们的任务艰

我们的任务巨，同志们要努力，要努力……

大家一路唱着、嘻嘻哈哈，开心不已。

一轮明月挂在拾景山顶，旁边没有一丝云彩，夜空如洗。

"哇——好大的月亮。"

"好圆、好亮。"

大家惊呼起来。

李雪雁转身看，但见山下月光中的金沙江静谧、安详，月光银练般飘逸在大峡谷的崇山峻岭之间，近处闪亮，远处深幽朦胧。

"好久没有注意月亮了，今晚觉得分外明亮，好漂亮，"李雪雁拍着手，"要是夜夜有这样的月亮就好了。"

"可以啊，"江晓月笑，"你用相机照下来，不就永远都这样了。"

"废话，"李雪雁说，"我要的是鲜活的、自然的。"

刘腊梅望着月亮和月色中的金沙江，说："这样美的夜景，这样美的月色，要是在江边散步，那可是一种享受啊。"

王西丹笑刘腊梅："不是想一个人散步，是想两个人吧，是不是？"

"是啊，本尊就是想两个人一起在金沙江边散步，手拉手的，怎么了？"刘腊梅轻轻一甩长发，"唉，也不知我家赵观海什么时候能过来，我都有些不相信他的话了，每次问他，都说要来特区了，要来特区了……"

"我们的'三角梅'，白开了，"江晓月笑，"是不是花儿都要等谢了人还不回来？"

"我等他？他不回来，我'三角梅'还开得更好，"刘腊梅一甩长发，"他不回来也就这样，谁稀罕？"

大家说说笑笑，欣赏着明月美景，往山上走。

回到驻地，大家又在坝子里聊了一阵才各自回宿舍陆续熄了马灯睡觉。

李雪雁想到队长刘彩凤白天出去救援很辛苦，应该补补觉，就跟张元香说还是她俩继续值班把刘彩凤换下。二人去办公室换刘彩凤，刘彩凤同意了，问了一下她们看电影有什么感觉，跟她俩闲聊了几句，就回宿舍睡了。

李雪雁和张元香在办公室，聊了一阵《红色娘子军》，看时钟已经过了11点，张元香有些困了，李雪雁就让她先睡，凌晨3点再换班。

李雪雁本想处理一下办公室新的文件材料，可是一看文件，眼前就浮现出高风穿着煤矿职工浅蓝色劳动工装、左肩挎着军挎包，眉目俊朗，潇洒之中有些腼腆的样子……

李雪雁笑了。想着他背起她跑出矿井的感觉，想起他背上的汗水湿透了她前胸的衣裳……她听到了自己的心怦怦直跳的声音，感觉脸发烫。

高风来机动队驻地看她后，已经给她写了六封信了。

她用高风送她的那支咖啡色的钢笔给他回了一次信。

至于高风送给她的那一本牛皮纸封面的日记本，她也没有写日记的习惯，更舍不得拿来记其他的，就一直放在地铺的床单下面，一个人的时候就拿出来看看。

高风每次在信中都要问她工作的情况，心情好不好，身体好不好，适不适应，满是思念，满是关切……

他也在信中对她说煤矿建设的一些情况。他们现在的任务很重，设计工作都在往前赶，确保煤矿建设、投产、实现目标。

宝鼎煤矿区的总体设计原来是重庆煤矿设计院设计工作队设计的，矿区主要几个矿井的设计又是重庆煤矿设计院羊场设计组和云南省煤炭工业局设计室抽调人组成的特区设计队设计的，因为设计组根据特区建设发展的需要，不断扩大，后来就组建了采矿、机电、工业与民用、建筑、运输、排水、测绘、预算、行政等专业组。

1965年8月，第四指挥部也组建了一支规划设计组，不久合并入宝鼎矿区设计队。洗煤厂、机修厂的设计由重庆煤矿设计院工厂设计队承担，矿区运煤索道设计由特区第一指挥部索道设计组承担。矿区规划的各井巷的设计具体由他们第四指挥部六井巷六公司设计室负责。

根据矿区总的设计，宝鼎矿区总规模为年产原煤225万吨，其中摩梭河平峒45万吨，太平场平峒30万吨，宝鼎山平峒90万吨，灰家所平峒60万吨。矿区运输逐步由公路运输向轻便铁道、索道过渡……

由于各方面的条件限制，矿区的设计工作困难重重，他们只能用算盘、直尺、三角尺、圆规、量角器、手工绘图，有时为了搞清楚一个设计细节，要披星戴月、翻山越岭、下井入洞查看才能放心，因为特殊时期，为加快煤矿生产和全面投产进度，在总体规划的原则下，具体矿点、矿井，经常是已生产再设计、边生产边设计，边生产边修改调整设计，一次微调要废一堆图纸，一次微调要来回跑上百里路，下几十次井，不分昼夜奔波加班加点、饿肚皮、熬通宵是常事……他想来看她，经常不能如愿。

李雪雁看了高风一封封来信后，听着他心中的述说，她的眼前时不时就会浮现出他的样子，她开始牵挂他、心疼他……

今晚，看了《红色娘子军》，李雪雁更有一种想跟他一起看一场电影的冲动……可是他忙，她也定不了时间，于是她决定给他回一封信，告诉他，她今晚看电影的感觉，告诉他，心中的思念……

她想着脸发烫，心怦怦。窗外，明月悬空。身边，地铺上睡着的张元香，胸部起伏，睡得正香。

她轻叹了一声，对于高风的感觉，自己也有点说不清楚，但有一点，从他大老远跑到机动队看她，送她钢笔和笔记本，她知道他心里一直有她，从他来的几封信流露的情思来看，他是喜欢她的……只是没有明说而已。而她，自从他从矿井里把她救出来，她觉得自己的心似乎早就在他那里了……那他是不是就是她今生可以托付的那个人？

她有些犹豫，甚至怕又遇到像第一场恋爱那样的伤心结局……

她呆呆地看着马灯橘黄柔和的光焰，觉得应该在适当的时候告诉爸爸，或者带他去见见爸爸，看看爸爸对他的第一印象如何，对他有什么看法……

"对，就这样，"她心念一动，似乎找到了测试情感的一种好方法，"爸爸南征北战，阅人无数，只要爸爸觉得可以，我就继续跟他交往。爸爸如果反对呢？不，不会的，爸爸是开明的，我中意的、喜欢的爸爸应该不会不同意。"

李雪雁在心里设想带高风去见她爸爸的结果，心潮起伏。

那等什么时候呢？从爸爸的来信中她知道现在成昆铁路和特区支线都全面铺开，沿线群众也成千上万来支援他们，抬枕木、锤道砟……与铁道兵一起战天斗地开凿成昆铁路。

"这段时间，爸爸也抽不开身，那就等高风有时间，她和他一起去看爸爸……对，就这样……"

"雁子，惊弓雁……"张元香喊了几声李雪雁，李雪雁才从遐思中回过神来，"元香姐，你醒了？"

张元香微笑："发什么呆呢？换班时间到了，你睡会儿吧，明天还有任务。"

"哦，"李雪雁看了看桌子上的时钟已经凌晨3点，"好的，那我就去睡了。"

李雪雁站起来，伸伸懒腰，确实有点困了，但躺在地铺上又怎么也睡不着，脑海里总翻腾着什么时候才能与高风去见爸爸的想法……

李雪雁闭着眼睛，迷迷糊糊到天亮。她起床与其他队员一起洗漱，吃了饭，跟王西丹、江晓月交了班。

交完班，回到宿舍，李雪雁的右眼皮就一直不停地跳，总觉得有什么事没有做好似的，心里慌，隐隐感觉不安，又不好对任何人说……

第十六章　降噩耗

红艳艳的太阳从东边苍茫的远山升起的时候，李雪雁听见值班的江晓月在喊刘彩凤："队长、队长，成昆线特区支线3号隧道塌方，有铁道兵被困，情况紧急，要我们马上救援。"

李雪雁一听铁道兵被困，心一下子紧了，爸爸就在那儿，难道他们出事了？

李雪雁赶忙跑过去问江晓月："有多少人被困？"

王西丹说："不清楚，部队和第一指挥部正在组织救援。"

成昆线特区支线3号隧道是父亲李苍山的团负责的建设区域。李雪雁心更急了，但回头一想，铁道兵的战线很长，父亲的团部在三堆子，施工区域有特区支线也有成昆主线（四川段），不一定就是爸爸他们出事。这样想，她心里又稍安。

刘彩凤那边，叫王宝君通知大家，除了郑晓阳在驻地值班外，其他全部出动。

从机动队驻地到成昆线特区支线3号隧道，要从金沙江南岸过江到北岸，大约有20公里。

救人如救火。刘彩凤要求邹珂萍尽量快一点。邹珂萍紧握方向盘，加大油门，越野车在坑坑洼洼的沿江便道公路上飞驰，车上的人不时被弹起来、跌下去。

李雪雁的心也像越野车一样颠簸得厉害。平时需要一个多小时才能到的路程，邹珂萍40分钟左右就把车开到了成昆线特区支线3号隧道下边修建铁路专用的便道公路上。

车刚停稳，李雪雁就跳下去跟着队员提着、扛着、背着医疗应急救援装备往3号隧道跑。

3号隧道口外山体上，用石灰刷的"军民团结如一人，试看天下谁能敌"的标语格外醒目。

隧道口外沿线全站满了人，有拿着铁锹、钢钎、铁锤、担架的铁道兵，有第一指挥部组织的救援人员，还有军队的卫生员。大部分人都戴着发黄、发黑的竹条编制的安全帽，紧张有序地轮流在3号隧洞内塌方处开展抢险救援。

李雪雁看到那么多人，就心急火燎地往隧道口跑。才跑到隧道口，李雪雁看见父亲的警卫员小江瘫坐在旁边的乱石上用满是泥巴的军帽擦着脸不停抽泣着，李雪雁的心一下凉了："小江，小江，你怎么了？你怎么在这里？我爸爸呢？"

小江抬起头，脸上全是泥和泪水，见到李雪雁突然大哭起来，用双手拍打着脑袋："我没用，我没用，我该死，我没有保护好团长……"

李雪雁上前抓住小江的手："怎么了？你说啊！"

"为什么被困在里面的不是我，"小江哭着说，"为什么不是我，雪雁姐，团长他——"

李雪雁一听，心像被一把刀突然刺了一下，泪水顿时模糊了双眼："我爸怎么了？"

"团长被困在里面了，"小江哭着说，"今天一早，我跟团长一路查看我们6团建设的特区支线沿线的施工情况，到了这3号隧道，里面有3个班的战士在施工，团长刚进去查看，就发现里面洞顶浸水，有垮塌的迹象，他马上指挥施工的战士往外撤，同时命令我也先撤，我不撤，坚持要留下保护团长，团长发火了，硬是推着我，让我和战士们先撤，我只好先撤出来，没想到，我们刚撤出隧道门不远，隧道就塌方了，大概还有一个班的战士和团长在里面……"

"爸爸——"李雪雁大叫一声，手里的急救装备一下子掉在地上，她哭喊着"爸爸"就往隧道里跑，小江想拦也没有拦住，就喊着"雪雁姐"追了进去。

隧道内有两个班的铁道兵在一边刨土石一边喊"团长团长"，隧道顶上还不时有土石掉下来。

李雪雁发疯似的抢过一个战士手中的铁铲去铲土石，一边铲一边哭喊："爸爸——爸爸——你在吗？你在哪儿，你听到了吗？"她撕心裂肺的哭喊在隧道内回响……

另一边，刘彩凤正在与指挥部的同志对接医疗救援的相关事宜，突然看到李雪雁发疯似的哭喊着往隧道里跑，大吃一惊，马上叫王宝君去拦住李雪雁，隧道里太危险。

王宝君急忙往隧道里跑，罗锦绣、刘腊梅、赵春燕、王西丹、吴春红也跟着跑了进去。

王宝君叫李雪雁马上离开，她不听，简直疯了，王宝君去拉、去拖、去抱李雪雁往洞外走，李雪雁反复挣扎着往里面跑，罗锦绣、刘腊梅、赵春燕、王西丹、吴春红赶过去劝说她也不听。

有铁道兵在喊："大家快往后退，快，顶上又要垮了，快撤……"

李雪雁还在发疯似的哭喊着不走，王宝君见情况不妙，一掌砍在李雪雁颈部把她打晕，拦腰抱起李雪雁跑开，隧道顶上的土石就垮在李雪雁原来站的地方。

王宝君倒吸了一口凉气，暗叫"好险"，与罗锦绣、王西丹、吴春红一起七手八脚地把李雪雁抬出隧道放在担架上。

刘彩凤见李雪雁被抬出来放在担架上，大骇，急忙跑到李雪雁面前："宝君，怎么回事？雪雁怎么了？"

"她在里面疯了，控制不住，"王宝君抹了一下脸上的汗水，"我把她打晕了，我们几个抬出来的。没事，等会儿她就会醒的。"

刘彩凤一听，才长长地舒了一口气，她刚才已知道李雪雁的爸爸李苍山和大概一个班的铁道兵被困在隧道里，就凄然地说："雪雁真是一个苦命的姑娘，母亲去年才牺牲，现在她爸爸又被困在里面生死未卜，她能不发疯吗？唉——但愿上天保佑她爸爸安然无恙。"

大家听了都含泪而立。王宝君说："应该没事。据说里面空间很大，氧气应该还有。"

刘彩凤说："但愿吧。罗锦绣，你负责看好李雪雁，不能让她再去冒险了。"

罗锦绣说："是。队长。"

"其他姐妹，两人一组，随时准备急救，"刘彩凤说，"刚才指挥部的意见是，轻伤，现场包扎后由部队转运铁道兵师部米易军区医院治疗；重伤，由我们机动队负责就近转特区中心医院救治，大家要和铁道兵卫生员们配合好，只要有人被救出来，马上进行检查分类急救。"

"是。保证完成任务。"

队员们齐声回答。

铁5师师长、政委，第一指挥部的总指挥、副总指挥等也先后赶到了现场。听取现场抢险救援情况汇报后，又急调成昆线枣子林路段的两个连赶来支援，至此，各方赶到的救援人员增加到千人。

现场指挥部采取以班为单位在隧道抢险一线轮换，以连为单位用撮箕、箩筐等工具，或人与人之间传运的办法把隧道内的土石方搬到隧道外面两边。

紧张而惊险的救援从上午一直持续到下午四点过，终于有四个铁道兵被救了出来，万幸都只是轻伤。机动队与部队卫生员一起检查包扎处理。

李雪雁早已醒来，几次要冲进隧道都被罗锦绣和铁道兵给挡住了。

李雪雁哭声都沙哑了，看到最先被救出来的战士只是轻伤，她才稍微安静了一些。

伤员陆续被救出来，有八九个是轻伤，只有两个是重伤。王宝君、罗锦绣与邹珂萍把两名重伤员送往特区中心医院急救又回到3号隧道，还没有看到李雪雁的爸爸出来。

大家的心都紧了，时间越长，隧道里面的人生存的机会就越小。

李雪雁的心越来越痛，痛得她几乎直不起腰来。罗锦绣扶着她，安慰道："前面救出来的都没事，你爸爸应该也没事。"

李雪雁哭着在心里祈求着，盼望着爸爸能早一刻被救出来，时间一分一秒地过去，每过一分钟，李雪雁都感觉好漫长好漫长。

救援人员又救出两个轻伤员和两个重伤员，紧接着又有两个伤员被铁道兵们簇拥着抬出来，上面盖着救援人员的军服，后面的铁道兵都低着头、步履沉重地跟着，李苍山的警卫员小江哭着，扶着担架……

李雪雁感觉到了由远而近的哽咽声、抽泣声，心里一惊，站起来，向那两个被军服盖着的伤员跑过去，罗锦绣没拦住她，就紧跟在后面跑过去。

铁道兵们把两副担架慢慢放在地上，全部低头肃立。

李雪雁几乎是扑上去揭开最前面担架上的军服，只见爸爸满脸的血迹已经凝结，双目紧闭，像熟睡了一样。

"爸爸——"李雪雁一声悲戚的呼喊，扑在李苍山的身上，"爸爸，你怎么了？你醒醒呀，你醒醒，你看看女儿啊。"

铁道兵5师的师长、政委、参谋长缓缓地走过来，第一指挥部的总指挥、副总指挥等也过来了，救援的人都围上来了……

师长扶着李雪雁的肩沉痛地说："孩子，你爸爸走得壮烈，我们都会记住他，人民会记住他，就让他安心地走吧，孩子，不哭了，咱们都不哭，起来吧，我给你爸爸擦擦……"师长在劝李雪雁不哭，自己却泪流满面。

刘彩凤上前和罗锦绣一起扶起李雪雁并拥着她，都禁不住泪流满面。

师长弓身给李苍山整理军装，扣上风纪扣，扶正军帽。

几个铁道兵拿来几个军用水壶和毛巾，师长接过来，把水缓缓倒在毛巾上，拧了一下水，然后给李苍山擦脸……

天地凄然，山下交汇环绕的金沙江和雅砻江也似乎在哽咽，山风轻抚草木，如泣如诉……

所有人都脱帽肃立，默哀。

许久，第一指挥部总指挥对李雪雁说："孩子，节哀，你有什么要求和心愿？"

李雪雁呆滞地说："我没有，只是我爸爸曾说过，他想跟我妈妈在一起，我妈妈在清风坡……"

总指挥说："那我们就按你爸爸生前的意愿，送他到清风坡吧。"

母亲牺牲不久，现在父亲又突然离去，李雪雁心中的天轰然倒塌。她对总指挥呻吟般冒了一句后，双腿一软瘫跪在地上，凄然看着师长、总指挥和救援人员装殓她的父亲，她满心绞痛，说不出话来，昏昏然，不知身在何处……而后，一直在恍恍惚惚中随着车队、人流、父亲的棺木上了清风坡……

父亲17岁那年因老家榆林遭敌机轰炸，两个哥哥和一个妹妹全部遇难，父亲受了一点轻伤，只身逃往陕北，当时中央红军正好到陕北，父亲就加入了红军。

父亲在红军队伍中遇到了母亲花含笑。母亲当时16岁，也刚入红军某部卫生队。母亲是因为老家银川遭土匪祸害，父母、姐姐和弟弟被土匪杀害，母亲当时恰好外出，侥幸躲过一劫。母亲逃难到陕北，被红军卫生队队长收留，成了卫生队的一员。

不久，父亲和母亲都被编入八路军，母亲还在卫生队，父亲则参加战斗部队，他作战英勇，几次负伤，恰巧又被送到母亲所在的卫生队治疗。母亲最喜欢战斗英雄，加之两人遭遇相似，从互相怜惜，到相知、相爱、结婚。在一次次战斗中，父亲从战士成长为班长，后由班长到排长、副连长、连长、营长、副团长，解放大西南，部队南下时父亲已经是解放军某部先遣团团长了。在此期间，母亲还被选送到延安参加电讯培训，归队后成了八路军某部的一名话务员。

解放军南下时，母亲随父亲先遣团通讯班南下，成了电讯技术骨干，新中国成立后部队留在西南，多年在电讯战线磨炼，母亲已然成了团里的电讯专家。1964年，父亲所部改编为解放军铁道兵5师6团，父亲任团长，母亲依然随父亲在团通讯班。1964年攀枝花特区急需电讯人才，母亲被借调攀枝花特区第一指挥部（1号附1号信箱）电讯处工作，直到1965年7月牺牲。

1965年12月，父亲从云南宣威入特区修筑成昆铁路（四川段）和攀枝花特区支线，本来想她们父女从此可以经常见面，不再天各一方，前天，她还在想带高风来见父亲，听听父亲的意见……可是，她怎么也没想到，今天，竟与父亲成了永别……

记忆中的往事和父母的音容笑貌像放电影一样在李雪雁悲凉的心里眼里闪现翻转，转得她几乎要窒息，而更让她难受心痛的是那些闪现翻转的印象中唯独没有她李雪雁的影子……

这么多年，特别是她小时候，她们一家辗转各地，时常分离，她真的记不清自己什么时候在母亲的怀抱，什么时候在父亲的肩头，什么时候父亲在哪里，什么时候母亲在哪里，什么时候她又会被父母放在哪里……

"爸爸……"

"妈妈……"

"爸——妈……你们……你们再看看你们的女儿雁儿啊……"

双亲已逝，万事如风……

面对父母的坟墓，李雪雁悲痛之极，内心一直在挣扎哭喊，她感到心被一次次翻涌而来的记忆刺伤，钻心的痛。

送葬垒坟的人陆续下山了，有的过来跟她打招呼，她也浑然不觉。

刘彩凤和罗锦绣扶着李雪雁，代她回应着，他们看着李雪雁悲痛的神情，也禁不住泪流满面。

"雪雁……"刘彩凤哽咽着说，"雪雁，我们回去吧？"

"雁子，其他人都走完了，就我们机动队的人了，我们也下山吧，"罗锦绣抹了一把泪，轻摇李雪雁的肩头，劝慰，"你看，你不走，姐妹们都不走，我们下山吧，就让你爸爸在这里跟你妈妈清静一下吧，你想他们，我们随时陪你上来……听姐的……"

李雪雁凄然地看了一眼父母的坟墓，木然地移动步子，一步一回头，一步一流泪……

第十七章　传信物

不到两年时间，李雪雁的父母就先后牺牲，刘彩凤担心李雪雁承受不了巨大的打击，就跟机动队的姐妹们商量，大家谁有空就多陪李雪雁聊聊天，在工作上也尽量减轻她的压力，一般不是大的急救行动，都不安排她了。

高风知道了李雪雁父亲牺牲的事情，专门请假到机动队看她，陪李雪雁散步聊天散心。姐妹们的关怀、高风的温情滋润，让李雪雁逐步走出了失去父亲的悲痛，一个多月过去，那个阳光、纯真的李雪雁终于又回来了。

刘彩凤看在眼里喜在心里。

这天吃了早饭，刘彩凤就叫李雪雁跟她在机动队的坝子走走，她们一边走一边聊着机动队办公室的一些工作。

刘彩凤说："雪雁，这段时间，你兼顾负责机动队办公室的工作，很不错。工作做得很好，一些材料还得到了第一指挥部的表扬，你为我分了忧，为我们机动队分了忧解了难，我应该感谢你。"

"队长，这是我应该做的，"李雪雁说，"有些工作我还没有做好，还要靠你多指点，大家多帮助呢。"

刘彩凤拉着李雪雁的手说："就我们私下，你就不要叫我队长了，如果不嫌弃就叫我大姐吧。"

"怎么会嫌弃呢？"李雪雁急忙说，"我高兴还来不及呢，我现在在特区已经没有亲人了……"

李雪雁说着伤感，刘彩凤就岔开李雪雁的话："我是你大姐，我们机动队所有的姐妹都是你的亲人，我们机动队就是你的家，也是我们所有姐妹的家，我们都来自天南海北，五湖四海，亲人或已离去，或不在身边，我们携手一直往前走，怎么没家？建好特区，特区就是我们所有建设者一手建起来的家，美好生活就在我们前面，明天我们想做的事还多着呢。好日子都在后头呢。"

李雪雁听着刘彩凤的话，想起刘彩凤的爱人牺牲后至今连尸骨都未找到，依然坚强地工作……李雪雁想着心中悲凉，但也被刘彩凤的坚强所感染。

李雪雁点点头："大姐，你不要再担心我了，我会一直往前走的。没有父母的日子，我也要走好我自己的路，不让他们失望。"

"这就好，这就好啊，"刘彩凤说，"高风也在等着你呢。"

李雪雁以为高风来了，一喜，看了看周围："高风，在哪儿？"

刘彩凤一笑，指着西边金沙江岸线的远山："宝鼎山上啊。"

李雪雁顿觉脸儿发烫："大姐……"

刘彩凤说："老实给大姐说，你对高风是不是动真感情了？"

李雪雁弄着两条黝黑的辫子，羞涩地点点头。李雪雁不想骗自己，也不想骗刘彩凤。

刘彩凤说："只要自己喜欢的，就大胆去爱吧。大姐支持你，我们机动队的姐妹们都支持你，今后，他要是对你不好，我们姐妹就一起教训他。"

李雪雁感到心里暖暖的，甜甜的。

"对了，雪雁，"刘彩凤说，"我昨天回第一指挥部，指挥部领导很关心你的事，考虑到你现在的情况，想调你到指挥部机关工作，具体在部机关哪个单位，由你挑选，你有什么意见？"

李雪雁一听愕然："怎么，要调我走？是我在机动队没干好工作，还是不适合在机动队？"

"不是，雪雁，你想多了，"刘彩凤说，"总指挥亲自过问你的事，是关心你，怕苦了你，因为你是烈士的遗孤……"

刘彩凤话到嘴边又觉得不妥，怕触动李雪雁的伤心事，就说："总指挥是想让你有一个更好的工作，这是好事，也是组织上关心你……"

"我不去，"李雪雁一扭头，转身，背对着刘彩凤，"我就在机动队，哪里也不去，再好的单位也不去。"

刘彩凤扶着李雪雁的肩说："机动队就是你的家，你到哪儿工作，我们这里都是你的家，这是一个难得的机会，我希望你去，到指挥部机关，有利于今后的发展……"

李雪雁一晃肩，甩开刘彩凤的手："要去你去，你现在的情况不是一样吗？你也失去了爱人……指挥部早就该考虑你的事了。"

刘彩凤沉默了，李雪雁提起她的爱人，她的心顿时隐隐作痛，眼泪在眼眶里打转，不禁用手按着胸部，身子晃了一下。

李雪雁赶紧扶住刘彩凤："大姐，你怎么啦？"

"我没事，"刘彩凤极力忍住心中的悲痛，没有让眼泪流下，"我觉得，你还是好好考虑一下总指挥的意见。"

李雪雁说："不用考虑了，我就在机动队，我就跟你们在一起，我哪里也不去。如果你不愿意回他们，我去打电话感谢总指挥……"

"你就别闹了，"刘彩凤说，"你不后悔？"

"不后悔，"李雪雁坚定地说，"不后悔。永远都不会后悔。"

正在这时，一辆军用敞篷吉普车开进了机动队的坝子，从车上跳下一个虎头虎脑的大约20岁的小伙子，一身65式军装，整齐，精神。小伙子跑到刘彩凤和李雪雁面，向他们敬了一个军礼："同志，请问你们机动队的火凤凰、都搁平、大力红今天在吗？"

李雪雁一听，看看刘彩凤抿嘴微笑。

刘彩凤打量了一下眼前的小伙子，问："你找她们有什么事吗？"

小伙子弄了弄斜背着的军挎包："他们救了我，我来感谢她们。"

"她们救了你？你是？"刘彩凤有些迷惑，"你是哪个部队的？"

小伙子急切地说："我是851基建部队的彭泽。"

"彭泽？"刘彩凤说，"我们见过吗？"

"是啊，我们见过，准确地说，是你们见过我，我没有见过你们，"彭泽说，"你们还记得石华路沿线塌方抢险的事吗？那天晚上你们机动队冒险把我们四个重伤员拉到特区中心医院抢救，我就是其中伤得最重的那一个，我听当晚随车的两个战友说，你们的'火凤凰'可泼辣了，处变不惊。开车的'都搁平'，太厉害了，车灯坏了也敢开夜车。还有那个'大力红'，听说在车前面打电筒引路，10多公里跑下来，面不改色心不跳。"

刘彩凤一笑："你听他们说鬼话，哪里是这样？"

李雪雁看了看刘彩凤，又看看彭泽，微笑："那是你战友的传说，什么面不改色心不跳？如果心都不跳了，还是活人吗？"

李雪雁说着又指着刘彩凤对彭泽说："这就是我们第一指挥部医疗应急救援机动队队长刘彩凤，你们传说中的'火凤凰'。"

"队长？'火凤凰'？"彭泽摸摸军帽，有些尴尬，"不好意思，不好意思，因为那晚上我什么都不知道，没亲眼见过你，不好意思啊。"

彭泽马上立正，向刘彩凤敬军礼，大声说："报告刘队长，我是851基建部队四团三连突击队队长彭泽，安徽马鞍山人，1966年到特区，今年24岁。谢谢刘队长，谢谢机动队救了我和我的战友。"

李雪雁被彭泽大声正式的报告吓了一跳："你搞什么鬼，有这么夸张吗？"

刘彩凤也被彭泽的行为弄得笑起来："不要客气。救你们那是我们机动队的职责。你刚才表扬我处变不惊，谢谢你哦。你都说得我不好意思了。你那两个战友在吹牛，你信吗？"说着，扭头对着宿舍喊："都搁平、大力红——都出来一下……"连喊了几声。

邹珂萍、吴春红在宿舍里答应着跑出来。

刘彩凤分别指着邹珂萍、吴春红说："这就是你说的'都搁平'邹珂萍，'大力红'吴春红，跟你战友传说的是不是不一样？都搁平开夜车不假，大力红可不是跑10多公里路面不改色心不跳，她是活活跑烂了一双胶鞋、跑破了脚。"

彭泽摸摸军帽，有点不好意思："太了不起了，只是有点不一样，好像不是女汉子，都长得这么好看……"说着憨憨地笑起来。

邹珂萍、吴春红、刘彩凤、李雪雁也笑起来。

彭泽忙从军挎包中拿出六个圆角铁盒猪肉罐头塞给邹珂萍、吴春红、刘彩凤、李雪雁，一边塞一边说："不好意思，一点心意，不要嫌少，都拿着，都拿着，这是我的心意，也是我们部队突击队队员的一点心意。"

刘彩凤看着猪肉罐头，知道那是很稀罕的东西，指挥部的领导现在也没有，就是彭泽他们部队恐怕也是偶尔才给重伤员补充营养特批的。这几个罐头确确实实代表了彭泽和部队对机动队的真挚感谢。

刘彩凤说："那我们就收下了，感谢你，这么远专门跑过来，也请传达我们机动队对你们连队、突击队的感谢！"

盛情难却，邹珂萍、吴春红、李雪雁也只好接着罐头致谢。

彭泽笑了："谢谢你们，如果没有你们的救援，我现在可能不会站在这里了。"说着，彭泽摸摸军帽，对刘彩凤说："刘队长，我可以跟都搁平单独说几句吗？"

"这……我说话不管用了，"刘彩凤看看邹珂萍一笑，"那要看人家有没有空，愿不愿意了，是吧，都搁平？"

邹珂萍看了彭泽一眼，低头不说话。

"我们走吧，"刘彩凤示意吴春红、李雪雁回避，对彭泽说，"你跟她说多少句都行，我们还有事，先走了。"

邹珂萍听了脸都红了，不好意思看彭泽。看着刘彩凤和李雪雁进了办公室，邹珂萍才问彭泽："你有什么事，说吧。"

彭泽说："你不记得我了？"

邹珂萍细看彭泽，摇摇头："不记得了。你说你是石华路抢险重伤中的一员，可当时到特区中心医院的有四个，我真的记不起你是哪个了。"

"我就是你输血的那个，"彭泽看着邹珂萍说，"有印象了吧？"

邹珂萍一下笑了起来："当晚抬你上车的时候一身泥，到了医院也没有机会看清楚，当时只是心急火燎地给你输血，确实没有看清你的样子，后来本来想去看你的，可是我们的急救任务多，就没去，对不起啊。"

"是该我说对不起才对，"彭泽说，"我伤都好了这么久了，也没有来向你当面表示感谢。"

邹珂萍说："谢什么，急救是我们的工作，我们每天都有任务，你不必老记着。"

"怎能不记着？如果没有你和你们机动队冒险抢救，我的人早就没了，听说那晚你们越野车的灯坏了，是你冒险开夜车把我和另外三个重伤员送到特区中心医院抢救的，你还输血给我……这是我的一点心意——"彭泽说着拿出一只辽宁孔雀手表递给邹珂萍。

邹珂萍一看，慌了："这不行，不行，这么贵重，我不要……"

"我现在体内至少有三分之一的血都是你的……"彭泽把手表塞给邹珂萍，"留个纪念，你看到它就像看到我，我走了……"

邹珂萍一愣，心怦怦跳，她似乎明白了彭泽的意思，但又不知道他究竟想要表达什么。

邹珂萍望着彭泽逃跑似的上了吉普车，汽车扬起一道灰尘远去，她还拿着辽宁孔雀手表不知所措地站着。

"都搁平、都搁平——"李雪雁在办公室看见彭泽都走了，邹珂萍还在望着，就喊她，开玩笑说，"快进来，人家都走了，还舍不得啊？有事找你。"

"哦——"邹珂萍回过神来答应，"马上。"

邹珂萍进了办公室，把手表藏在背后，问李雪雁："什么事？"

159

"老实交代，"李雪雁假装表情严肃地问，"彭泽单独跟你说了什么？"

"没有说什么，"邹珂萍不知怎样回答，"就是感谢我们，感谢我们机动队救了他，救他……哦，还有就是感谢我输血给他……"

"你收了人家什么东西？"李雪雁笑，"一切东西要归公，三大纪律八项注意你知道吗？"

刘彩凤对李雪雁说："雪雁，你就不要逗人家了，人都走了。珂萍，怎么不留他在这里吃饭，人家这么远赶来看你。"

邹珂萍说："他应该吃了早饭的，午饭又还早。"

刘彩凤一笑："你问了吗，邹天真？"

"没问，"邹珂萍笑，"他才说了几句，就跑得比兔子还快。"

李雪雁看邹珂萍双手一直背着，似乎拿着什么东西，就说："老实交代，你手里拿着什么东西。"

邹珂萍一听，脸红了，支支吾吾地对刘彩凤说："队长，我——我是不是犯错误了，他，他说感谢我输血救了他，硬是把这个塞给我就跑了。"说着把彭泽送给她的表拿出来。

"哦，辽宁孔雀手表，"李雪雁说，"这可不是一般的感谢，跟队长17钻的上海手表一样好看。"

"队长，我不该接受人家的东西，"邹珂萍说，"我改天有机会还他，或者不还他，我交公。"

"什么该不该，什么还他不还他，这没有违反纪律，交什么公？"刘彩凤说，"你别听雪雁瞎说，放心收下，这是人家的心意。"

"没违反纪律？"邹珂萍说，"不过，我才不喜欢戴呢，男式的，我又不是男的。"

刘彩凤笑："傻姑娘，说你邹天真你还真的是天真，你以为人家彭泽不知道你是女的吗？这表应该是他的随身心爱之物，送给你，是让你戴的吗？人家是想让它天天陪着你，让它（他）天天陪着你，懂吗？"

"哦，"邹珂萍脸更红了，"那，没其他事，我就回宿舍了。"说着转身就跑出了办公室。

"不要跑，你还没交代完，"李雪雁还想逗邹珂萍，"站住，继续交代，坦白从宽，抗拒从严，呵呵呵……"

邹珂萍在门外大声说："你才要给我好好交代。"

刘彩凤微笑着，摇摇头："傻姑娘，这傻姑娘……"

第十八章　翻江鱼

已是清秋时节，特区的天气稍微有了些凉意。

清晨，远处，云罩山尖；近处，雾袅山腰。

山下，金沙江江面也是雾气升腾，如梦如幻。

郑晓阳在机动队厨房门口说："可能要下雨了，大家有空的请搭把手，把干净的、还空着的塑料桶、塑料罐放在屋檐下和坝上多接点雨水。"

"好呢，我的'爬壁虎'，我们按照你的'指示'办。"

"我们这边还有两只空桶。"

"我去通知大家准备接雨水。"

赵春燕、王西丹、刘腊梅、李雪雁应着郑晓阳立刻行动起来，因为她们知道郑晓阳对下不下雨一般都预测得准。

接雨水贮存起来供煮饭、洗漱、浇菜等生活生产之用，是队员姐妹们想到的好办法。雨水从天而降，用干净的桶、罐接了沉淀，比金沙江的水质好，又避免了大家雨季到江边背水坡陡路滑发生危险，还节约时间，大大减轻了大家的劳动强度和负担。

为了加大蓄水量，李雪雁她们还利用空余时间在驻地周围适宜之地挖了八九个露天土坑，雨季蓄水。雨水充足的时候，土坑就成了水池，不但雨季用，断雨水后还可以用上两三个月。煮饭、洗菜、洗漱后的水还可以浇菜、浇树、浇花花草草，一举几得，缓解了机动队生活用水之难。所以机动队的队员们对接雨水、贮雨水都乐此不疲。

大家刚放好塑料桶、塑料罐，雨就淅淅沥沥地下起来了。

李雪雁、赵春燕、王西丹、刘腊梅赶紧跑到屋檐下躲雨。不一会儿，从花草树木、瓦上由远而近传来的雨声越来越大，大家的鞋子、裤脚都被溅湿了。

"哦嗬，好大的雨，"李雪雁用手接屋檐水，被溅了一脸雨水，急忙往屋里退，"我眼睛都进水了。"

"你是脑子进水了，呵呵，"赵春燕笑起来，"这样洗脸多好啊。大家看，雨打在地上就激起一个个水泡，多好看。"

王西丹说："这么大的雨，如果上游也是这样，那金沙江肯定就要涨水了。"

"有可能，这应该是暴雨了，"刘腊梅指着山下浑黄的金沙江说，"这雨一下，山洪、泥石流也会下来，金沙江水位肯定上涨。"

李雪雁看放在屋檐下的几只塑料桶已经接满雨水不断外溢了："哎，水都满了，可惜没有多余的桶了，看来我们还得从副食商店再弄些他们不要的豆瓣酱、酱油旧桶来，这雨水不接多可惜啊。"

雨持续下了三个来小时，将近午饭时，机动队接到第一指挥部通知，四川省交通厅内河局第一航道工程处金沙江航道整治施工人员在老鹰滩遇险，有人员受伤，命令机动队马上急救。

情况紧急，刘彩凤叫李雪雁马上通知王宝君、吴春红、罗锦绣、刘腊梅、赵春燕、王西丹、江晓月、邹珂萍整装出发。

金沙江航道整治在几年前就开始了。1964年国家确定开发攀枝花后，四川省交通厅又组织人员对金沙江流域的摩梭河、巧家、燕子岩等621公里水域进行勘察，提出了开发攀枝花航道的方案。

本来按照计划，施工期集中在枯水季节，第一航道工程处为了提前完成航道整治任务，早日缓解物资运输困难，在雨季也选择一些江段施工。

雨季施工有一大好处就是可以利用江水上涨溜滩，比在枯水季节开挖滩涂轻松，进度快，但危险。

这不，施工人员在老鹰滩炸礁、溜滩时江水陡涨发生险情，12人被洪水冲入江中，3人被困江上礁石，礁石周围漩涡、暗流奔涌，救援人员多次划船救援和试图游泳救援都没有成功。

第一指挥部医疗应急救援机动队赶到老鹰滩时，但见金沙江面浊浪击打着大大小小的礁石，回旋飞溅，3个职工还被困在江上礁石，12个落水者已被救援人员救上岸边，有的奄奄一息，有的昏迷不醒。

刘彩凤马上和赵春燕、王西丹进行现场检查急救，检查急救一个，王宝君、吴春红、江晓月、邹珂萍、罗锦绣、刘腊梅就立刻抬上车转送。

李雪雁看见江中礁石上的3个戴着发黄竹条安全帽的男同志绝望无助地挤在一起，混浊的江水击打着礁石，溅起的浪头随时都有可能把他们击倒、吞噬，情况万分危急。李雪雁哪里还有心思检查那些已经救上岸的伤员，她想先救困在礁石上的那3个人。

第一航道工程处的领导和救援人员急得像热锅上的蚂蚁团团转，如果金沙江水位再上升，3名被困人员瞬间就会被冲走。

李雪雁跑过去问第一航道工程处的救援人员："怎么不动啊？快想办法去救啊，什么情况？"

救援人员不认识李雪雁，白了她一眼："你这是什么话，有办法我们能不救吗？那是我们工程处一起吃住工作的同志，你一个医护人员知道什么，少在这里废话。"

"不好意思，不好意思，"李雪雁说，"我不是说你们不救，我是看得心急，想问你们为什么不动，是什么原因，有没有好的办法。"

救援人员说："我们试了几种方法——划船去救，船无法靠近礁石，还差点翻船，有几个水性好的想游过去救，都被漩涡卷了回来，根本不行。我们领导正在想办法。"

李雪雁不再问了，在江边上下跑了一段，查看、思索。

罗锦绣抬着担架看见李雪雁如此危险的行为，生怕她掉进江里，大叫起来："雁子——你不要命了。"她一边喊一边报告刘彩凤说："队长，队长，雁子跑到江边去了。"

刘彩凤正在检查一个落水者的伤情，听罗锦绣喊，一看李雪雁的冒险举动顿时急了："雪雁，危险，回来，快回来。春燕，这里交给你和西丹了，要快，让邹珂萍快速送到附近的矿山医院，我去看看雪雁，她不来救伤员，跑到江边干什么。她今天是怎么了，真是不要命了。"

"好的，队长，"赵春燕说，"放心，你去吧。"

刘彩凤刚跑了几丈远，就见李雪雁跑回来了。

"你干什么，雪雁？"刘彩凤说，"吓死我了。"

"我看看怎么救那3个被困者，"李雪雁说，"我想到办法了。"

"你救？"刘彩凤惊诧不已，"他们抢险救援队都没法，你疯了。你忘了，我们的职责是什么？是负责把伤者及时转运到医院救治。抢险救援是他们现场救援队的事，他们会想出办法的。"

"我知道，"李雪雁说，"队长，我想到办法了，我找他们领导说。"

"不行，"刘彩凤拦着李雪雁，"你可以去说办法，但你绝对不能去江中救人。"

李雪雁见刘彩凤急了，笑着说："队长，我一直没有告诉你，我在北师大时，是学校的游泳冠军。他们游不过去，我游得过去，一定会把被困者安全带回来的。"

"冠军也不行，"刘彩凤急了，她知道李雪雁不会说谎，但是，李雪雁父母先后牺牲，如今李雪雁已是机动队里的一个孤儿，她怎么能让李雪雁再去冒险，"不行，我说不行就是不行，这里不是你们校园里的游泳池。"

"队长，北戴河我也游过，那里的浪比这里还大，你放心吧，没事，"李雪雁拉着刘彩凤的手摇了摇，"没有这个金刚钻，也不敢揽这个瓷器活。现在救人要紧，那3个人眼巴巴期盼着我们去救啊，不能在拖延，不能再犹豫了，队长……"

"不行，"刘彩凤说，"不行就是不行，我们的任务是接伤员急救送医，你再不听话，我就按违反纪律处理了。"

"急救送医？队长——那你为什么要在急救中给伤员做手术？什么是急救送医？首先得救人啊，不先把人救下来，怎么有人送去就医？"李雪雁不停地摇着刘彩凤的手，"队长，我求你了，见死不救可不是你的风格，情况这样危急，早一分钟去救就多一分希望。你先听我跟他们说说想法再说呗，队长，求你了，3个人啊，3条鲜活的生命，我们不能在岸上这样眼睁睁看着他们就没了！？那我们不就成了看客，我们还是一指医疗应急救援机动队吗？"

刘彩凤一听哑然，想想李雪雁说的也在理，就说："那快去跟他们说说你的想法。"

"谢谢队长。"

李雪雁和刘彩凤跑过去找到第一航道工程处现场指挥的领导。李雪雁说了她的想法："我反复观察了老鹰滩这段情况，江水上涨淹没了一些礁石，又是弯道，漩涡多，暗流多，划船去肯定不行，还会再搭上几人，从正面游泳过去，也很难。我看被困人员上下100来米的江面，水相对平缓一些，我想从上面游下来，带上200来米长的麻绳，到了被困者礁石，就把绳子套牢在礁石上，然后用绳子的一端拴着我和3个被困者，我带着他们往下游，救援队安排几只小船在下面200米的江域见机行事，随时救援。大家看如何。"

第一航道工程处现场的领导在思考，沉默不语。刘彩凤觉得李雪雁提出的办法是目前有限条件下最好的办法，但她不能让李雪雁去，否则，万一出事，她怎么对得起李雪雁九泉之下的父母？！

第一航道工程处现场的领导也觉得李雪雁的办法成功的概率高，一时也想不出其他更好的办法，就同意了。只不过对李雪雁主动请缨去救，持怀疑态度，他们抢险救援队里水性那么好的人，一到江中就被江水漩回来，还差点出事。她一个医疗救护的柔弱女子，能行吗？

刘彩凤也说："雪雁这个办法我觉得可以，但她不能去，你们得找一个水性好、体力好的男同志去。"

第一航道工程处现场的领导马上让抢险救援队的队长把已经下过水救援的几个水性好的救援人员叫到面前问了一些情况后说："你们几个能不能带上200来米的绳子游到被困者的礁石？"

那几个救援人员想了想，都摇头："没有把握。"

其中一个救援队员说："根据我们前几次下水救援的情况看，200米的绳子，在水中也有200来斤，一个不行，带不过去，两个人有点希望，但是漩涡多，下面暗流，加上暗礁，一人出问题，两人都有危险。"

李雪雁听后，说，"我去，我有把握，一定可以将他们救回来。"

第一航道工程处现场的领导对刘彩凤说："刘队长，不是我不相信你们机动队人员的能力，你看，我们这些水性好，身强力壮的男人都没有把握，她一个孱弱的女子，说得不好听，那不是去白白送死吗？不行，不行，我不能这样做。"

刘彩凤也觉得李雪雁确实不能胜任。更何况她从来没有看到过李雪雁在水里的本事，心中更没有底。

李雪雁指着江中礁石上的3个被困人员大声说："金沙江的水位还在不断上涨，你们就不要再犹豫了，再犹豫他们马上就要消失了。给我再准备两个救生圈，我自有办法，就让我去吧。"

江面浊浪翻滚，不断击打着礁石，溅起的浪头随时都有可能把那3个被困人员击倒，卷走……

第一航道工程处现场的领导和刘彩凤都不说话，江上救援危险万分，情况瞬息万变，这个决定，他们真的难下。

"你们说话啊？"看着第一航道工程处现场的领导和刘彩凤沉默的样子，李雪雁急得直跳，"你们就让我去试一下，不行，我马上返回，这点你们应该相信吧。"

第一航道工程处现场的领导说："那这样，我同意你去，如果感觉不行必须马上回来。另外，为了保证你的安全，我们救援队安排八九个水性好的，出动三只小木船，在下方200米区域平缓的江面上随时救护你和被困人员。"

"这就更保险了，请尽快准备，马上行动。"李雪雁说着摘了帽子把两根辫子盘好，按了按，把身上的军用水壶、军挎取下递给刘彩凤，一笑，"队长，这些都交给你了，你给我保管好了，我等会儿回来取。"

刘彩凤心里发慌，没有底："你——我——不行你就赶紧游回来啊——"

李雪雁笑："队长，别担心，我没事，没有这本事，我能说这话吗？"

刘彩凤极度不愿、不舍，但对受困者也不能见死不救，就眼含热泪："雪雁，你要给我安全回来，不行就马上折回……你回来，我让郑晓阳给你包饺子……"

"放心吧。"李雪雁说，"我有很久没有吃饺子了，我一定回来吃饺子。"

第一航道工程处的救援人员已把由几根麻绳接上足足有200米的绳子送到了，因为一时没有找到救生圈，就找了两个黑色的解放牌汽车轮胎的内胎打了气代替，李雪雁觉得可以，说："请把轮胎内胎、绳子搬到上游300米的地方，我从那里下水。"

三个救援人员扛着绳子和轮胎内胎跟着李雪雁沿江边往上游走。

"雪雁——"刘彩凤喊一声李雪雁，向她挥手，顿时泪眼模糊，"雪雁，注意安全，下水，不行就回来，别勉强……"

李雪雁转身向刘彩凤和救援人员挥手，"你们看着吧，等我回来吃饺子。"

金沙江的水位正在慢慢上涨，那3个被困人员互相拥在一起，脚下的礁石正逐渐被江水淹没，情况万分不妙。

第一航道工程处的领导马上命令救援人员和船只在下游指定江面严阵以待，随时救援有可能被江水冲下来的被困人员和李雪雁。

所有在岸边指挥救援和参与救援的人都紧张焦急地看着李雪雁。

李雪雁到了上游找了一个适当位置就把轮胎内胎套在自己身上，又把绳子的一端系住腰上，另一端拴住另一个轮胎内胎上，然后把绳子打捆拴在内胎上，拖到水边、试着下水。李雪雁这种办法在江中就会借助水和两个轮胎内胎的浮力减少绳子的重量。岸边的救援人员也不禁自愧不如，就对李雪雁大声提醒："注意安全啊，如果不行，马上就回来，我们先到下游等你了。"

李雪雁回头莞尔一笑："你们去吧，我会注意的。"李雪雁话虽这样说，其实心里也没十足的把握，她虽然是游泳冠军，也在海里游过，但带上200来斤的绳子，在这水流湍急、水下还有暗礁的金沙江上进行水上救援，她也是第一次。但是，她想，既然下了水，不管有多难，付出多大代价，她也要把3个被困人员救回来。

江水混浊、泡沫渣滓漂浮，李雪雁深吸一口气，借用两个轮胎内袋的浮力顺流往下游，开始还觉得轻松，可是，刚游出10多米就被一个浪头打得看不清方向，只感觉自己就像一叶失控的扁舟，在激流中翻滚，这暴涨的金沙江，远比她想象的要危险万倍。

刘彩凤和救援人员远远地看到李雪雁下水，开始看得不是很清楚，随着李雪雁往下游，逐渐就看得到李雪雁的头和两个轮胎内袋在激流浊浪中时隐时现，所有人都把心提到了嗓子眼。

罗锦绣、刘腊梅、赵春燕、王西丹跑到刘彩凤身边，赵春燕小声问："队长——"

"嘘——你们那边结束了？"刘彩凤把食指放在唇边，看了赵春燕几个一眼，问，"情况怎样？"

赵春燕小声说："受伤人员都送走了，王副队长和吴春红、江晓月她们随车送伤员到矿山医院了。"

"好。"刘彩凤两眼盯着江面，"你们歇一会儿吧。"

赵春燕小声问："你们在看什么？"

"看雪雁去救礁石上被困的3个人，"刘彩凤说，"要到礁石了。"

"我的妈呀，"王西丹一听惊叫，"惊弓雁去救人，她不要命了？"

"这简直是天方夜谭……"赵春燕惊得长大眼睛，也不说话了，轻咬着嘴唇。

罗锦绣、刘腊梅也说："她是不是疯了，连老鼠蟑螂都怕的姑娘，还逞什么英雄……"

刘彩凤白了罗锦绣、刘腊梅一眼："闭嘴。"

李雪雁在激流浊浪中被冲击得辨不出方向，极力稳定心神，一只手环抱着一个轮胎内袋，借着两个轮胎内袋的浮力，竭力保存体力，不断调整呼吸，手脚定向，顺着激流游，情况稍微好转。

李雪雁透过浊浪，已经能够看到礁石上的被困人员了，她心中暗喜，估算距离还有100来米，她一边游一边观察估计自己与礁石的角度，角度不对，有可能被礁石周围的漩涡卷走，要想往回游几乎不可能。

李雪雁知道，她只有一次借着漩涡的力道游到礁石的机会，否则，错失良机，救人就会失败。

李雪雁奋力把自己调整到与礁石斜角点上，顶着浊浪顺着激流势道向礁石游去，万幸，她一把抓住了大礁石的边角，同时也感到右腿和腰部一阵钻心的痛，她忍不住大叫一声，知道自己的右腿和腰被江水强大的力道掼在礁石上撞伤了。

3个被困者看到李雪雁，像是看到了救星，惊喜万分。岸上所有的人也一下子欢呼起来。

　　3个被困者，要拉李雪雁上礁石，李雪雁忍着剧痛极力稳住心神，向他们示意不用，不要动。还好礁石缓解了漩涡的力道，她好不容易稳住身子，透过激起的浪花，她把绳头举起递给三个被困者，大声说："快，按我说的做，把绳子分别拴在腰间，每人之间至少隔两米，快——有谁不会游泳？"

　　"我会一点，"其中一个汉子说，"他们俩不会。"

　　李雪雁说："那这两个轮胎内袋就给他们，你等会跟紧我。"李雪雁说着忍痛奋力在礁石周围游了一圈，正好把身上的绳子套在礁石上，打了一个死结，这样3个被困者在绳子另一端拴着，在江中漂流也不会被江水冲远。

　　李雪雁忍着剧痛艰难地把两个轮胎内袋递给两个不会游泳的被困者，然后大声说："你们拴好绳子后，套上内袋慢慢下水，不要怕，绳子这头在礁石上拴着，放开了还有200来米，在下边不远处就有船救你们，下水前先深呼吸，到了水中就憋住气，只要有机会露出水面就要吸气，不要怕，不要慌，坚持几十秒就是胜利，我拉着绳子护着你们。"

　　3个被困者试了几下都不敢下水，情急之下，在他们深吸了一口气后，李雪雁一下子把他们拉到江中。

　　岸上的人看到3个人一下子跌入江中，和李雪雁一起被激流冲走，都惊骇万分，沿着江边往下游跑。

　　李雪雁一手拉着绳子，一手带着那个没有轮胎内袋的被困者奋力向救援船的方向游。

　　眼看再游五六十米就要到救援船了，突然一个大浪袭来，李雪雁眼前一黑，左脚一阵剧痛，感觉被一股强大的吸力往下卷，顿时，绳子脱手，3个被困人员也被冲开了。还好3个被困人员被激流冲到平缓水域被救援人员成功救起，刘彩凤和赵春燕、王西丹马上对他们进行检查，3人只是受了惊吓、呛了些江水，除了精神差一点外，身体无碍，只要休息一两天就没事了。

检查完3个被困者，刘彩凤还没看见李雪雁，就问："雪雁——雪雁——雪雁上岸没有？"

旁边的救援人员说："没有。救援船上的人还在找。"

"雁子……天啊……"罗锦绣、刘腊梅一听魂都吓出来了，沿江往下游跑去。

刘彩凤脑袋"嗡"地一下，身子晃了晃，正好王宝君和吴春红、江晓月赶到身边，一把扶住刘彩凤："队长你怎么啦，坐着休息一下。"

"雪雁——雪雁——没上来……"刘彩凤看不见李雪雁，顿时双腿都软了，懊悔不已，扯下帽子，双手拍打着自己的头，她后悔自己不该答应李雪雁的请求，不该让她冒险去救人，现在被困礁石的三个人都得救了，可是李雪雁却不见了踪影。李雪雁父亲牺牲后，第一指挥部的总指挥就专门找她谈话，说李雪雁已经成了孤儿，要她在工作上、生活上、学习上多关心李雪雁，好好照顾李雪雁……如果今天有什么不测，她怎么对得起总指挥的嘱托，怎么对得起李雪雁牺牲的父母？

王宝君、吴春红、江晓月见刘彩凤突然神情呆滞恍惚，就问赵春燕、王西丹："雪雁怎么啦？"

赵春燕说："队长同意她去江中救被困在礁石的三个人，被困者都得救了，雁子却不见了，罗锦绣、刘腊梅她们已跑到金沙江下边找了……"

"啊？"王宝君、吴春红、江晓月大惊，"天呢，她去江里救人？不见了？"

吴春红急得叫："队长，你为什么要让她去，她——她——

她，那么胆小、柔弱，这不是找死……"

"闭嘴——"刘彩凤突然对吴春红吼，"雁子没了，我就跳江——快去找啊……"

大家一听眼泪奔涌而出。

"快，大家都沿江去找雪雁啊……"

"快——雪雁——雪雁——"

刘彩凤等人沿江往下游跑，一边跑一边含泪呼喊……

第一航道工程处的救援人员也在全力搜寻，有的划着小船在江上找，有的在江边沿岸找，江中的波涛声、岸上的呼喊声汇在一起，在大峡谷中回响……

刘彩凤等人喊着跑了一段，看见了罗锦绣、刘腊梅跟一群搜救的人在一起，以为找到李雪雁了。邹珂萍上前一问，没有，大家连李雪雁的影子都没有看到。

一救援人员说："这里暗流多，水急，可能早就冲远了……"

"你这乌鸦嘴，"邹珂萍打断救援人员的话，"好的不说，我们雪雁不会有事的，大家再仔细往下游找，快啊。"

没看到李雪雁的踪影，这让向来遇事冷静、果断、坚毅的刘彩凤，此时变得脆弱起来，她突然对着浊浪滚滚的江面喊了一声："雪雁——都怪我啊——雪雁——大姐这就来陪你——"哭着就要往江里跳。

王宝君大吃一惊，一个纵步上前拦腰抱住刘彩凤："队长，你干什么？你怎么这么糊涂啊？你这样有用吗？"

"都怪我，"刘彩凤捶着胸口大哭，"都怪我，雪雁——雁子——"

"这怎么能怪你呢？我们这时候最重要的事就是找她，不能放弃她，"王宝君泪流满面，"她是自愿去救的，我相信她会没事的。我们再找找看，她一定没事，我们继续找，一定会找到她的……"

罗锦绣、刘腊梅、赵春燕、王西丹、吴春红、江晓月、邹珂萍都悲伤不已，小声抽泣起来。

"不要哭了，"王宝君流着泪大声说，"大家都不要伤心了，我们再找找，快一秒，就多一分希望……"

"雪雁——雪雁——对——我要去找她，我要去找她回来，"刘彩凤推开王宝君，趔趔趄趄地沿江岸往前跑，一边跑一边哭喊："雪雁——你在哪儿呀——大姐对不起你，是大姐害了你啊、雪雁、你在哪儿呀……"

第十九章　重重泪

突如其来的大浪把李雪雁和那3个被困者打散，接着，一股强劲的激流漩涡将她卷到水下。她知道与漩涡相抗是徒劳的，加之身上几处受伤、剧痛难忍，体力已渐渐不济，就索性闭气顺流而漂，直到感觉四面的冲击力和吸引力减弱了才奋力游出水面，大口吸气。等她恢复好体力，放眼四看，已不见江面上的救援船和救援人员，只见两边崇山峻岭，蓝天白云，江岸芦苇摇曳、灌木葱茏，江面平缓，没有了浪涛，夕阳照在东边的山头，峡谷空明。

李雪雁心中一喜："我冲出了激流漩涡，我还活着——"她甩了甩散开的长发，竭力游到岸边，抓住芦苇挣扎着爬上岸，躺在地上不停地喘气，她感到右腿、左脚和腰部一阵阵钻心的剧痛，一看裤子烂了几处，右腿、左脚各有几处伤口，她忍着剧痛从上衣袋里摸出绷带，简单地包扎了一下。随后，她顺手捡了一根木棍拄着，一瘸一拐地往上游走，她想趁自己还有一点力气再往上游走走，即使撑不住倒下了，救援人员和机动队的姐妹们也会早一些找着她。果然，她挣扎着走了一段路，刚转过江湾，就听见刘彩凤、王宝君、罗锦绣、刘腊梅、赵春燕、王西丹、吴春红、江晓月、邹珂萍她们在喊她。

李雪雁痛得发抖，极力站着向她们慢慢举起棍子回应："队长——姐妹们，我在这儿——"她的声音很微弱，刘彩凤她们听不到。

不过，刘彩凤等人已经看到了李雪雁，一阵狂奔到了李雪雁面前，簇拥着她，一起哭一起笑。

刘彩凤脸上挂着泪："你这个死雁子，急死我们了，都以为你出事了呢。"

李雪雁无力地惨然一笑："我还没有吃你的饺子呢。"

刘彩凤说："回去就弄，回去就弄，让你吃个够。"

刘腊梅说："没想到你这个胆小鬼居然干了一件惊心动魄的事，你这不是惊弓雁，是金沙江里的鱼，一条淹不死的江鱼，一条翻江倒海的鱼，翻江鱼，对，你就是翻江鱼。"

赵春燕拍手："太形象了，'惊弓雁'今天一下子成了'翻江鱼'。"

"对，以后就叫你翻江鱼，"罗锦绣笑起来，"一条不能吃的江鱼。今后，不许哪个叫她惊弓雁了，谁叫，我就跟谁急。"

大家只顾高兴激动，不停地跟李雪雁说话，没有人注意到李雪雁的伤情。李雪雁本来在江中体力几乎耗尽，加之腿、脚和腰部被撞成重伤，说了一些话，再也支持不住，突然一下就昏倒在刘彩凤怀里。

所有人大惊失色，刘彩凤流着泪喊："雪雁、雁子——担架，担架——快——"

罗锦绣、吴春红急忙抬过担架，众姐妹七手八脚地把李雪雁抬起放在担架上，刘彩凤流着泪仔细地对李雪雁进行全身检查，一边检查一边说："腿脚有明显骨折，腰部肋骨也有骨折迹象，快，马上送特区中心医院，快——"说着和王宝君抬起李雪雁就开步跑。

从发现李雪雁的地方到机动队的救护越野车有3里左右的路程，大家轮流抬着李雪雁沿着金沙江而上，江岸道路难行，跌倒了爬起来又继续跑，大家心里只有一个念头：豁出命来也要救李雪雁。

当天晚上8点多，大家把李雪雁送到特区中心医院，经过两个多小时的抢救，李雪雁虽然脱离了生命危险，但右腿和左脚骨折，肋骨也有三处骨折，伤势严重。所有姐妹的心依然悬着。

李雪雁住院期间，只要不是遇到大的救援任务，刘彩凤和众姐妹都轮流到医院探望陪护李雪雁。让李雪雁心里感到暖暖的。

高风得知消息也多次请假到医院陪李雪雁。每次到医院都会采摘一些黄的、白的、粉红色的野花，插在玻璃酒瓶里，放在床头柜上。

尽管高风每次到医院时都是蓬头垢面的，但李雪雁见到高风心情愉悦，伤痛也似乎缓解了许多。

从宝鼎煤矿到特区中心医院有30来公里，一路煤灰、泥尘，大货车行驶在路上，后面扬起的灰尘就像战地弥漫的硝烟一样。李雪雁知道高风来一次不容易，他每次都是搭煤矿上的大货车来，就算到医院只待一会儿马上又搭货车回去，来回至少也要4个多小时。

李雪雁就对高风说："从煤矿来路远，又不方便，太累、太折腾，你就不要专门来看我了。"

高风说："没事，不远，随时都有拉煤的车路过，顺路，很快的。"

"你这样跑，不工作了？"李雪雁装着不高兴，"你不上班了？不要因为我住院而影响你的工作，误了煤矿的大事，那就是我的罪过了。"

"你放心，误不了，误不了，"高风说，"我下来都是请了假的，也安排好了工作，白天耽误的时间我可以晚上补。"

"晚上补，你怎么补？"李雪雁弄着黟黑的发辫说，"这样你就没时间睡觉，睡不好觉，第二天怎么有精神上班做事？"

"我可以在往返的路上解决，在车上睡觉，"高风笑了，"没事的，我们搞设计的，有些事别人是帮不了的，必须自己做，晚上一个人在工棚里还清静些，只要我按计划时间拿出来就行，我们煤矿的领导在《火线报》上看到了关于你一人在金沙江中救3人的报道，很佩服你，知道我请假是来看你，欣然同意，还托我向你问好致敬呢。现在你这条'翻江鱼'名气可响了。"

同病房的5个女伤病员听高风这么一说，也对李雪雁投以敬佩的目光，都竖起大拇指："小姑娘了不起，一个人在江里救3个人，了不起，你是我们特区的英雄！"

李雪雁不好意思了，说："你们不要听他瞎说，人不是我一人救的，参与救援的人很多，我只是下了水游到被困者身边……报纸上的，那是添油加醋，我哪有那么大的本事，你们都看到了，我就是一个小女子，现在还跟大家一样躺在病床上。什么'翻江鱼''翻肚鱼'，大家听了就当风吹过。"

伤病员们都被李雪雁的话逗笑了。

李雪雁小声对高风说："你回去吧，如果想我，就给我写信。"说着脸就红了。

高风听李雪雁突然这么说，心里一荡："写信要好几天你才能收到，何况你现在在医院，我寄到医院？来看你，我当天就能看到。一天看不到你，我心里不踏实。"

李雪雁听了心里甜蜜蜜的，看着高风傻傻的、腼腆的样子，她知道高风对她的心意，柔声说："那随你吧，你走吧，晚了回去坐车不安全。"

"那好，我走了，有空儿再来看你，"高风说，"你要听医生的，按时吃药，千万不要照你想的做。注意啊。"

"我知道，"李雪雁说，"放心吧。"

高风走了，旁边的女伤员问李雪雁："刚才出去的小伙子是你对象吧？"

李雪雁一听，脸发烫，支支吾吾地不知怎么说："他，你说他，不是、不是……"

"不是吗？高风不是你的对象吗？"李雪雁在回答的时候又在心里问自己。他们认识一年多了，除了没有向对方表白外，在她心里，他已经是她的对象了……

李雪雁想着高风，心潮起伏，不知该怎样对同室的病员说……

半个月后，李雪雁的伤势稍好一点就不想在医院里待了，多次要求出院，医生和刘彩凤都没同意，最终还是在医院住了三个来月才出院休养，医生一再叮嘱出院后拐杖不能丢，腰部的稳定绷带要定期换，至少还要休养两个月才能工作。

当邹珂萍把李雪雁接回机动队驻地后，姐妹们前前后后来李雪雁的宿舍问候，但李雪雁总觉得机动队的氛围有些不对，至于哪里不对，她一时也说不上来。

这天，其他人都出去急救了，只有李雪雁、吴春红、郑晓阳3人在驻地，吴春红在办公室值班，郑晓阳在厨房忙。

李雪雁就拄着拐杖走到办公室找吴春红，想问问她住院这段时间机动队的一些情况。

吴春红扶李雪雁在长条木椅上坐："你这条翻江鱼，怎么老是待不住，不在宿舍躺着，出来干吗？"

李雪雁莞尔一笑，漾起两个酒窝："再这么躺着我都要生根发芽了，哎呀，我现在很羡慕你们，想跑就跑想跳就跳。"

吴春红双手交换拉拉手指，摸了摸右手背的肺形伤疤，说："你现在能站在这儿就是万幸了，这次也是太冒失了，不过我们都很佩服你的勇气。"

李雪雁说："当时就是一心想救人，加之我会游泳，就想下水，觉得金沙江没什么。"

"以后，不要这么冒失了，"吴春红说，"你还年轻，好事还在后头呢。"

"我不去想什么好事，"李雪雁笑，看着吴春红右手背上的肺形伤疤说，"人一辈子好事多呢。春红姐，你手背上的伤疤是怎么回事？"

吴春红说："我原来在第四指挥部六连三排女工班的时候落下的。"

李雪雁问："能说来听听吗？"

吴春红说："1964年我在第四指挥部六连三排女工班当班长，那时做什么都想跟别人争输赢。唉——"

"那你进特区早吧，应该是第一批？"李雪雁听吴春红的话里有一种愧疚，又说，"当班长，多带劲。"

"搞煤矿设计的比我们进来得还早，有的1963年就在煤矿扎营了。"吴春红说着，叹了一口气，"如果我当时不是班长，也许就不会出事。"

李雪雁见平时乐观、开朗的吴春红一提起往事就内疚，唉声叹气的，不禁愕然："春红姐，怪我多嘴了，你如果不愿说就别说了。"

"这些事一直压在我心里，说出来也许要好受些，"吴春红眼里闪着泪光，"我们女工班是第四指挥部六连唯一的女工班，我当班长后，一心要当我们连的红旗手，总想超过其他班，开矿井、挖巷道，抬坑木、架坑木，我都不服输，别的班一天挖3米巷道，我们班至少要挖4米才上地面，那次就因为我想多挖一米巷道，巷道塌了，我们班的小杨为了救我被埋，再也没有醒来……而我的右手也被倒下的坑木砸伤，医好了就留下这一道肺形伤疤，现在，我一看到这个伤疤就会想起小杨……她当时才20岁，多年轻，那姑娘又活泼又有干劲，就因为我的不服输，害了她……"

李雪雁心中凄然，劝慰吴春红："春红姐，那不怪你，我知道，万事开头难，那时煤矿都是大干快上，主要靠人工开掘，你们是特区建设的开路先锋，有条件要上，没有条件也要上，你想拿红旗，那是好事，怎么会有错呢？更何况，井巷作业随时都有危险，防不胜防，你也用不着自责，我想小杨在那边也不会怪你的。"

"可我，一想到她，心里就难受，"吴春红摇摇头，"怎么也忘不了她把我推开，被埋在巷道的那一瞬间……"

李雪雁见吴春红如此，就有意岔开话题："春红姐，我从医院回来后，觉得姐妹们都不喜欢说话了。"

"是吗？"吴春红看了李雪雁一眼，交换拉了拉双手手指，"我怎么没觉得，都是一样的啊，也许是你几个月没有跟大家在驻地的缘故吧。"

"不对，"李雪雁说，"我总觉大家有些怪怪的，是不是我这次给大家带来了麻烦，大家不好对我说，瞒着我？"

吴春红说："你想多了，不关你的事，只是这段时间你受伤住院后，机动队一连串伤心事接踵而来，大家心里难受，不愿提起让人伤心。你在医院时不告诉你，是想让你安心养伤，没有其他意思。大家心里都难受，为你，也为其他人……"

"一连串的伤心事？"李雪雁一听心都凉了一截，"什么伤心事？"

吴春红交换拉了拉双手手指："江晓月流产，张元香的爱人牺牲了，赵春燕的爱人受了重伤。"

"啊——"李雪雁简直不敢相信自己听到的，追问，"江晓月流产？张元香的爱人林兴云牺牲了？前次来炳草岗农场放电影我们才见过，多精神，多健壮的年轻人，怎么就牺牲了？赵春燕的爱人又怎么受了重伤？"

吴春红弄了弄齐耳短发，沉重地说："是啊，大家都没想到，你住院没几天，兰家火山1号溜井有十多个人被困，我们机动队去急救，当时是刘队长带队。那天我们赶去急救的有王宝君、罗锦绣、江晓月、张元香、邹珂萍、赵春燕、王西丹、刘腊梅和我。我们谁也不知道江晓月已经有了两个多月的身孕，她连队长都没有说。如果她说了，就不会出事……"

"这个江晓月，傻姐姐，自己什么事都瞒着，"李雪雁说，"她就是这个样子，自尊心强，像你一样不服输，什么事都争着往前冲。"

吴春红说："是啊，她的外号'月超超'，就是在特区水泥厂工作时挣来的，无论是破碎原材料还是装袋，她每月都超过别人，都超额完成任务。"

"原来是这样，"李雪雁说，"我一直不知道你们为什么叫她'月超超'，原来就是个女汉子。"

"那天从溜井救出19个伤员，"吴春红说，"江晓月跟我们一起在1号溜井口和救护车之间来回奔走抬伤员，开始我们都没有发现她有什么异常，等我们把所有的伤员转到矿山医院救治后，在回机动队驻地的路上，她才说肚子很痛，我们一看，她裤子上全是血……"

"啊——"李雪雁心一紧，"什么？这不该呀……"

吴春红含泪接着说："刘队长一检查，说江晓月流产了。当时，我们所有的人都惊呆了。"

"她真是傻啊——"李雪雁急得用拐杖打木条椅，"她自己怀了都不知道？我没有结婚，我都知道……不会像她这样……唉……"

"她怎么会不知道自己怀孕？"吴春红凄楚地说，"她是怕大家知道她怀孕了，没有机会跟我们一起参与急救，她就是犟。"

李雪雁问："流产的是男孩还是女孩？"

吴春红说："医院没说，刘队长也没说，也许太小，还看不出来吧。为这事，江晓月在医院住了半个月，把队长气惨了，就在江晓月出院回到机动队那天把江晓月狠狠骂了一顿。江晓月还强装着像没事似的，她对队长说，就一次流产嘛，有什么了不得的，重新怀就是，还说农村的女人要生孩子了还挑柴挑水干重活，穆桂英要生了还上战场，她抬一下担架有什么不可以？她跟队长较劲，被队长罚静养十天，哪里都不许去。队长还在机动队宣布，从今往后，凡是机动队的队员，有特殊情况必须如实报告，隐瞒不报者，严肃处理。"

"可怜，可悲，她爱人张台宇才受伤不久，一条小生命又因为她的倔强没了，"李雪雁听了心里难受，说，"队长宣布这个规定好，有些意外其实我们是可以避免的，队长骂，也是为晓月姐好，也是为所有姐妹考虑。那张元香的爱人是怎么牺牲的？"

吴春红说："这段时间，张元香的爱人林兴云一直都在煤矿、铁矿、黏土矿、石灰石矿、交通、水电建设工地和邮电、物资、供销、部队等各个系统奔走轮流放电影，哎，就是前次来我们下边的农场放电影时是怎么说的？"

"代表上级对广大职工进行文化慰问，"李雪雁说，"丰富基层职工的业余文化生活。"

"对，就是这个意思，"吴春红说，"两个月前，林兴云和他们第十三指挥部（13号信箱）电影小分队的一个队员，晚上到灰家所矿区为煤矿工人放坝坝电影，在返回的途中，摔下山崖，不幸牺牲了……你不知道，张元香哭得死去活来，悲痛欲绝，跳金沙江的心都有了……"

李雪雁怎会不清楚失去亲人的悲痛？那种痛、那种悲，是其他人无法知晓的；那种痛、那种悲，是肝肠寸断，深入骨髓的。李雪雁感同身受，禁不住泪流满面，一时说不出话了。

吴春红用手背揩了揩眼泪："安葬了她爱人回来，她有好几天都没有吃饭，无论我们怎样劝都没有用……唉……"

李雪雁问："埋在哪里了？"

"就埋在灰家所矿区背后的山上，"吴春红说，"张元香说他爱人四处放电影，在哪里倒下的就让他在哪里休息吧……"

李雪雁说："我们不会忘记他的，特区也不会忘记他的。"

沉默了一阵儿，李雪雁抹了抹脸上的泪水，抬起头问："那春燕姐的爱人又是怎么受伤的？现在怎么样？她爱人是哪里的人，我还不清楚。"

吴春红说："赵春燕的爱人王太安是成都的，1964年秋到的特区。今年好像26岁，先是特区弄弄坪粮店的职工，后来进了十九冶机动公司临时突击队。"

"哦，"李雪雁说，"原来是听春燕姐说过她爱人在弄弄坪粮店工作，现在都到十九冶了？"

"是啊，"吴春红说，"他们临时突击队队员是十九冶调来集中突击、工程攻坚的骨干人员，就在上个月，她爱人在弄弄坪突击钢铁厂的土建工程中因偏坡突然垮塌被埋，重伤。"

李雪雁急切地问："伤在哪里？"

"头部，"吴春红说，"还有手、脚。幸好抢救及时，现在已经出院了。在得知爱人重伤的消息，疯燕子真的要疯了……这段时间，为了照顾她爱人，疯燕子人都憔悴了很多，好像风都吹得倒了……"

李雪雁心情沉重，缓缓地说："没想到，这段时间我们机动队发生了这么多意外和悲伤的事。"

"是啊，本来你出事住院，火凤凰就又气又急，后来江晓月流产，张元香和赵春燕的爱人又出事，她明显瘦了、憔悴了……"

李雪雁说："唉，机动队的队长不好当啊，队长也就是刀子嘴豆腐心，平时对我们凶，其实，在她心里，她是真正关心我们的，希望所有的姐妹们都平平安安、健健康康的。"

"是啊，"吴春红说，"经历过一些事，大家才知道队长的为人，当队长真不容易，也才知道平平安安、健健康康才是好，没有健康平安，哪有美好的明天。你这只惊弓雁，虽然现在已经成了特区大名鼎鼎的'翻江鱼'了，但是你一定要记住今后不要这样逞能、冒险，你没有九条命，也别让姐妹们为你担惊受怕了。我希望你永远平平安安、健健康康的。"

李雪雁说："我这次确实让大家担心了，但我不后悔，换了是你，你会游泳，看见三个人被困江中礁石，那么绝望无助，随时都有可能被江水冲走，你会无动于衷吗？"

"不会，"吴春红看着李雪雁说，"我如果会游泳，我也会毫不犹豫去救的。"

李雪雁说："你看，这就对了，换了我们任何一个人都会这样做的，救人就是救自己，何况我们是特区第一指挥部的医疗应急救援机动队，救人本来就是我们的第一任务。如果用我们的生命能换来他人的平安，换来美好的明天，就千值万值了。"

吴春红拍了李雪雁的手臂："说不过你，不过我可警告你哦，队长也说了，在你出院回来休养期间要老老实实地待着，不要乱想乱跑。"

李雪雁带泪微笑："我知道。那我就想一些该想的呗，至于跑，我现在连三岁的小孩都跑不过，你们放心吧。"

第二十章　拾景山

李雪雁的身体完全恢复已经是1967年初春了。

第一指挥部受"文革"冲击，总指挥受伤离开特区，特区建设全部停滞，所有建设队伍成为留守状态。

第一指挥部综合处处长赵奇骏被免职。医疗应急救援机动队也没有了外出急救的工作任务，刘彩凤就要求大家严守纪律，做到不乱说、不参与、不到其他单位串门，没事时多学习业务知识，多练本事。

高风也不忙了，来机动队的次数就多了，邹珂萍的对象彭泽也经常来机动队串门，罗锦绣的爱人陆大虎、江晓月的爱人张台宇、吴春红的爱人马云飞、郑晓阳的爱人杨太平、赵春燕的爱人王太安、王西丹的爱人周潇潇、刘腊梅的爱人赵观海他们回机动队的时间也多了……特殊时期，机动队反而多了些和家人、朋友团聚的欢愉。

农忙时节，李雪雁一次到特区郊区帮农民栽秧时，右脚被田里锋利的石块划了三道很深的口子，用了十来天的拐杖，才能正常走路。

李雪雁伤好了，闲来无事，就打电话约高风过来一起爬她们机动队后面的拾景山。

早饭后，太阳还没有冒出山头，高风就到了机动队旁边的山坡上等李雪雁了。

高风短短的头发，眉目俊朗，着浅蓝色裤子和白色长袖衬衣，穿一双军用胶鞋，挎了一个军用水壶，潇洒之中依然有些腼腆。

李雪雁身材苗条，面容清雅、柳眉凤眼、清澈明亮，两条黝黑的辫子，分梳的刘海至眉，一袭白色圆领连衣裙，脚上带祥平胶底青色布鞋，犹如出水芙蓉。

高风见了李雪雁就说："你没走近，我还不敢断定是你。"

李雪雁说："怎么，你以为是谁？我不能这样穿吗？不好看吗？"

"好看，你穿什么都好看，"高风说，"我的意思是说，你们平时都是统一队服，像军人一样，让人望而生畏。"

"望而生畏？"李雪雁弄了一下黝黑的发辫，偏着头问，"你是平时怕我，还是怕见到我？"

高风笑："我怕，我怕得很，我怕见不到你。"

"贫嘴，"李雪雁看看满山的茅草、一丛丛的灌木和拾景山高耸的山头说，"我们就顺着山坡往上，再沿着山梁而上就可以到拾景山的山顶了，上面看风景可好了。"

高风问："你上去过几次？"

李雪雁说："没上去过。"

"没上去过？"高风一愣，问，"你没上去过怎么知道上面好看？"

李雪雁一笑，漾起两个酒窝："我没有上去过，就不知道啊？没吃过猪肉，也看见过猪跑啊。有很多人上去了，都说风景好。"

高风觉得李雪雁的两个酒窝好迷人，心里一荡："那我们走吧，等会儿太阳出来了就热了，现在虽然是秋天了，但是秋老虎还是很厉害的。"

"好吧，"李雪雁说，"你走前面吧。"

高风说："还是你走前面吧。"

李雪雁说："我开路啊？"

高风猛然醒悟，让女孩子走前面不妥，一笑："好，我来开路。"说着顺手捡起一根木棍左右摆动，在前面探路，把一些蜘蛛网和一些妨碍行走的树枝、荆棘什么的先弄开或打折，好让后面的李雪雁好走。

李雪雁跟在高风后面，看着高风的背，又想起了当年高风在井巷中背起她跑出矿井的感觉，想起他背上的汗水湿透了她前胸的衣裳……李雪雁心跳加快，不敢看高风。

开始往山上走，路还可以，越往上路越陡，盘旋向上，李雪雁有几次都差点跌倒，都是高风回身拉她才化险为夷。每次拉着李雪雁柔软温热的手，高风就觉得像触电一样，他好想一直拉着李雪雁的手不放，是的，一直拉着，一辈子不放手，永远不放手。可是，路刚好走一点，李雪雁就急着抽手，高风又不得不放。

走了一阵，就看到阳光从山顶倾泻而下，洒在山脚蜿蜒流淌的金沙江上，温和、静谧，甚至还能感觉到一阵阵的暖意。

"雪雁，你那天在金沙江救人，刚下水是什么感觉？"高风回头问李雪雁。

李雪雁说："凉，有些紧张，不过游了一阵，就不凉也不紧张了。"

"会游泳的就是不一样，我就怕水，最多能在浅水处游几米远，"高风笑，"那天，你一定尝到了江水的味道了，怎么样？"

"尝到了，被漩涡激流卷到水下不知方向的时候，尝了几口，"李雪雁说，"甜的。"

高风问："真的？"

"真的，"李雪雁笑起来，"比白糖水还甜，你今天回去就去尝尝。"

高风笑了："好吃的东西，你先尝。你尝了就等于我尝了。"

"打你——"李雪雁抬手佯装要打高风，高风也装着害怕往山上跑。

李雪雁追了几步，额头已开始冒汗，就指着高风说："你再跑，我就下山了。"

高风回头说："那可不是你的风格哦，说好上山顶的，无限风光在险峰。半途而回，是要后悔的。"

"那你等等我，"李雪雁说，"我走不动了，要我上去，你背我。"李雪雁突然想再体验高风背她的感觉，就停下，双手撑着膝盖，装作累得不行了。

"马上就要到山顶了，"高风停下等李雪雁，"要我背你，你自己走到我这儿来。"

"哎呀，大哥，"李雪雁装出一副愁眉苦脸的样子，"我真的走不动了，我脚上的伤还没有完全好……"

"好好好，"高风一听李雪雁说脚伤还没有好，就信以为真就往回走，"我背你，癞皮狗，早知这样，我就不陪你上来了。"

"你，你——"李雪雁一听假装生气了，"你说什么，不想跟我上来？"

高风笑着向李雪雁走来："开玩笑的，谁不想跟你爬山，那是真的傻。"

"这还差不多。"李雪雁笑着张开双手，"快点啊。"

高风在李雪雁面前蹲下："好好好，请公主上马。"

李雪雁心里甜甜的，在高风背上一拍他的肩膀："驾——"

高风直起身，背起李雪雁往上走，他闻到李雪雁迷人的体香，感到她的酥胸在他背上温软地蠕动着，顿时觉得脚下有些漂浮，头有些发晕，就像喝醉酒似的，他赶紧收敛心神，才没有跌倒。

李雪雁在高风的背上也是心跳加快，脸发烫，她闻到了高风身上那熟悉的味道，又好像高风救她时，在井巷中背起她跑出矿井的感觉，想起他背上的汗水湿透了她前胸的衣裳……

李雪雁想得心旌摇荡，情不自禁地把脸贴在高风耳边，闭上双眸，尽情地感受高风行走时的心跳和身上的气息。直到高风说了几声"到了，到山顶了"，李雪雁才如梦方醒，红着脸从高风背上下来，不好意思地弄弄两条黝黑的辫子："你这匹马速度还算快嘛，打60分。"

"才60分？"高风已经累得上气不接下气了，睁大眼睛说，"那你背我。"

李雪雁莞尔一笑，酒窝轻漾："这世上只有马驮人，哪有人驮马的……哇——太好看，太美了……高风，这上面太美了，开阔、气象万千啊……"

李雪雁一看山顶有一小块平地，芳草连天，灌木丛生，野花传香，风光绝美。她不禁拍手跳起来，白色连衣裙舞动起来，犹如芙蓉仙子。

东边，朝阳淡红，光辉四溢，照得远处如浪的群山更加苍茫，在山顶，特区的大部分区域都尽收眼底——弄弄坪台地上的钢铁厂已初见规模，清香坪、炳草岗、大渡口、南山、瓜子坪的青砖、红砖楼房层层叠叠，一些主干公路在楼房和金沙江两岸的各个建设工地之间穿梭。

西边，蓝天白云，峡谷空明，金沙江在崇山峻岭中显得平静、大度，潇洒地吸纳大河、雅砻江等支流，从容东去。两岸群山沟壑之中的建设工地、建筑就像散布的棋子一样时隐时现。

高风说："这地方好啊，这拾景山，今后一定会成为一个大家都喜欢的山地大公园。"

"我看会的，这么好的地方，人见人爱呀，"李雪雁说着，欢快地跑了一圈，指着山下金沙江两岸依稀可见的树木问，"高风，你知道那些是什么树吗？"

高风一笑："我刚到这里，就有人给我介绍了，叶子大的是攀枝花树（木棉），叶子零碎的是凤凰树。只是太少了……"

"现在少，我们这么多人进来了，还可以大面积栽种啊，加上它们的自然生长期，以后这里会是一个森林公园的，"李雪雁笑着，脸上漾起酒窝，"你看，攀枝花，树形高大，每年开的花鲜红灿烂、雄壮。凤凰树，花开的时候有红有紫，层层叠叠，让我想到了在特区建设中甘洒热血、献出宝贵生命的英雄们，凤凰，让我想起了我们的队长火凤凰，让我想起了为了祖国三线建设背井离乡来到攀枝花特区的各行各业的人，他们是人才、是精英，他们就是凤凰……"

高风一拍手："对啊，攀枝花就是英雄的化身、英雄的花，而凤凰就是千千万万聚焦在这里的各路精英人才，这里是凤凰的天地，凤凰的世界，你也是这大山里的凤凰啊。"

"贫嘴，"李雪雁佯装不悦，心中却漾起蜜意，"我是胆小孱弱的小女子，刚来时就挣得了一个外号'惊弓雁'，什么凤凰，你不要笑我了。"

高风说："你在我眼里就是凤凰，金凤凰，你现在是'翻江鱼'，特区大名鼎鼎、舍身救人的'翻江鱼'。"

李雪雁听高风的话，心里一荡，她知道高风话里的情意，脸有些发烫，又岔开话："当我们家乡还是冰天雪地的时候，这里已是阳光明媚，山花烂漫，而且有这么多来自祖国四面八方的'凤凰'聚集这里，阳光——攀枝花——凤凰——聚集地，多好、多精神、多壮美……"

"对啊，"高风说，"这里，现在、将来，应该就是你说的这样——'阳光攀枝花，凤凰聚集地'，这里也将是我们创业、开拓、创新、腾飞之地、希望之地、梦想之地，你说得好啊，未来多好……"

李雪雁笑："你不要捧我笑我了，不过，在山顶看到这么壮美的景色，我突然感觉到范仲淹《岳阳楼记》里的很多词语在这里都能用上。"

高风看李雪雁如此高兴，说："哪些能用上，说说看，这里确实很好，不同的时间、不同的季节上来就会看到不同的风景，会有不同的想法和感受。"

"高风你看啊，下面的金沙江是不是'浩浩汤汤'，这里早晚风光各异，是不是'朝晖夕阴，气象万千''览物之情，得无异乎'？要是阴天来，是不是也会'日星隐曜''薄暮冥冥'，不同季节岂不也有'春和景明、波澜不惊、长烟一空、皓月千里、浮光跃金、静影沉璧'的景象？现在你是不是有'心旷神怡、宠辱偕忘'的愉悦？"

"有那么一点点，"高风笑，"你今天也有了'先天下之忧而忧，后天下之乐而乐'的情怀了？"

李雪雁莞尔一笑："那是。高风，你看到这壮美、空阔的风光，就想不到一些诗文词句？"

"诗词？不懂，"高风张开双臂甩了甩，笑，"你是大学生，才貌双全，我是小学生，人又长得丑，怎么能跟你比？"

"癫皮狗，"李雪雁笑，"我觉得苏东坡和杨升庵的词在这里也有很多通感，你听不听？"

"当然要听了，"高风说，"下面请北师大的著名女播音'翻江鱼'朗诵苏东坡和杨升庵的词，全世界欢迎！"高风说着笑着鼓掌。

"油嘴滑舌，"李雪雁心里甜甜的，理了一下裙摆，清了清嗓子，"嗯嗯……那听着——"

高风笑："洗耳恭听。快点，等会听众跑了。"

李雪雁一笑，开始朗诵："滚滚长江东逝水，浪花淘尽英雄。是非成败转头空。青山依旧在，几度夕阳红。白发渔樵江渚上，惯看秋月春风。一壶浊酒喜相逢。古今多少事，都付笑谈中。"

"怎么样？"李雪雁停下问高风。

李雪雁声音甜润，抑扬顿挫，富有情调，高风都听呆了，李雪雁连问了两三次，高风才回过神来，说："好，好，不愧是北师大毕业的。"

李雪雁听了笑弯了腰。高风说："还没有完，继续东坡的。"

李雪雁正色地说："那听好了——大江东去，浪淘尽，千古风流人物。故垒西边，人道是，三国周郎赤壁。乱石穿空，惊涛拍岸，卷起千堆雪。江山如画，一时多少豪杰。遥想公瑾当年，小乔初嫁了，雄姿英发。羽扇纶巾，谈笑间，樯橹灰飞烟灭。故国神游，多情应笑我，早生华发。人生如梦，一尊还酹江月。"

"小乔初嫁了，请问女播音，你什么时候嫁？"高风笑问，"你也可以不回答。"

"打你，"李雪雁抬手佯装要打高风，"再说……本人终身不嫁。我要听你来一首。"

"是是是，不嫁就不嫁，"高风说，"我来，我来一首毛主席的《沁园春·雪》。"

"好啊，癫皮狗，你不是不懂诗词吗？"李雪雁说，"这个季节，特区还只是有些凉，而我们陕西、山西还有雪了吧？我喜欢雪。"

高风一听李雪雁说"我们陕西、山西还有雪了吧"，心里一荡，她已把他的山西当成家了。

"应该还有雪，听好了，"高风朗诵起来，"北国风光，千里冰封，万里雪飘。望长城内外，惟余莽莽；大河上下，顿失滔滔。山舞银蛇，原驰蜡象，欲与天公试比高。须晴日，看红装素裹，分外妖娆。江山如此多娇，引无数英雄竞折腰。惜秦皇汉武，略输文采；唐宗宋祖，稍逊风骚。一代天骄，成吉思汗，只识弯弓射大雕。俱往矣，数风流人物，还看今朝。"

高风中气十足，声音充满磁性，李雪雁也听得心旌摇荡。

高风朗诵完，李雪雁就鼓掌，笑："好好好，朗诵得好，小学水平，小学水平。"

高风笑："我的小学水平是不是比你大学水平高。"

"是是是，高高高，小学高，"李雪雁笑，"我的高哥。"

高风一听李雪雁的"我的高哥"，心里说不出的舒服。

高风含情地说："如果能经常听你吟诵诗词就好了，那就是我最幸福的事情。"

"那有什么难的？只要你想听，我随时都可以吟诵，到时候你不要厌烦。"李雪雁笑。

"你就是天天念，我都不觉得烦。"高风指了指面前的一块石头说，"走，我们去那边坐坐。"

李雪雁和高风走到边上，面向金沙江而坐，顿时又有了心旷神怡的感觉，烦恼悲伤之情自然消减了许多。

李雪雁说："会当凌绝顶，一览众山小。太美，太壮观了，在这上面，看到这样的风光，再糟糕的心情也会好起来，高风，孔子登泰山而小天下，我们登上拾景山你有什么想法或者是心愿吗？"

高凤想了想说："我想永远跟你站在这里看风景。特区建起来，钢铁厂投产了，我们晚上一起在这里看钢铁厂炼钢炼铁，钢花飞溅、铁水奔流、倾倒渣子红遍天空的壮美景象。"

"有那么壮观吗？"李雪雁没有真正看到过炼钢炼铁的场景，有些疑惑地问，"真的能看到吗？"

"真的。辽宁鞍山钢铁厂的夜晚就是这样，钢花飞溅、铁水奔流，倾倒渣子的时候就像天边的彩霞一样壮美。到时候我一定带你来这里看。"

李雪雁一听心里甜甜的，嘴上却说："假话都不会说，你跟我永远站在这里看风景，不上班了？不上班，怎么生活？喝西北风啊？"

高凤傻笑："这是我的真实想法，那你有什么想法？"

李雪雁看看高凤，环视四野，笑了笑："我不是孔子，也不是杜甫，我只想在这山顶许下一个小小心愿。"

高凤问："什么小小心愿？"

李雪雁本想说，希望我们永远在一起，到了嘴边，又说："许愿，说出来就不灵了。"说着双手合十，背对朝阳，面向金沙江，闭上双眸，许下自己的心愿，然后对高凤说："我已经许愿了。你呢？也许一个吧。"

高凤笑："刚才已经许了。"

"我怎么没看见，也没有听见，"李雪雁娇嗔地说，"重新许。"

高凤说："你许的愿就是我许的愿，还有，我的愿望刚才已经说出来了，再许就不灵了。"

李雪雁笑："耍赖，一点也不虔诚。"李雪雁边走边指着四面的山川说："这里应该是看特区视野最好的地方了，你看，东边可以看到保安营、会理的山脉，往北，雅砻江、米易、西昌、成都、重庆，还可以看到我们陕西、山西，还有宁夏、甘肃、河北、天津、北京，西边脚下有炳草岗，对面有弄弄坪、陶家渡、石灰石矿、宝鼎、陶家渡到宝鼎的运煤索道也隐约可见，还有远处可见的云南、贵州。南边近处可见南山、仁和的大河，远处可见湖南、湖北、江苏、浙江、上海……哎，在这山上，我们机动队所有姐妹的家乡都能看得见呢。"

"你看得到我们的山西？"高风有些迷惑了，"你以为我是三岁小孩呢，哄鬼。"

李雪雁幽幽地说："我在北师大读书时，在宿舍里都能看到我父母在云南在攀枝花特区……心之所想，心之所至，心在哪里，就能看到哪里，心到哪里，人就能到哪里，有心，再远也没有距离，有心，再远也能到。"想起牺牲的父母，李雪雁心中凄然，不说话了。

"是啊，心在哪里，就能看到哪里。"高风说，"他们也会看到你此时在这里想他们……"

"高风，你的父母呢？"李雪雁问，"你在信里也从来没有提过。"

高风说："我父母都没什么文化，父亲高治元，山西大同人，现在55了，当过八路军、解放军，伤残退役，现在是山西大同商业局职工。母亲赵春兰，山西大同人，今年50，山西大同服装厂的职工。"

李雪雁看高风很正式地介绍他的父母，又忍不住带泪一笑："你这是为你父母亲向我投简历调工作啊！"

高风也笑："你不是说我从来没有提到他们吗？第一次向你提起不正式怎么行？我还有一个姐、一个哥都在老家农村。"

李雪雁说："巧了，我也有一个哥，只是现在都没有消息，我爸也当过八路军……"一提到父亲和失踪的哥哥，李雪雁心中隐隐作痛。

"你以前跟我说过，是啊，这就是缘分，"高风说，"我父亲当了三年多八路军，四年多的解放军。"

"父母在，多好啊，你有父母还有哥姐，而我——现在……"李雪雁心中凄然，泪水夺眶而出，"我的哥哥也不知在哪儿，我的父亲、母亲也永远回不来了。"

高风见李雪雁突然伤悲，柔声说："不要悲伤，我的父母就是你的父母，你愿意认他们吗？"

李雪雁泪眼婆娑，宛如带雨梨花，看了看高风，点点头，把头轻轻靠在他的肩上，高风抬手轻挽李雪雁的腰，互相依偎着。

第二十一章　新生儿

不久，李雪雁和高风结婚了。双方都没有父母在，就由刘彩凤主婚，在机动队坝子上办了三桌，简单、热闹。

刘彩凤特意把机动队的两间办公室调了一间出来给李雪雁、高风作新房。机动队队员办公室就由原来的6人一间办公变成了12人一间办公。李雪雁心里又感激又惭愧，感激刘彩凤的热心张罗，感谢机动队所有姐妹对她的关心爱护。

罗锦绣的爱人陆大虎、江晓月的爱人张台宇、吴春红的爱人马云飞、郑晓阳的爱人杨太平、赵春燕的爱人王太安、王西丹的爱人周潇潇、邹珂萍的对象彭泽都来了。只有刘腊梅的爱人赵观海走不了，没能参加。

高风也没有邀请宝鼎煤矿的同事们，因为从宝鼎煤矿到机动队山高路远，出行不便，他就一个人到了机动队，宾客实际就是机动队姐妹们的家属、朋友。由此，机动队的姐妹们都说是李雪雁"娶"高风，是高风"嫁"到机动队的，是机动队的"上门女婿"。

"上门女婿"就"上门女婿"，高风喜欢她们这么说。

1968年初，高风和李雪雁的儿子出生了。高风给儿子取名高承志，乳名西西。希望他将来长大了继承外公、外婆的遗志继续建设特区；西西，代表李雪雁、高风两人的老家陕西、山西。李雪雁对高风给儿子的取名很满意。

西西是机动队第一个新生儿，西西的降临让机动队充满了新气、喜气。姐妹们都高兴不已，把西西当作掌中宝、心头肉。

刘彩凤把她心爱的上海表给了西西，希望他今后珍惜时间，好好学习天天向上；王宝君给西西削了一支木头驳壳枪；罗锦绣给西西买了一件小衣裳；陆大虎给西西做了一个木架子的安有弹子盘（机器上的一种形似车轮的轴承）的可以灵活推动的婴儿车；江晓月给西西买了一套乳白色婴儿服装；吴春红给西西买了一个铝合金的小碗，说让西西端牢今后的"铁饭碗"；郑晓阳给西西买了一块浅黄色的婴儿毯；赵春燕给西西买了一个奶瓶和一条小裤子；王西丹给西西织了一条浅灰色的小背心和毛线鞋；刘腊梅给西西买了一件小披风；张元香送给西西一顶帽子和一双鞋子；邹珂萍给西西买了一辆玩具吉普车，希望西西今后当她的徒弟；彭泽送给西西一个军用水壶和一个鲜红的五角星，希望西西长大了当解放军……

大家都争当西西的大姨妈、小姨妈、大姨父、小姨父，把一些自己喜欢的、觉得好的东西和美好的祝愿都给了西西。

李雪雁和高风对大家给予他们的关心和对西西的疼爱感激不已。在机动队，西西除了晚上跟李雪雁、高风一起睡觉外，其他时间几乎都是在机动队的大姨妈、小姨妈的手中、背上传递。

到了金沙江两岸的攀枝花次第盛开、四处火红的时候，特区革命委员会成立，部队进驻特区，全部实行军管，"抓革命，促生产"成了特区的第一要务，特区的所有建设恢复，金沙江大峡谷延绵200公里的建设工地又沸腾了。

赵奇骏任特区革命委员会副主任，负责文教卫生等工作。第一指挥部医疗应急救援机动队更名为特区革命委员会直属医疗应急救援队。

特区革委会直属医疗应急救援机动队下边的炳草岗农场已经变成了单位的办公室楼、职工住宿楼和商贸楼，城市街道已初见规模。

按照特区公用事业管理局的统一安排，机动队驻地搬到了炳草岗红星街一栋三层的红砖楼，楼房中间是上下楼梯道，两边分走，走廊连通每层楼的房间。一楼属于办公房，有12个房间；二、三楼为职工住房，每层有6套房。一道红砖院墙围成院子，混凝土地面，一道双扇大铁门，把机动队隔成一个相对独立的单位。

门外是宽阔的泥土公路，也是规划建设中的街道。右边是特区卫生委、教委，左边是特区公用事业管理局，特区公用事业管理局不远的十字路口一直到紫荆山北面区域是特区驻军营地和特区革委会驻地。前后左右沿街的红砖楼房有单位在陆续进驻。

刘彩凤特意请革委会宣传部的同志在面向院坝的三楼墙上用石灰刷上机动队的工作宗旨"有急必出，有急必救"八个大字。大门的红砖柱上挂上白底黑字的"特区革命委员会直属医疗应急救援机动队"的牌子。

机动队的办公房宽了，职工住房也都计划够了，院子就是停车场，邹珂萍心爱的越野车停在其中显得小而孤单。

机动队从此办公、生活住房一体化，有自来水、有电灯，又舒服、又方便。

单身职工四人住一套房，双职工单独住一套，每套都有厕所（兼作浴室）、厨房、客厅、卧室，可在自家用煤炉煮饭，也可上特区公用事业管理局办的集体食堂交粮交票打饭吃。郑晓阳也不再是机动队的专职炊事员，转为专职急救队员。

李雪雁、罗锦绣、江晓月、吴春红、郑晓阳、赵春燕、王西丹、刘腊梅都分到了双职工房。张元香因为爱人林兴云牺牲，还有一女灵儿，也按双职工考虑分了一套房。

刘彩凤爱人郑东牺牲，虽有一女，但远在上海老家父母照顾，就按单身职工对待，和邹珂萍、王宝君三人共住一套房。

搬新家，是大家高兴的事情，但突然离开大弯子旧地，大家又有些不舍。虽然原来驻地的房屋都是简陋的土房，但都是大家一筐土一筐土垒起来的，那里的花花草草、蔬菜树木、一石一瓦……都是从大家手上过的，都是有感情的。她们一搬走，驻地的房屋不久就会拆除，规划搞新的建设……

搬家的时候，大家都把原驻地自己喜欢的兰草、三角梅、仙人掌、野花等带到自己新家的阳台、窗口、楼道，用旧盆、旧桶装上泥土栽着……以此来留住一些过往的记忆。

罗锦绣在院子里整理物品、器械时，对刘彩凤、邹珂萍、王宝君开玩笑："现在搬新家了，你们也要抓紧考虑成家、找对象结婚，才能住上这漂亮、舒服、单独的套房。邹珂萍，你家彭泽什么时候娶你？宝君妹妹，该有新目标了吧？"

邹珂萍、王宝君不好意思说，都装作没听见，没理她。刘彩凤就对罗锦绣说："你也可以找一个，再分一套双职工房。"

罗锦绣笑："我再找一个，我爱人能饶得了我？呃，队长，你也该找一个了，你爱人都走了那么久了，有没有新的意中人？"

赵春燕也说："是啊，队长，你是应该考虑考虑了，冬天来了，一个人晚上多冷……"

"闭嘴——"刘彩凤突然变脸，把刚提起的麻袋一放，吼了赵春燕一句，就独自去整理办公室的东西，不理她们了。

罗锦绣、赵春燕有些丈二和尚摸不着头脑，面面相觑："火凤凰今天怎么了？开不起玩笑了？这可不是她的风格呀？"

李雪雁用背带背着西西在二楼走廊整理东西，知道罗锦绣、赵春燕二人的话碰到了刘彩凤内心的伤痛，就说："你们是哪壶不开提哪壶，你们明明知道队长对她的爱人感情深，她爱人牺牲的时候，对她打击多大，你们不是不知道。这段时间才稍微好一些，你们还说什么重新找一个，不是找骂吗？开玩笑也不看看人。"

罗锦绣、赵春燕恍然大悟，向李雪雁伸伸舌头，做个怪相。

王宝君说："大家都赶紧把物品、器械、办公用品和各自的房屋收拾好，事情还多呢。抓紧，抓紧，随时还要准备投入急救。"

刘腊梅在房间里一边收拾整理东西，一边哼《敖包相会》：

> 十五的月亮升上了天空哟
> 为什么旁边没有云彩
> 我等待着美丽的姑娘哟
> 你为什么还不到来哟
> 如果没有天上的雨水哟嗬
> 海棠花儿不会自己开
> 只要哥哥你耐心地等待哟
> 你心上的人儿就会跑过来哟
> 只要哥哥你耐心地等待

……

突然听刘腊梅哼起了歌，李雪雁感到又欣喜又奇怪。欣喜的是刘腊梅已经走出悲伤灰暗的日子，奇怪的是有什么事情能让她心情这么好。

李雪雁想着就轻轻走到刘腊梅房门口，然后扭头对背上的西西说："你腊梅姨妈今天是遇到什么好事了，不会是因为搬家吧？哦，妈妈知道了，你腊梅姨妈一定是想她哥哥了。"

西西还不会说话，在背带里拱了拱，哼了哼，算是对李雪雁的回应。

刘腊梅听到李雪雁跟西西说话，就停下不哼了，对李雪雁说："我知道你娘儿俩在门口，我就是想我的哥哥了，怎样？我家观海来电话说，三天前，他就调了过来，进驻弄弄坪钢铁厂工地，这个没良心的，一上班就见不着人了，我天天盼他过来，现在人过来了，也不回来……"

刘腊梅说着走到门口用手指摸摸西西的小脸蛋："我们西西今后可不要像你姨父这样对自己的爱人哦。"西西对刘腊梅努努嘴笑。

"赵哥到了特区都不回来，你还这么高兴？"李雪雁笑，"西西话都不会说，知道什么？我就说嘛，你一哼《敖包相会》，准在想赵哥了，没想到，他都调过来了，这是喜事啊，你们终于可以相会了。"

"相会？"刘腊梅心里甜甜的，却装着不高兴，话也有些词不达意，"他过来了，我连他的影子都没有看到，说忙，改天回来，改天，不知改在哪天，不会是等到我满头白发、老眼昏花的那一天吧？"

"那不是很好吗？"李雪雁抿嘴笑，小声说，"两情若是久长时，又岂在朝朝暮暮，你说是不是？你不想他就不要唱了，哎，真的不要唱了，刚才队长被罗锦绣她们惹着了，正生气呢，就让队长清静清静，这样她心里好受些。"

刘腊梅一笑："队长哪有这么小气，她也是想她爱人了呗，说不定我唱的歌，正合她意呢。"

"你，你呀你，腊梅姐，你是唱给你爱人的，你是高兴，队长是想起爱人就悲伤，"李雪雁说，"你爱人不回来，你可以到弄弄坪看他，就在我们对面，隔着江。队长的爱人在哪儿，能回来吗？你……"

"好好好，哦哦哦，我不唱了……我才不去呢，"刘腊梅说，"他忙，难道我就没事干了？西西，姨妈比姨父还忙，对不对？我们不管他。人家啊，是按军工一级保密厂管理的，比阿姨的机动队牛。"说着做怪相逗着西西。

"不过，我还真想他回来，"刘腊梅说，"我想，他回来了，我就带他到金沙江边走走，最好是月光皎洁的夜晚，让他感受一下金沙夜月的魅力。'金沙夜月'，你知道吗？"

李雪雁回答："就是夜晚在金沙江看月亮呗。"

刘腊梅说："我开始也是你这样想的，前几天我听当地的一个老文化人说，'金沙夜月'在明代是这里一个迷人的自然景观。月圆之夜，或远眺金沙江，或散步于江边，或泛舟于江上，月涌大江，水色月光，竞相辉映，群山静寂，四野空明。怡人心扉，美不胜收。是为'金沙夜月'。"

"我怎么没听说过？"李雪雁说，"不过这里的月亮确实又大又圆又漂亮，这里的星星特别多，特别明亮，夜空也干净、清澈，我喜欢。"

刘腊梅说："那老人家当时还给我背了一首明代的诗《金沙夜月》为证，至于是哪个写的，他当时说了，我没记住。"

李雪雁说："那念来听听。"

刘腊梅一甩长发，手指在脸上弄了一下，说："好像是这样的，不一定记得准确——水正澄时月正圆，江空风景夜无边。山峰倒浸高低影，兔魄光涵上下天。白浪声中飞玉镜，碧波深处见婵娟。轻舟慢橹恣游玩，恍是蓬瀛作洞仙。"

刘腊梅念完，问李雪雁："怎么样？"

李雪雁说："原来'金沙夜月'在明代就是出名的自然景观了，听了，很美的，今后，我们空闲了，一定'轻舟慢橹恣游玩'。"

刘腊梅说："我却不想等以后了，只要我家观海回来，我就要跟他一起先欣赏欣赏'金沙夜月'。可是，也不知他什么时候回来，近段时间，会不会回来？"

李雪雁说："会的，一定会的，现在他已经调过来了，急什么？"

"你不急，那是你家高风一直在特区……"刘腊梅说。

李雪雁笑着扭头对背上的西西说："对了，我家西西应该饿了，我们不跟姨妈说了，吃奶了。"

李雪雁说着，背着西西回房喂奶去了。

机动队搬了新家后，特区建设新的攻坚大会战拉开序幕，高风、彭泽、陆大虎、张台宇、马云飞、杨太平、王太安、周潇潇就难得回来一次。赵观海从西昌调到特区也没有回来看过刘腊梅。机动队大院又复归于李雪雁她们的女人世界。

机动队大大小小的医疗应急救援任务一天比一天多，邹珂萍有时一天要出二十来次车，其他队员根据急救的实际情况，或轮流分组行动，或多人或全部行动。李雪雁外出参与急救的时候，西西就由值班姐妹兼顾带着。

第二十二章　疯燕子

　　503电厂急救是机动队搬家和更名后李雪雁参与的第一次大的医疗应急救援行动，也是李雪雁在机动队留下的终身的痛和悔。

　　李雪雁她们医疗应急救援机动队赶到时，被垮塌下来的碎石堵塞的叉洞口已被现场的救援人员打通，并从里面救了10多个人出来，万幸的是被救出来的人只是一些皮外伤、轻伤。

　　洞里的伤员陆续抬出来，李雪雁、王宝君、罗锦绣、江晓月、吴春红、张元香、刘腊梅就跟着刘彩凤、赵春燕、王西丹逐一开展救护，刘彩凤、赵春燕、王西丹检查一个伤员，她们就快速进行消毒、包扎处理，分别用担架抬上救护车，按照伤员的伤势轻重程度分组轮流跟车送就近的煤矿医院救治。

　　经过紧张的急救，洞外的伤员都顺利转走了。大家正想喘口气时，一个救援人员从洞里满头大汗地跑出来对她们喊："洞里的重伤员，双脚被砸伤了，我们不敢动，害怕加重了伤情，请你们进去看看再抬出来，保险一些。"

　　赵春燕一听马上说："我进去看。你在前面带路。"

　　李雪雁也说："我跟你进去。"

　　赵春燕点点头："好，快——"

　　洞内乱石堆成小山，一踩就动就溜，赵春燕、李雪雁跟着现场救援人员趔趔趄趄地跑了进去。

　　只见那个重伤员躺在碎石上哼个不停，有3个戴着竹条安全帽穿浅蓝色工装的救援人员在旁边站着，束手无策。

赵春燕急忙俯身仔细检查，伤员右脚小腿和左边大腿已经骨折，腰椎被砸断，伤得很重。

"雪雁，你马上给他的小腿和大腿用夹板固定，我给他的腰缠上绷带和夹板，其他人搭手帮一下，"赵春燕说，"要快。这里面不安全。"

李雪雁应了一声："好的。"说着从急救箱里拿出绷带、夹板给赵春燕，然后给伤员的腿脚上夹板。大腿上的夹板她几下就缠好了，不料在给伤员的小腿上夹板时，总是会松开，缠了几次都是如此。赵春燕把伤员腰椎的夹板都上好缠好了，李雪雁还是没有缠好伤员小腿上的夹板。

赵春燕着急地催李雪雁快点。赵春燕催，李雪雁就越急，越急就越缠不稳缠不紧，李雪雁也不知怎么回事，这是从来没有的事。就是她第一次参加急救时那么胆小那么害怕，见到血就晕，也没有出现连夹板都缠不稳的情况。最后还是赵春燕帮忙才缠好了夹板。

"快把他抬在担架上，"赵春燕对四个现场救援人员说，"大家一起来，注意，抬屁股、托腰、抱头，注意他的腿脚和腰——小心、小心。"

大家一起把伤员平抬起来放在担架上，赵春燕说："快，你们走前面，注意安全。"四个现场救援人员抬着伤员小心翼翼踩着小山上的岩石摇摇晃晃地往外面走，赵春燕和李雪雁紧跟在后面。

李雪雁一边走一边整理急救箱，没想到一下子被岩石绊了一下，"哎哟"一声摔倒了。

赵春燕听见李雪雁的叫声，转身拉起李雪雁往外走："翻江鱼，你今天怎么啦？是昨晚上没有睡好？"

"不是，没注意，岩石有些滑。"李雪一边说一边慌乱地捡急救箱里掉出的东西，"你先走，不要等我，我随后就来。"

"不说了，快捡东西——"赵春燕说着想帮李雪雁捡东西，突然发现上方有松动的岩石，情急之下猛力把李雪雁往外面一推，"走开，有石头，危险……"李雪雁被赵春燕一推跌跌撞撞往前跑开，而顶上落下的岩石，有一块正砸在赵春燕的头上，赵春燕哼都没哼一声就倒下了。

李雪雁听到岩石砸在碎石上的响声，回头一看，赵春燕已经倒在血泊中了。

李雪雁犹如当头挨了一棒，感觉眼冒金星，哭喊："春燕姐——春燕姐……"

李雪雁撕心裂肺的哭喊声在洞内回响激荡……

外面的救援人员和刘彩凤等众姐妹听到李雪雁绝望、悲哀的哭喊，大惊失色，冲进洞里，把赵春燕抢出洞急救，可是一切都晚了，赵春燕永远闭上了美丽的眼睛。

李雪雁感觉全身都冷了，像僵尸一样立着。

"疯燕子，我的好妹子，你怎么不说一声就走了，你平时都很守纪律的呀？你怎么不说一句话就走了呀？"刘彩凤紧紧抱着赵春燕哭了一阵儿，才把赵春燕放在担架上，慢慢给她清洗脸上的血迹，为她整理衣冠，把自己的帽子戴在她的头上，赵春燕带血的帽子装进自己的挎包里。

众人站在赵春燕的周围，泪流满面。

赵春燕的爱人王太安闻讯从十九冶机动公司赶来，握着赵春燕的手，抚着她的脸，许久没有说出一句话，悲痛之极。

"王哥，我跟春燕姐进去的，我没用，"李雪雁心中悲痛，抽泣着，"如果不是因为救我，她也不会被石头砸中……我对不起春燕姐，我对不起你，你骂我吧。"

王太安摇摇晃晃站起来，木然地看着李雪雁："她走得值啊……"

李雪雁哭起来："王哥，你就骂我吧，我应该保护她才是，可是，我反而拖累了她。"

"不说了，"王太安摇摇头，"我们让她安心上路吧，我想，她也是很安心的。"

王太安强忍着巨大的悲痛与刘彩凤、王宝君、罗锦绣、李雪雁、王西丹、江晓月、吴春红、张元香、刘腊梅、邹珂萍一起把赵春燕抬到503电厂旁边的山坡上安葬。

赵春燕的生命永远定格在了25岁。李雪雁心中悔恨难当，泣不成声。

一连几天，姐妹们悲痛不已，机动队一片沉寂。

李雪雁更是又悔又恨，她后悔自己为什么没有看到要落下的岩石？她恨自己的无能，她恨自己关键时刻为什么要摔一跤？为什么那岩石砸的不是她李雪雁，为什么自己走路不注意？为什么紧急关头却连简单的上夹板、缠绷带都出问题？自己太笨了，太无用了。

李雪雁不断地反问自己。如果当时自己哪怕快一秒，赵春燕也不会被石头砸中，为什么倒下的不是她李雪雁？

李雪雁想着到机动队后跟赵春燕相处的种种情景，悔恨交加，悲痛万分，就把自己关在房间里，饭也不吃、孩子也不管，用被子捂着头痛哭。

刘彩凤、王宝君和其他姐妹们轮流去叫她，她也不理，也不开门。刘彩凤知道李雪雁是一时心结打不开，就让大家不要再叫她，让她自己先静一静。

直到深夜，李雪雁还没有给西西喂奶，西西饿了、想妈妈了，在郑晓阳怀里啼哭不止，喂米汤、喂糖水都不吃，怎么哄也不管用。

郑晓阳有些生气了，就抱着啼哭的西西再去叫李雪雁："雪雁——翻江鱼，你再不出来，西西都要哭断气了，你以为疯燕子走了，只有你一个人伤心？就你跟她感情好？我们机动队的，哪个不是跟她情同姐妹？你不要自己的身子，也该为孩子考虑，西西到这时都还没有吃奶，你要饿死他啊？你究竟怎么回事？怎么就一根筋，想不明白，你真的不要孩子了？"

郑晓阳一提起西西，李雪雁心中一紧，孩子是她身上掉下来的肉，她怎不心疼？她怎么不要？听着西西沙哑的哭声，李雪雁心疼了，起身开了房门。

郑晓阳本想对李雪雁发火，但一见李雪雁目光呆滞，满脸泪水，眼睛红肿，头发散乱，心中怜惜，心一下子又软了："你看你，人都哭脱形了……唉——看看西西，快给他喂奶，再不喂真的要哭断气了。"

李雪雁抱过西西，在西西脸上亲了一下，转身坐在床沿上，解开衣扣撩起衣襟给西西喂奶："西西不哭，西西乖，是妈妈不好，是妈妈不好……"

郑晓阳坐到李雪雁身边，拍拍李雪雁的手："雪雁，别难过了，疯燕子那是救你，你只欠她的命，但不是你对不起她，换了你，遇这那种紧急情况，你也会毫不犹豫像她那样做的，对吧？想开点，过去就过去了，孩子才几个月，如果你身子垮了，孩子怎么办？你……"

李雪雁看着拼命吸着奶的西西流泪："我后悔啊，我恨自己无用，关键时候延误了时间，不然，春燕姐怎么也不会出事，我真的没用。是我害了她。真的是我害了她，该死的应该是我而不是她。"

"你说哪个该死？你们都不该死。我们是机动队，我们机动队的姐妹，那就是在关键时候可以为别人以命换命的。不然，我们还是什么机动队队员，还是什么急救？你要振作起来，"王西丹说着走进来了，"为了春燕，也为了孩子，你这样折磨自己，大家更伤心。春燕也会说你不懂事的。"

郑晓阳说："疯燕子突然就没了，大家都难过，但她走了，我们还得接过她的工作继续干，她救你为了什么？不就是还需要你继续干活吗？我们也还得去救更多的人。"

王西丹含泪说："春燕是个好队员、好医生，业务好、性格好，我们有谁舍得她？晚上，我看赵春燕的爱人王太安来收拾春燕的遗物，他的头发突然白了许多，唉——难道他就不伤心吗？但是，我们该做的事还得继续做啊。我们机动队的职责就是救人啊。"

郑晓阳说："我看彩凤队长也憔悴了很多，就像那次她爱人牺牲那样，话也少了，经常发呆，从春燕出事到现在，都没有吃饭，劝她也不吃……"

王西丹说："唉，春燕是队长的小妹，不是亲姐妹胜似亲姐妹，队长都把我们机动队的队员当亲姐妹，谁出事，她不心碎？"

郑晓阳说："尽管悲痛，伤心，但队长的内心很强大，她说，革命有流血牺牲，特区建设也有流血牺牲，有人先，有人后，我们要化悲痛为力量，继续完成春燕妹子没有完成的事。用我们的汗水和生命换取他人的平安健康。"

李雪雁抬起泪眼问："春燕姐从机动队原来驻地移栽回来的三角梅有几盆？"

郑晓阳说："3盆，怎么样了？"

王西丹说："都开着花。"

李雪雁说："你们帮我把它搬到我这边的阳台上吧，我要让它天天开花……"

李雪雁想着刚到机动队与赵春燕一起在山上驻地栽花的时

候，赵春燕悄悄为刘彩凤、刘腊梅栽的凤凰树和三角梅，赵春燕当时要李雪雁保密，还调皮地伸出右手小指，跟她拉钩并说如果她不在了就帮着浇浇水……没想到，她现在真的不在了。

李雪雁想着又泪眼蒙眬了。赵春燕栽的凤凰树，她也要去浇浇水……她还要把赵春燕栽三角梅和凤凰树的小秘密告诉刘彩凤、刘腊梅，告诉所有的姐妹们。

第二十三章　断肠人

赵春燕牺牲不久，特区革委会直属医疗应急救援机动队就调入一名新队员陈春兰，26岁，医生，江西南昌人，1966年毕业于吉林医学专科学校，1968年9月从米易湾丘农场调入机动队。她长得清秀可人，性格开朗，齐耳短发，左眉上有一小颗若隐若现的肉痣。

陈春兰的性格好，单纯、热情、医术不错，又好学、工作踏实、主动，机动队的姐妹们都喜欢她。她的调入，给机动队一度沉郁的氛围带来了一些新的气息。

外出急救时刘彩凤把陈春兰带在身边，就有了一种赵春燕又回到身边的感觉。刘彩凤因失去赵春燕的伤痛在逐步缓解，脸上也开始有了一些笑容。

而此时，攀枝花特区工业基地炼铁工程已进入攻坚战。

攀枝花特区工业基地炼铁工程1966年由四〇公司动工负责。原计划三年建成，中途停摆了一段时间，一号高炉建设计划就推迟到1970年6月竣工，争取7月1日前炼出第一炉铁水。

1969年1月7日，东风钢铁公司一号高炉工程破土动工，人声沸腾，锣鼓喧天，彩旗飘飘。3月4日，东风钢铁公司革委会成立，对外代号由"四〇公司"改为"三四"信箱（1970年1月5日改名攀枝花钢铁厂，对外仍称"四〇公司"，1972年6月30日正式改为攀枝花钢铁公司）。

1970年1月上旬，由特区革命委员会统一指挥的弄弄坪大兵团、多兵种、立体交叉的夺铁大会战拉开战幕。

十九冶、十四冶、一冶、建工、交通、电力、林业、铁五师、851部队、02部队等11个系统3万多人参加会战。

攀钢烧结厂、焦化厂、炼铁厂、氧气厂、动力厂、弄弄坪厂区公路、弄弄坪厂区铁路等项工程同时进入施工决战，各参战单位打破工种行业界线交叉作业，土建、安装同步进行，夜以继日地攻坚，高唱革命歌曲，施工争分夺秒，工安公司12天完成一号高炉炉体安装工作，筑炉公司13天完成烧结厂100米烟囱修筑，工地机器声轰鸣，焊光闪射，车辆穿梭、机械轰鸣，会战热火朝天，紧张激烈。

刘腊梅的爱人赵观海调到东风钢铁公司后就任一号高炉建设协调小组副组长，每天围着一号高炉的建设问题转，紧张而忙碌，一天吃一顿饭是常事，能在工棚睡一个囫囵觉就是最大的享受。

本来赵观海跟爱人刘腊梅说好的，到了特区就回去看她。可是一号高炉建设是事关"七一出铁"的关键性工程，赵观海进了工地就忙得像陀螺似的，实在抽不开身，所以，说了几次回机动队看刘腊梅，也没有兑现。赵观海心中惭愧，也无可奈何。

李雪雁每次听刘腊梅说起赵观海的时候，感觉她话里都有些失望和怨气。不过，不管刘腊梅是在开玩笑，还是假装着生气，李雪雁都觉得刘腊梅始终理解她爱人的情况，还是支持她爱人工作的。

这天，李雪雁跟王宝君、王西丹、吴春红、张元香、邹珂萍到黏土矿开展急救，临走时就把西西托付给刘腊梅照顾，心想早上出去，最迟晚上也就回来了，不料，黏土矿路远，难行，现场需要急救的伤员有10多个，又遇上红果煤矿也有伤员需要急救，完成任务回来已是第二天的晚上了。

李雪雁心中一直牵挂着西西。当然，她的牵挂，只是担心他时间长了看不见妈妈会哭闹，不听话。其他的，李雪雁都不担心，因为机动队就是西西的家，机动队所有的人都是他的亲人。

当邹珂萍把解放牌越野车开进机动队大院停稳，大家下车的时候，李雪雁就看到一二楼的灯全部亮着。

刘彩凤、罗锦绣、江晓月、郑晓阳在二楼的走廊栏杆边呆站着，郑晓阳横抱着西西，看见她们回来也没有任何人打招呼。

李雪雁觉得气氛有些不对，就喊了一声："西西——妈妈回来了——"西西没有反应，郑晓阳直向李雪雁摆手，示意她不要喊，李雪雁以为是西西刚睡着了，郑晓阳怕惊醒他。

此时，只听见从刘腊梅房里传出了吉他声，李雪雁细听，是刘腊梅在弹《敖包相会》，只是比平时低沉、哀伤。

邹珂萍说："怪了，怎么今天晚上大家都有时间听'三角梅'弹吉他了？好啊，看来都清闲了。"

李雪雁示意邹珂萍不要说了。李雪雁听到了刘腊梅吉他声中的悲伤，心想难道腊梅姐遇到什么不顺心的事了？

王宝君也听出了刘腊梅弹的《敖包相会》低沉哀怨，跟往常不一样，就对李雪雁等人说："我们上去。"

李雪雁等人上了二楼走廊，郑晓阳就抱着西西走过来对李雪雁等人说："你们都回来了，西西睡着了。"

李雪雁在西西小脸蛋上亲了一下，说："我还以为他闹呢，怎么啦？都在这里听腊梅姐弹吉他？"

郑晓阳说："腊梅，她——她爱人出事了……"

"出事了？"李雪雁吃了一惊，"出什么事了？"

"他爱人走了……"郑晓阳说着眼泪就流出来了，"你问队长吧"。

"走了？"王宝君等人都吃了一惊，"怎么回事？"

李雪雁马上跑到刘彩凤面前："队长，腊梅姐的爱人怎么啦？"

刘彩凤拉着李雪雁离开刘腊梅的房门，王宝君、王西丹、吴春红、张元香、邹珂萍也跟过来围着刘彩凤小声问："怎么回事？"

刘彩凤含着泪说："前天晚上，她爱人赵观海在一号高炉建设工地的工棚里去世了。"

"这么年轻，怎么会？"

李雪雁等人都惊呆了。

刘彩凤说："是脑出血，腊梅说，她爱人去年就血压高，过来东风钢铁公司后连续熬夜加班，没有休息，就……"刘彩凤泪流满面，说不下去了。

"年纪轻轻，怎么得了脑出血？"李雪雁感到一股寒流从头到脚袭来，身子晃了一下，扶着墙，悲从中来，泪水悄然而下，"前不久，腊梅姐还在给我说，她爱人调过来了，她最想的就是哪天能和他爱人在金沙江边散步赏月……体验'金沙夜月'，怎么就……我去看看她。"

"先不要去了，"刘彩凤挡住李雪雁，摇摇头说，"不要进去，我们都不要进去，让她一个人静一静，昨天在一号高炉工地就哭了一天了，今天上午安葬了她爱人回来就躺在床上哭了半天，这不，在你们回来之前才起来弹的吉他……唉，就让她弹吧，把心中的悲痛都发泄出来就好受些……"

李雪雁站住了，大家都站住了，静静地听着刘腊梅反复弹着如泣如诉、催人肝肠的那首《敖包相会》——

> 十五的月亮升上了天空哟
> 为什么旁边没有云彩
> 我等待着美丽的姑娘哟
> 你为什么还不到来哟嗬
> 如果没有天上的雨水哟
> 海棠花儿不会自己开
> 只要哥哥你耐心地等待哟
> 你心上的人儿就会跑过来哟
> 只要哥哥你耐心地等待
> ……

正是，一曲《敖包相会》反复弹，弹者闻者皆肠断。

李雪雁做梦也没有想到，就在刘腊梅的爱人去世不久，她心中的天也塌了。

第二十四章　风飘散

在攀枝花特区"保七一出铁"大会战的前夜，高风突然满脸尘灰、大汗淋漓地跑回了家，把李雪雁吓了一大跳。

李雪雁又惊又喜又是埋怨："怎么这么晚还跑回来，出什么事了？回来也不提前招呼一声，我好给你留饭，真是的……"

"有事、当然有事、有大事，我吃了晚饭的……"高风笑着一下子拥住李雪雁，"没事就不能回来看你们娘儿俩？西西呢？在哪儿？"

李雪雁心里一热，在高风的肩头轻捶了几下："在里屋睡觉呢，小声点，刚睡下，别吵醒他。"

高风放开李雪雁："我去看看……"说着转身进了卧室，看着西西已熟睡，就轻脚轻手地到了床边，俯身在西西小脸蛋上亲了一下，西西小脸蛋上顿时出现一个带灰尘的唇印。

李雪雁在高风身后假嗔了一声："讨厌得很，你看你，像什么呀？"

高风一笑："像他爹的唇印啊，好看，留着它，不要擦，等明天西西醒了让他对着镜子好好看看……"

"你烦不烦，"李雪雁笑，"快去洗把脸吧，脏死了。我去给你打水……"

李雪雁说着要到厨房打水，高风一下拉住李雪雁的手："不用了，我马上要赶回去。"

"赶回去？刚回来，又要走？"李雪雁一听，心一下子凉了，"不在家里住一夜？又要走？你这是干什么呀？有什么十万火急的事？这么忙？孩子都没有看见你……"李雪雁有点不高兴了。

"是有大事我才回来，是你最想要的东西，我今天终于买到了，专门给你送回来了，你猜猜，你猜猜。"高风说着很激动，摇着李雪雁的手，"你猜猜，是你一直想要的东西……你想的事，就是大事。"

"我最想要的东西，也不用这么急送回来啊？我想要的东西？什么东西？"李雪雁想了想，眼睛一亮，"是医疗急救方面的书？"

"不是，再猜，"高风下意识地捂着绿色军挎包，"还有机会，再猜。"

李雪雁看看高风的挎包："是连衣裙？我给你说过的。"

"不是，再给你一次机会，"高风把绿色军挎包拉到身后，防止李雪雁抓着，"两次了，再猜一次。"

李雪雁想了想："西西的衣服？"

"不是。"

"西西的玩具？"

"不是。"高风笑，"你说过想要的……"

李雪雁弄弄黝黑的发辫，使劲地想，也想不出什么是她想要的了，就玩赖不猜了："不猜了，我不猜了，给我看看，看看是什么，别故作神秘了，等会儿把孩子吵醒了，看我不收拾你……"说着作势就要抢高风的绿色军挎包。

高风也怕把西西吵醒了，因为西西只要夜里醒了就要哄半天才会再入睡，太折磨人。

"好好好，给你看，"高风从背后拉过绿色军用挎包，打开给李雪雁看。

李雪雁一看，惊喜不已："虎头帽？虎头枕？"说着急切地拿出来翻看。

高风带回来的就是孩子用的虎头帽、虎头枕。只见那虎头枕由红黄白三色绸布手工刺绣而成，虎耳边镶的全是雪白的兔毛，虎眼很夸张，黑里透黄，放射出威武之气。虎头枕长约一尺，红色作套，细碎的白花绸布镶边，虎尾微翘，黄中带白，两只虎耳也是雪白的兔毛镶成，虎须由金黄色的线裁剪而成，虎眼如两个小铜铃，很朴拙、很可爱。

"怎么样？正宗的陕西货吧？"高风激动地问李雪雁，"如何？"

李雪雁把虎头帽、虎头枕拿在手里，反复抚摸，喜欢得不得了，高兴地在高风脸上亲了一下："太好了，太好看了，还真是我们陕西老家的款式和刺绣风格，粗犷而不失秀美。高风，你太好了，你居然还记着，这确实是我做梦都想要的。"

原来，李雪雁生下西西没几天就曾对高风说，如果能给西西买到陕西老家孩子用的虎头枕和虎头帽就好了。

李雪雁记得小时候，每当村里的亲戚、邻居家里生了小孩，在孩子过满月酒前，孩子的奶奶、外婆都会拿出精美的花色绸布，一针一线，绣出猫娃鞋、虎头枕和虎头帽，每个物件形、色、情、意融为一体，构思新奇，形象逼真，夸张合理中又不失可爱。那些东西可以放在孩子的头下枕着，可以穿在小脚上保暖，可以外出戴在头上，不仅有驱邪护佑之用，更是一种礼尚往来的亲情友情乡情的表达。送给新生儿，图个喜庆，图个孩子幸福成长，寓意吉祥如意，幸福美满。

李雪雁最喜欢虎头帽和虎头枕了。虎头帽寓意吉祥如意、福（虎）气冲天；虎头枕，寓意福（虎）气无忧，邪气不侵，平安健康。李雪雁生了西西后就在想啊，如果西西能有一顶虎头帽和一个虎头枕那该多好。可是她的父母已不在，高风的父母又不在身边，没有人绣，李雪雁自己也不会绣，买吧，在物资极度紧缺的攀枝花特区几乎是不可能的，她当时也只是口头说说而已，没有奢望能实现。

高风却一直记在心里，只要有时间就悄悄到特区各商店、市场找，找了一阵儿也没有看到孩子用的陕西风格的虎头帽和虎头枕。就在高风觉得没有希望的时候，他们矿区的一个小商店突然冒出了虎头帽和虎头枕，正是他想要的式样。高风高兴得不得了，买了就连夜赶回家拿给李雪雁看。

"摸摸虎头，吃穿不愁；摸摸虎嘴，驱邪避鬼。"李雪雁抚摸着虎头枕小声念，"摸摸虎身，快乐一生；摸摸虎背，百病不侵；摸摸虎尾，十全十美。"

高风见李雪雁喜欢，抹了一下汗："经你这一说，这两样东西真的太吉祥了。"

李雪雁一笑："不是我说的，我们老家的人都是这样说的，这下可好了，这可是西西的护身符了。你在哪里买的？多少钱？"

高风说："我们矿区的一个小商店，听说商店的服务员是西北那边来的，虎头帽1元5角一顶，虎头枕2元3角一个。"

"原来是这样，"李雪雁说，"好是好，就是太贵了，你不该买。"

高风笑："给孩子用，贵就贵点吧，钱嘛，多少都是用，在其他地方少用一点或不用就是了。能了结你的一个心愿，给孩子一个吉祥，愿他平平安安长大，今后快点接我们的班，多好。"

"哦，对了，雪雁，"高风又说，"我们煤矿指挥部最近计划陆续推荐人员到山西、辽宁等地进行煤矿多个专业的技术提升培训，等会战结束，我想争取去参加关于矿井建设方面的培训，原来在山西煤炭工业学校学的东西现在真的不够用，我想去，只不过每次要三个月或半年的样子，时间可能有点长……你和孩子我又放不下……"

李雪雁说："多学东西是好事，我支持，孩子有我，你不用担心。"

"可是，西西还小，你——"高风看着李雪雁说，"这样，你又干活又带孩子会很辛苦的。"

"没事的，"李雪雁一笑，"现在还不是一样，你一个月也回来不了两次，还有，机动队的姐妹都心疼西西，没事的，你就放一万个心吧。该去培训就去培训，不要错过机会，以免今后后悔。"

"有你真好，"高风上前拥着李雪雁，"我走了，你也好好休息。"

李雪雁心里一荡，脸靠在高风的肩上，一听高风说要走，心又一紧："都10点多了，你回去可能也要12点多了。还有，你怎么回去？晚上没有车，走路？还不走到天亮？又不安全，算了吧，明天一早走，好搭顺风车。"

　　高风亲了一下李雪雁的黑发："我下来搭的是我们矿上的货车，正好今晚要拉回头货，我跟司机约好了，他装好货后在渡口大桥南等我，没事，两个多小时就到了。明天就是我们矿区'保七一出铁'誓师大会，我不能缺。"高风说着看了一眼熟睡的西西："西西越来越乖了，睡觉的样子真好看。"

　　"嗯，"李雪雁心中尽管有万般不舍，还是跟着高风走下楼，一直把高风送到机动队的大门口，还一再叮嘱，"回去要按时吃饭，不要太熬夜，路上注意安全啊。"

　　"放心吧，我记着，你和孩子也要注意安全，"高风回头对李雪雁说，"有什么事，一定给我打电话。千万不要瞒着，自己一个人撑着……"

　　"好，"李雪雁说着想哭，但她极力忍住，向高风挥手，"你就放心吧。"直到高风的身影消失在茫茫的黑夜中了，李雪雁还呆站在大门口，还在想天这么黑、这么晚，高风能不能搭上货车回矿区……

　　在攀枝花特区"保七一出铁"大会战中，高风所在的宝鼎煤矿是夺煤保铁的主战场。誓师大会后，高风就没日没夜地在矿井和设计室之间奔忙。

　　那天一早，高风就跟他们第四指挥部六井巷六公司设计室和勘测室的四个技术人员一起到矿区各个井巷进行煤矿矿层分布情况勘测、设计。对已成型和未成型的井巷的煤层和储藏量、质量重新进行调查，以便进一步提升煤炭开采的效率，保证煤炭的产量和质量，确保攀枝花钢铁厂按期冶炼出高质量的铁。

　　高风他们在各个巷道里勘测、画图标记、计算，渴了，喝几口水壶里的冷水，饿了，啃两个冷馒头，他们浅蓝色的工装和胶鞋、竹条安全帽都被煤灰染黑了，在黑洞洞的井巷中，透过头上的矿灯的光亮反衬，他们几乎成了移动的煤团。

　　下午6点左右，高风他们五人在一个已经横向掘进600来米的井巷中看到了优质的煤层，而且储量很大，他们欣喜不已，就在里面勘测、设计，商量提升产能的方案。

　　正忙碌中，高风听到了在前面试探掘煤作业的工人报告："出水了，前面出水了，是否还继续掘进？"

　　高风一惊，心想，在这样的煤层出现水，一定会发生险情，马上向三个矿工挥手大喊："不要再掘进了，快停下，往外跑，快，要透水了，再掘进有可能引发巷道垮塌……快往外跑——"

　　那三个工人听高风喊，还不以为然说："就是一点浸水，没什么大不了的。"还在慢腾腾地收拾工具，不跑。

　　高风大急："快点，不要再收东西了，快跑，再不跑就来不及了。"高风又对随行的其他四个技术员大声说："你们快走，不要堵在这里，里面的不好跑，快跑。我过去看看他们还在干什么。"高风说完把图纸和包塞给身边的一个技术员让他保护好，"把图纸、资料拿好，快跑。"

　　高风说着转身往里面跑，把那三个矿工往外面拽："你们还在干什么，是东西要紧还是命要紧，快往外跑——"

　　高风说着把三个矿工往外推："快跑，危险。"高风刚把三个矿工推开，井巷就垮塌了，高风瞬间消失了……

　　4个技术人员和3个煤矿工人顿时就吓惨了，失魂落魄地跑出了井巷，呼叫人救援，当抢险救援人员历经6个多小时救出高风时，他已经牺牲了。

　　高风的牺牲，让李雪雁感觉天旋地转、肝肠寸断，若不是因为有儿子西西，她一定会随高风而去。煤矿尊重李雪雁的意愿，把高风安葬在清风坡，跟李雪雁的父母在一起。

面对着父母已经长满野草的坟头和高风的新坟，李雪雁怀抱着西西，泪流满面、泣不成声。

西西还说不清楚话，在李雪雁的怀里睁着大眼睛看着妈妈，不知道怎么回事，看着妈妈在哭，西西不停地在她怀里拱。

李雪雁回头对刘彩凤和众姐妹说："大家能来送他，我非常感谢，都累了两三天了，你们先回去吧，我跟孩子想再跟他说说话……"

李雪雁极力忍着悲痛，说不下去了。刘彩凤见李雪雁如此说，就招呼机动队的姐妹们到清风坡下面等着李雪雁，大家都担心李雪雁想不通，出事。刘彩凤想着李雪雁命运多舛，先后痛失3位亲人，也不禁悲从中来，泪眼而立，默默致哀。

天空阴云低垂，群山云雾紧锁。

李雪雁抱着西西，面对高风的新坟，想起高风的音容笑貌，想起高风在井巷中救她，想着他第一次到机动队送她的钢笔和日记本，想起她受伤后高风大老远从煤矿到医院看她时那蓬头垢面的傻样子，想着与他第一次爬上拾景山的欢愉，想着和他结婚时的娇羞，想着与他一起哄西西的甜蜜，想着高风连夜送虎头帽、虎头枕回来的激动高兴劲……

李雪雁心如刀绞，泪如雨下。

想起过往与高风聚少离多的日子，想起高风曾经说过喜欢听她吟诵诗句，李雪雁就哽咽着说："高风——西西还这么小，你就抛下我们娘儿俩，你好自私啊，你不是还想听我吟诵诗词吗？你怎么不等着？你怎么不听了？你怎么走了？你走了，我怎么吟诵给你听啊？不——你一定要听，今天你一定要听着，你再听听，我和西西一起给你吟诵一些词句，你听着，你走好，到那边一定一定要注意安全，不要再粗心大意了——"

李雪雁满面泪水哽咽着吟诵起来一些散碎的、揪心的词句：

满斟绿醑留君住，莫匆匆归去。三分春色二分愁，更一分风雨。　　花开花谢、都来几许。且高歌休诉。不知来岁牡丹时，再相逢何处？

似花还似非花，也无人惜从教坠。抛家傍路，思量却是，无情有思。萦损柔肠，困酣娇眼，欲开还闭。梦随风万里，寻郎去处，又还被、莺呼起。　　不恨此花飞尽，恨西园、落红难缀。晓来雨过，遗踪何在？一池萍碎。春色三分，二分尘土，一分流水。细看来，不是杨花，点点是离人泪。

醉拍春衫惜旧香，天将离恨恼疏狂。年年陌上生秋草，日日楼中到夕阳。　　云渺渺，水茫茫。征人归路许多长。相思本是无凭语，莫向花笺费泪行。

把酒祝东风，且共从容。垂杨紫陌洛城东。总是当时携手处，游遍芳丛。　　聚散苦匆匆，此恨无穷。今年花胜去年红。可惜明年花更好，知与谁同？

李雪雁悲凄无序地吟诵着叶道卿的《贺圣朝·留别》，苏东坡的《水龙吟·次韵章质夫杨花词》，晏几道的《鹧鸪天·醉拍春衫惜旧香》，欧阳修的《浪淘沙·把酒祝东风》，可那些词句怎么也抑制不住她心中的悲苦伤痛，她再也吟诵不下去了，在高风坟前放声恸哭，怀中的西西也被惊得"哇"地一下大哭起来……

第二十五章　大爆破

悲痛未减，泪痕犹在。

李雪雁又跟机动队的姐妹们投入到狮子山大爆破工程紧张而艰苦的医疗急救之中。

在上山的头天，李雪雁把西西送到了红星托儿所，西西知道妈妈要离开他，抓着李雪雁的衣服不放手也不下来，死活不进托儿所的大门。

李雪雁没法只好抱着西西进托儿所交给管理员，西西还是不放手。李雪雁就哄西西说要上厕所，趁西西和管理员背对着她时，才跑出托儿所大门，没有想到，她刚跑出门，西西回头又看见了她，喊着"妈妈"张开一双小手像一只无助的雏鸟一样要往外跑，管理员赶紧追到门口关上大铁门，西西扑在门上，嘶声哭喊："妈妈，不要走——妈妈不要走，我要回家——妈妈——我要回家——"

"西西，乖乖，妈妈办完事就来接你回家，你好好听阿姨的话。"李雪雁哄西西，"你听话，妈妈下班就来接你。"

"妈妈，你什么时候回来，早点来接我，"西西在管理员怀里挣扎着哭喊着，一双小手拼命向李雪雁的方向抓："妈妈，你什么时候回来，早点来接我，妈妈——"

李雪雁听着西西撕心裂肺的哭喊，眼泪顿时模糊了双眼，她不敢再和西西说一句话，狠心转身捂着嘴哭着跑开了，她一边跑一边在心里对西西说："西西——妈妈的乖乖，妈妈很快就会来接你回家的。很快……"

可是，李雪雁她们机动队跟其他入驻参加会战的队伍一样，上了狮子山就自己搭帐篷、自己埋锅煮饭，长驻狮子山，会战不结束不回家，她们一驻就是4个多月。

在4个多月中，她们机动队配合矿上巡回医疗队、矿山医院、狮子山会战指挥部医疗站积极开展医疗急救。由于狮子山山体内开挖土石方量大，工期短，要求高，施工条件简陋，土石垮塌、放炮飞石、人员在施工中跌倒、被石头砸伤、工具所伤和研制炸药所伤等情况时有发生。但各路参战人员都是干劲十足、豪气冲天，一不怕苦，二不怕死，义无反顾，流血流汗，风雨无阻，日夜奋战不息。

在狮子山施工现场，皮外伤者天天有，他们一般不需要包扎，往往就是自己抓一把泥巴撒在伤口就继续作业，还笑说，泥巴就是药，3天就脱壳。

轻伤者，就在现场进行消毒包扎或在现场医务室或就近到医疗站治疗处理后继续施工作业，大家都憋足了劲，就像打仗一样，轻伤不下火线。只有重伤者才转送矿山医院或特区中心医院救治。但很少。

李雪雁她们就经常奔走于狮子山各爆破洞、作业巷和矿山医院、狮子山会战指挥部医疗站、矿山医院、特区中心医院之间。山高路险、作业区碎石遍地，爆破洞、作业巷道危险重重，跌倒、划伤、磨伤……都是家常便饭。

不到10天，机动队所有姐妹的手脚、肩臂等都留下了不同程度的伤痕。

一个月后，王宝君、吴春红、张元香、罗锦绣、江晓月、郑晓阳逐步成了抬担架的主力。她们力气大，耐力好，跑得快，李雪雁自愧不如。

当然，李雪雁更明白王宝君她们争着抬担架是为了减轻她和王西丹、刘腊梅的压力，所以她就想尽力多做一些消毒、包扎等护理的事，让自己心里好受一些。

狮子山上到处红旗飘飘，高音喇叭里适时播放着的都是些铿锵激昂、催人奋进的歌曲，如《英雄赞歌》《团结就是力量》等。

山上到处可见"愚公移山、不怕牺牲、排除万难、勇往直前""自力更生、艰苦奋斗""为有牺牲多壮志，敢教日月换新天""夺矿保钢"等会战口号。

不管天晴下雨，狮子山都热火朝天，开挖、搬运、爆破作业不分昼夜。

一天雨夜，为了转送一个被石头砸断脚的伤员，张元香滑倒滚下山沟摔成重伤，急送到矿山医院，一个多月才出院。

随后不久，郑晓阳在和罗锦绣一起抬伤员的时候意外摔倒，左手骨折，住了半个月的院。

张元香和郑晓阳两人都倔强，更不甘心落后，身体还没有完全康复就回到狮子山继续参与现场急救工作。

一天，狮子山东边的一个炮洞在挖掘中碰到了坚硬的矿石无法掘进，工人们就用炸药炸，他们打了十几个小炮眼，每个炮眼放了一筒炸药，用雷管导火线引爆，没想到出现了一些哑炮，当时他们也没有人听清楚究竟响了几炮，还有几炮没有响，加之爆炸后洞室里的现场发生了变化，有的炮眼都看不到，先后进去查看的几个工人都被哑炮炸伤。

李雪雁、吴春红闻讯抬着担架赶到洞外时，三个救援人员刚把伤员从土石中刨出，还在洞中等待急救。救人如救火，情况紧急，李雪雁没有多想就跑进洞给伤员检查伤情。

可是李雪雁万万没想到，就在她给伤员消毒包扎好要出洞的时候，洞内没有检查到的哑炮突然"砰"的一声爆炸了，李雪雁顿时觉得眼前一黑就什么都不知道了。

等李雪雁醒来时，发现自己已躺在特区中心医院的病床上。刘腊梅守在她旁边。

李雪雁感觉自己左眼看不到了，心中一惊，一摸，有纱布挡着，心下稍安，以为眼睛没事。

李雪雁问刘腊梅："腊梅姐，我这是怎么了？"

刘腊梅听见李雪雁突然说话了，高兴极了："翻江鱼，我就说你有九条命，你没事，她们还不信，看，醒了吧。"

李雪雁感到一身疼痛，无力地笑了笑："辛苦你了，腊梅姐。"

"那是，你都昏迷了两天多了，我一直在这里守着你，"刘腊梅笑着甩了一下长发，"你怎么报答我？"

"我——"李雪雁无力地笑了笑，"你，等我好了弄一条江鱼招待你……"

刘腊梅拉着李雪雁的手说："开玩笑的，只要你早点好起来，永远都不要有事，平平安安、健健康康的就是对我、对机动队所有姐妹的最好报答。"

"她们呢？"李雪雁看看病房内外，问，"队长她们呢？"

"她们都回狮子山了，特区革委会和狮子山大爆破现场指挥部对各个施工队伍催得紧，大爆破施工已经到了最后关头，她们都守在现场呢。"刘腊梅说，"听说你被埋在炮洞里，姐妹们都要急疯了。我们是轮流来陪你的，今天是我，明天是江晓月。你这次万幸，被救出来的时候还有脉搏，不幸的是那个被你包扎过的伤员牺牲了，另外有三个救援人员重伤，也在这个医院急救。"

李雪雁听了悲戚："我们还是没有救到他，是我无能……"

刘腊梅说："哎哎哎，你现在不能伤心，特别不能流泪啊，你的眼睛受伤了，队长走的时候特别交代让我好好照顾你，如果出了问题，就剥了我的皮绷二胡……你不顾自己也得顾及姐姐我呀，不准伤心啊。"

刘腊梅一番话弄得李雪雁有点哭笑不得："我……我觉得很愧疚，就差那一点时间就出来了，还是没救到，唉……"

刘腊梅说："你啊，现在静心休养，先把你自己的伤养好再想其他事。"

"我的伤怎么样了？我感到全身都痛，还想吐，"李雪雁问，"医生怎么说？"

"没什么大事，你浑身痛是被土石掩盖砸下的结果，脸上、身上，内外都有伤，你的脑袋有轻微脑震荡，"刘腊梅看看李雪雁，"不过，没什么，休养一段时间就好了，就是……"

"就是什么？"李雪雁急切地问，"你说——"

刘腊梅有些不敢说，支支吾吾："就是，你要有心理准备……你的左眼被炸飞的土石划伤了眼珠，可能会看不见。"

李雪雁一听感觉浑身冰凉，木然地望着天花板、不说话了，像僵尸一样。

刘腊梅一看吓坏了，试探性地小声问："雪雁——雪雁——翻江鱼——"

李雪雁没有反应，她一听说自己的左眼要失明了，失落、悲哀裹挟着绝望汹涌而来，仿佛一下子就要把她吞噬……她痛苦地闭上眼睛。

"雪雁，我是乱说的，"刘腊梅连忙解释，"现在还不能确定，也许没事的，退一万步说，就算你左眼看不到，还有右眼，一样看世界，你不想别的，要想想西西，他在等着妈妈回家……"

"西西——我的西西，"李雪雁在心里喊，"我可怜的乖乖，妈妈想你，妈妈离不开你。"想到西西，李雪雁一下子振作起来，我不能因为失去一只眼睛就绝望，就活不下去，西西已经没有父亲，不能再没有妈妈，"我怎么会这样？"

刘腊梅看李雪雁木然的表情，不知怎么劝慰："雪雁，这没有什么大不了的，我们只有好好活着，才能为特区建设贡献自己的力量。你一定要打起精神，不要这样，你说话呀，你急死我了。"

李雪雁听着刘腊梅的话，想着西西、想着牺牲的父亲、母亲和爱人，心情渐渐平复下来，经历了多次生离死别的悲痛，她已经不再是刚刚进入特区的那个胆小、内心脆弱的小女子了。

李雪雁缓缓地对刘腊梅说："我只是感觉浑身无力，没事的，我又不是第一次受伤，鬼门关我都熟悉了，还有什么可怕的？就算我的双眼都看不到我也能活出个样子来，有什么大不了的，不就是看不见嘛。再说，有的东西看不见也不是坏事，眼不见心不烦。更何况就算一只眼睛看不见了，我还有另一只看得见，没什么大不了的。"

刘腊梅见李雪雁如此想得开，喜出望外："雪雁，你成了翻江鱼，内心强大了，我都不如你了。"

李雪雁苦笑："我强大吗？我只知道，我现在得好好活着，活着才能做想做的事。"

李雪雁在医院住了很长一段时间身体才逐步康复。虽然她的左眼珠经过治疗看似好了，但是已完全失明了。

尾　声

早上，李雪雁正在病房收拾东西准备出院，刘腊梅、罗锦绣就赶到了。

"雪雁，你感觉怎样？"刘腊梅拉着李雪雁的手，喘着气说，

"我和罗姐来接你了。"

"我没事了，"李雪雁说着，又觉得过意不去，"锦绣姐、腊梅姐，机动队这么忙，你们怎么又跑来了？不是说好了你们不用来，我自己回去。"

罗锦绣说："好多天没有见着你这条翻江鱼，想你了，怎么，不欢迎？"

李雪雁说："怎么不欢迎，这么远，你们过来不方便，我自己回去就是了，何必麻烦你们呢？"

"怎么不方便？狮子山大爆破工程结束了，"罗锦绣笑，"我们都下山了。今天不来把你接回去，我们才有麻烦呢。"

"我知道早就结束了，我在几十公里外的医院都听到了很大的爆破声，感到很大的震感，"李雪雁觉得有点遗憾，"只是可惜，我没有亲眼看到大爆破。"

"我给你说，"刘腊梅说，"大爆破过后那真是人山人海，那欢呼声不亚于大爆破的声音，群山震荡，场面壮观，激动人心……我们帮你看了，我们看到了就等于你看到了。"

"是是是，"李雪雁微笑，"你们就是我的眼睛，你们看了就像我看了一样。"

罗锦绣说："今天我们是坐专车来接你的。"

李雪雁疑惑地问："专车？接我？不至于吧？"

"罗姐逗你的，不过，也可以说是专车，"刘腊梅笑，"队长知道你今天要出院了，专门向革委会公用事业管理局申请了一辆吉普车，本来说好的和我们一起来接你的，没想到都要出门了，革委会临时通知她去开会，她就叫我们坐专车来了。"

李雪雁心里感激："谢谢队长的关心，谢谢两位大姐，辛苦了。"

罗锦绣说："大家都想来接你看你的，可是又有急救任务，只好分头行动，让我俩代大家来接你了。"

李雪雁问："姐妹们都好吧？"

"好，好，好，"罗锦绣说，"就差你了，你现在也好了，大家都皆大欢喜了。"

"翻江鱼，告诉你，"刘腊梅看着李雪雁说，"还有好消息呢，你想不想听？"

"什么好消息？"李雪雁问，"快说来听听。"

刘腊梅说："听说特区革委会觉得我们机动队现在已经不适应特区建设发展的形势需要，要给我们机动队再增加20人的编制。"

"再增加20人？"李雪雁一下愣住了，"天呢，我们这几年都只有12个人，早就缺人手，一直没解决，这一下子怎么要增加20人？真的？"

罗锦绣接过话说："应该是真的，四五天前，特区革委会领导就已经找队长征求过意见了，我想，今天队长去革委会开会可能就是定这事。我们机动队可能要搬到华山，跟特区中心医院合署办公。"

刘腊梅抢着说："还有，特区公用管事业管理局已经下了红头文件，给我们配备四辆车作为急救专用车，三辆解放牌越野车，外加一辆吉普车，车都定了，没有人怎么行呢？"

"真的是好消息，跟中心医院一起，很多急救就更方便调度了，"李雪雁一听高兴极了，"太好了，我们的队伍一下子壮大了，我想，随着特区建设工业化、城市化的加速，我们的队伍也会越来越壮大，我们大显身手的时候到了，走，回家。"

"好，"罗锦绣拿起东西说，"回家。"

"走，我还要去接西西，好久没见他了……"

西西是李雪雁最牵肠挂肚的亲人，清风坡是李雪雁心魂萦绕的地方。

李雪雁回到机动队放下东西就往红星托儿所跑。李雪雁要去接西西，接了西西就上清风坡看望父母和爱人高风。

红星托儿所内，西西正跟小朋友们玩得起劲。

好久没见到西西，西西长高了一点，米黄色背带裤套着淡蓝色衣服，短短的头发、圆圆的脸蛋。

"西西，妈妈来接你了。"李雪雁在门外就欣喜地向西西招手，"西西，过来。"

西西听见李雪雁喊他，漠然地看了李雪雁一眼，就跑到托儿所阿姨的后面，睁着泪汪汪的大眼睛看着李雪雁不吱声了。

李雪雁开门进去，西西就往托儿所阿姨后面躲。

"西西，我是妈妈，认不出妈妈了？"李雪雁见西西对她如此生分，心中涌起说不出的愧疚和酸楚，泪水禁不住夺眶而出，"西西，妈妈回来了，妈妈好想你，乖乖，来，妈妈抱，我们回家……"

西西抱紧阿姨的双腿看着李雪雁不动。

托儿所的阿姨就不停地对西西说："这是妈妈，妈妈回来了，妈妈来接你了。你不喊妈妈，我们就一直把你留在托儿所，不让你回家。"

西西一听不让他回家有些怕了，又憋了一会儿，才怯生生喊了一声"妈妈——"慢慢走向李雪雁。

李雪雁一下子抱起西西，在他小脸蛋上亲个不停："西西，乖乖，妈妈回来晚了。妈妈以为你把妈妈忘了呢。"

西西突然开口说了一句："妈妈——说话不算话，这么久——才来接我。"

西西的一句话，就像一根针刺到了李雪雁内心的最柔软之处，顿时泪如雨下："妈妈不好，都是妈妈不好，妈妈回来晚了，妈妈回来了，妈妈回来了。妈妈带你去看爸爸，还有外公、外婆。"

西西说话了，要她抱了。李雪雁悲喜交加，背着西西径直上了清风坡。

在李苍山、花含笑和高风的坟前，李雪雁放下西西，牵着西西的小手对他说："西西，你还记得爸爸吗？"

西西歪着头，稚气地说："记得，你说爸爸把我放在摇摇车里摇，我就睡着了，等我醒了的时候，爸爸就不见了，你说爸爸去上班了，要很久很久才回来。"

李雪雁听西西这么一说，不禁悲从中来，泪水又夺眶而出："西西，爸爸已经回来了，爸爸就在里面躺着，他听得见我们说话，你跪下跟你爸爸说话。"

西西看看李雪雁："妈妈怎么哭了？爸爸回来了应该高兴才是呀？妈妈怎么哭了？"

"乖乖，我们跪下——"西西听话地跪下，李雪雁也哽咽着跪下，"爸爸就在里面，妈妈高兴，西西如果听话，爸爸就会跟我们一起回家的……"

"西西听话，西西一定听妈妈的话，听爸爸的话，"西西稚气地说，"爸爸——爸爸，西西想你，你怎么躲在这里呀，快出来跟我和妈妈回家吧——"

李雪雁听西西这样说，哽咽着说："西西，妈妈的乖乖，爸爸不能跟我们回家，他还要在这里陪外公、外婆。爸爸走了，外公、外婆就没有伴了。"

西西疑惑不解："外公、外婆？"

李雪雁抹了一下脸上的泪水，指着李苍山和花含笑的坟说："是呀，妈妈平时给你说的外公、外婆都在这里面看着我们呢。他们一定在问，小外孙西西现在怎么样了？长高了没有？听不听话呀？"

西西说："西西听话，西西知道，他们就是你的爸爸和妈妈，我爸爸在这里陪他们，那他们3个多好玩呀？我也要去跟他们玩。"

"西西，外公、外婆和爸爸在这里不是玩，他们在这里还有很重要的事要做，"李雪雁说，"等你长大了，你就会明白他们怎么会在这里的。乖，喊外公、外婆。"

西西很听话，跪着说："外公、外婆，西西来看你们了，西西和妈妈都想见到你们。"

李雪雁泪如泉涌，眼前一片迷蒙，一把搂住西西，泣不成声。

西西见李雪雁哭了，也"哇"的一声哭了，虽然他还不知道妈妈为什么哭，更不知道人间的生离死别、阴阳相隔是怎么回事，但是看到妈妈哭，他也跟着哭。

哭了一会儿，李雪雁才控制住情绪，抹了一下泪，又掏出手帕给西西擦了擦眼泪，说："西西，妈妈是高兴，今天见到外公、外婆、爸爸了，他们都在里面看着我们呢，我们应该高兴才对，西西说对不对？"

西西似懂非懂，点点头："妈妈不哭，西西也不哭。"

"西西乖，妈妈是高兴得哭，既然高兴，妈妈再给你爸爸、外公、外婆说说话。"

李雪雁搂着西西对着高风的坟说："高风，说好的，攀枝花特区出铁、出钢后，我们一起再上抬景山，看特区的全景，看攀枝花钢铁厂钢花飞溅时的壮美景象，现在你倒好，你先走了，永远留在了29岁，留在了大好的青春年华，而我，还……西西都快4岁了，长高了，你看到了吗？他刚才都喊你了，你听到了吗？你放心，我会好好把西西养大，我们就在特区，就在特区一直陪着你。"

面向李苍山、花含笑的坟，李雪雁含泪说："爸爸、妈妈，现在成昆铁路和特区支线都已全线通车，连接金江、雅江两岸的多座桥梁都修好了，天堑已变通途，向外的路都打通了……攀枝花钢铁基地一期工程也建成投产出铁、出钢了，特区军民在弄弄坪举行了盛况空前的庆祝大会。现在，二期工程就要开建。特区已经逐步城市化了，你们那边有你们的女婿高风陪着，我这边有你们的外孙陪着，你们就放心吧，你们想做什么就做什么吧，不要牵挂我们，现在我们急救队伍也要扩编了，将来我们的急救队伍定会遍布特区的各大医院。急救虽然很苦很累很危险，但我觉得急救是一件很有价值、很有意义的事，急救工作在什么时候都需要人来做，不管什么时候，不管什么地方都需要急救。我不走了，你们在这里，这里就是我的家，我也不想换工作了，这辈子就在这里从事急救工作，你们听到了吗？你们同意吗？"

三座坟头上蒿草摇曳，山坡上树影婆娑，云在青天默默望，清风拂面花草香。

李雪雁好像听到了爸爸、妈妈和爱人的回应。

"你们同意了？都同意了？我知道你们会支持我的。"

李雪雁豁然开朗，抱着西西慢慢地站起来，回望在大峡谷莽莽群山之中静静东流的金沙江和江两岸生机盎然的城市，那一枝枝、一团团、一簇簇的攀枝花从鳞次栉比、层层叠叠的楼房之间探出头来肆意开放，如赤锦，似彩霞，开得热烈、开得奔放……

李雪雁柔声对西西说："跟外公、外婆、爸爸再见，我们下山回家了……"

西西小脸蛋上还有泪痕，扬起小手接着李雪雁的话说："外公、外婆、爸爸再见，我们先回家了，你们要早点回来哦。"

（全书完）